Die ›Soko Lora‹? Was sollte das sein? Fehlte etwa einer der Flügellosen? Aber sie hatten den Hafen doch am späten Abend verlassen. Ruhig und in geschlossener Formation. Lora. Wer mochte das wohl sein?

Als Gänserich Tom den Toten im Rietgras entdeckt, weiß er sofort, dass hier seine Hilfe gefragt ist. Denn die beiden flügellosen Kommissare Reiners und Hump haben ja schon beim letzten Mal kläglich versagt. Hier sind mal wieder die Gefiederten gefragt, die da sind: Gänserich Tom, Kormoran Rio und die junge Kakadudame Vectra, die lange schweigt, dann aber doch noch auspackt.

Karin Bergrath ist ausgebildete Werbeassistentin und arbeitete zunächst in einer Marketingagentur. Seit 1998 ist sie in einem Ingenieurbüro tätig. Die Autorin lebt in Köln und verbringt die Ferien und Wochenenden auf einem Boot im Hafen eines großen Sees in Belgien.

Weitere Informationen, auch zu E-Book-Ausgaben finden Sie bei www.fischerverlage.de

Karin Bergrath

Mord im Tiefflug

Ein Gänsekrimi

FISCHER Taschenbuch

MIX
Papier aus verantwortungsvollen Quellen
FSC® C006701

Veröffentlicht im Fischer Taschenbuch Verlag,
einem Unternehmen der S. Fischer Verlag GmbH,
Frankfurt am Main, März 2014

Dieses Werk wurde vermittelt durch die
Literarische Agentur Kai Gathemann, München
Druck und Bindung: CPI books GmbH, Leck
Printed in Germany
ISBN 978-3-596-19223-6

Für alle Küken - auch die flügellosen

Prolog

Der Tod kommt auf leisen Flügeln. Das war ihr bekannt. Irgendwann einmal hatte sie es gelesen … oder kam er doch auf leisen Sohlen?

Sie war aus tiefer Bewusstlosigkeit erwacht und rang um Atem. Mühsam öffnete sie die Augen – doch sie umgab nichts als Dunkelheit und Schmerz. An das Kribbeln in ihrem Nacken und auch auf den Armen und Beinen, gerade so, als hätte sie ein kühler Lufthauch gestreift, konnte sie sich gut erinnern. Sie hatte dieses ungute Gefühl gleich erkannt und geahnt, was darauf folgen würde. Ihrem Schicksal konnte sie nicht entkommen. Dafür war es zu spät.

Mühsam versuchte sie, den Oberkörper aufzurichten und die schemenhaften Umrisse zuzuordnen, die sie inzwischen in der Dunkelheit erkennen konnte. In einiger Entfernung erblickte sie zwei schwach beleuchtete Fenster. *Das Ruderhaus*, ging ihr durch den hämmernden Kopf, *es ist nicht besetzt.* Am liebsten wäre sie einfach nur liegengeblieben, doch die Furcht trieb sie hoch.

Die zweite Attacke erfolgte ohne Vorwarnung. Ihr Kopf krachte gegen die Reling und schien zu explodieren. Der Schmerz riss sie von den Füßen und brachte sie an den Rand der Bewusstlosigkeit. Womit nur hatte sie diesen Angriff provoziert?

Die Muskeln verspannten sich und zitterten. Während ihre Nervenstränge glühten und der Tremor sich verstärkte, sehnte sie sich nur nach der schmerzstillenden Ohnmacht.

Schon oft war sie so attackiert worden. Nur selten war es so furchtbar gewesen wie jetzt. Ein warmes, klebriges Rinnsal suchte sich seinen Weg über die Stirn und tropfte auf das nachtfeuchte Blech. Nun erst schmeckte sie das Blut in ihrem Mund.

Kein Wort kam über ihre Lippen. Kein Bitten und kein Betteln – nur ein leises Stöhnen. So war es immer. Niemand half ihr – niemand hätte ihr helfen können. Mit verkrümmten Gliedern lag sie auf dem kalten Boden.

Dann hörte das Zittern auf.

Jetzt ist es vorbei, dachte sie erleichtert.

Einen Wimpernschlag später war sie tot.

1

»Das ist ja mal wieder typisch«, wetterte Ede und senkte, erschrocken über seine eigene Lautstärke, sogleich die Stimme. Die Nachbarschaft schlief schließlich schon. »Die wollen einfach die Renten kürzen! Und wir sind mal wieder die Deppen! Mit uns können sie es ja machen!«

Tom konnte den zornigen Rentner mit dem grauen Bart gut verstehen. Er war chronisch klamm; Gelegenheitsjobs hielten ihn einigermaßen über Wasser. Kein Wunder also, dass er bei dem dreisten Griff der Regierung in seine ohnehin stets leeren Taschen vor Wut fast schnaubte.

Tom hatte den Flügellosen vor einem knappen Jahr kennengelernt, kurz nachdem dieser mit seinem klapprigen Wohnwagen auf dem Campingplatz am Untersee aufgetaucht war. Ihre gemeinsame Leidenschaft für investigativen Journalismus und die Kultserie Magnum, hatte sie schnell zu Freunden werden lassen.

Ede trank zur Beruhigung seiner Nerven hastig einen letzten Schluck aus der Bierflasche und stellte sie hart auf den klapprigen Tisch neben den Fernseher. Diese eine Flasche Bier gehörte genauso zu den Nachrichten wie das Toastbrot, das der Rentner trotz beachtlicher Ebbe im Portemonnaie immer für Tom bereithielt. Genau das hatte die *heute*-Nachrichten zu einem abendlichen Ritual mit Highlight-Charakter werden lassen. Was für Tom Edes Toastbrot war, waren für den vom Leben gebeutelten Ede seine Besuche. Denn Ede hatte keine Freunde und hielt sich, was näheren Kontakt zu anderen Flügellosen anging, eher zurück. Kein Wunder, Edes Leben war nichts für Warmduscher oder Weicheier.

»Natürlich kannst du was ändern, Ede«, sagte Tom und fixierte die letzten Toastkrümel auf dem Tisch, die Ede übersehen haben musste. »Aber dann musst du in die Politik gehen.« Bei angenehmen Abendtemperaturen hatten die beiden gerade auf zwei alten Campingstühlen vor Edes Wohnwagen gesessen und zusammen das ***heute****journal* geschaut.

»Du hast wirklich Glück, dass du dich um so was nicht zu kümmern brauchst«, raunte Ede, ohne auf Toms Einwand einzugehen. »Aber ich … fass' mal 'nem nackten Mann in die Tasche. Da ist nichts zu holen.« Er war noch immer gereizt. Tom konnte ihm ansehen, dass er sich nach derart schlechten Nachrichten ernsthaft Gedanken um seine Existenz machte.

Inzwischen war es spät geworden, und Tom konnte seine Augen nur noch mühsam aufhalten. Sein Abendbrot hatte er, bis auf die wenigen Krumen auf dem Tisch, verputzt. Es gab also keinen Grund mehr, sich noch länger bei Ede aufzuhalten. Tom hüpfte von seinem Stuhl hinunter und watschelte los. Er war ein typischer Nilganter mit grauem Grundgefieder und rotbraunem Rücken, einem dunklen Brustfleck, sowie einem braunen Halsband und Augenringen. Diese Farbenpracht war typisch für seine Art. Untypisch für seine Gattung war dagegen seine Leidenschaft: Neben dem Geschehen in aller Welt, interessierte er sich brennend für Mord und Totschlag. Durch das tägliche Studium der Nachrichten, besonders aber sein Blick auf äußerst lehrreiche Dokumentationen wie etwa CSI oder Tatort, hatte er bereits erfolgreich einen Fall aufklären können.

Zusammen mit seinem Freund und Assistenten Rio, einem Kormoran, hatte er nicht nur die hinterhältige Ermordung eines Reihers aufklären, sondern auch den flügellosen Kommissaren Reiners und Hump unter ihre unterentwickelten Flügelfortsätze greifen können. Nur durch das couragierte Eingreifen des FEK, des Fliegenden Einsatz Kommandos, hatten die Kommissare das entscheidende Beweisstück erhalten und ihren Fall lösen können.

Die Abspannmelodie des ***heute****journals* ertönte leise. Claus Kleber und Gundula Gause hatten sich gerade verabschiedet und Tom tat es ihnen gleich.

»Gute Nacht, Ede«, schnatterte er und sah, dass auch der Rentner müde war. Während Ede mit dem Aufräumen des Wohnwagenvorplatzes begann, machte Tom sich gemächlich auf den Weg zum Ufer, um sich auf dem See zur Ruhe zu begeben.

»Gute Nacht, Nili«, flüsterte Ede leise. »Bis morgen.« Er fegte mit einer Hand die letzten Krümel vom Tisch und griff nach dem kleinen Fernseher, um ihn in den Caravan zu tragen.

Tom kämpfte gegen den übermächtigen Drang an, Edes Wiese noch rasch nach den Krümeln abzusuchen, und schüttelte dann den Kopf. Auch wenn es sich so angehört hatte, als hätte der Rentner sein *»Gute Nacht, Ede«*-Geschnatter verstanden, war dies absolut nicht so. Ede war ein reinrassiger Flügelloser – was konnte man da schon erwarten? Er konnte ja noch nicht einmal fliegen!

Er hatte auch mehrfach versucht, Ede zu erklären, dass sein Name Tom sei, doch der Graukopf begriff es einfach nicht. Ede nannte ihn stur nach seiner Herkunft *Nili*. Tom dagegen verstand die einfache Sprache der Flügellosen mühelos. Allerdings bedauerte er, sie nicht selbst sprechen zu können. Das hätte seine kriminalistische Arbeit wesentlich vereinfacht und die Abende mit Ede noch interessanter gemacht.

Leise Glockenschläge, die der leichte Abendwind über den See trug, rissen Tom aus seinen Gedanken. *Oh! Halb elf. Nun aber schnell*, dachte er. Die Nacht war kurz, und er brauchte dringend noch einen Schnabel voll Schlaf, denn kurz vor Sonnenaufgang wollte er sich mit Baja treffen.

Baja, seiner ersten richtigen Klientin.

2

»Verdammter Mist!« Kriminaloberkommissar Hump fluchte ins Kopfkissen, sein Handy hatte ihn unsanft aus dem Tiefschlaf gerissen. Ein kurzer Blick auf den Radiowecker zeigte, dass er kaum mehr als drei Stunden geschlafen hatte. Es war gerade mal fünf Uhr zweiunddreißig.

»Guten Morgen, Peter. Hier ist der allzeit bereite Kriminaldauerdienst«, sagte Polizeimeister Dennis Schuster, der selbst bei Nachtschicht noch gute Laune hatte. »Ich habe dich doch nicht etwa geweckt?«

Was für eine Frage? Bis kurz nach Mitternacht hatten sein Kollege, Kriminalhauptkommissar Konrad Reiners und er, an einem Fall von schwerer häuslicher Gewalt gearbeitet.

»Dieses Mal«, hatte die Frau kaum hörbar zwischen den geschwollenen Lippen hervorgebracht, »ziehe ich die Anzeige nicht zurück.« Sie hatte Hump aus blutunterlaufenen Augen traurig angesehen und den Schmerz beim Sprechen tapfer überspielt. »Dieses Mal ist er eindeutig zu weit gegangen.«

Hump hatte ihr nicht geglaubt. Sie war im Revier bekannt dafür, dass sie alle Anzeigen, die sie gegen ihren einschlägig vorbestraften Ehemann stellte, immer wieder zurückzog. »Sie müssen bei Ihrer Strafanzeige bleiben. Bitte. Tun Sie das für sich.« Hump hatte eindringlich auf sie eingeredet und ihr ein Taschentuch gereicht, damit sie sich das Blutgemisch, das aus ihrem offenen Mund tropfte, abwischen konnte.

Während die Frau die Anzeige mit zittriger Hand unterschrieb, hatte sie weitere Hilfe, wie einen Arzt oder einen Platz in einem Frauenhaus, mit einem Kopfschütteln abgelehnt. Dann war sie gegangen.

Hump war nichts anderes übriggeblieben, als sich an seinen Computer zu setzen und das unvermeidliche Protokoll zu tippen.

Während er mit der Frau gesprochen hatte, hatte sein Kollege Reiners den Ehemann in die Mangel genommen. Eher in die Mangel nehmen wollen. Denn der Macho kannte seine Rechte und auch das übliche Procedere. Noch besser aber kannte er seine Frau. »Hier bleibe ich nicht! Auf meine Alte ist Verlass. Die holt mich hier wieder raus«, hatte er den Gang hinuntergeschrien, als er abgeführt worden war. Das halbe Revier hatte ihn hören können.

Es kam, wie es kommen musste. Kaum eine Stunde später war die Frau wieder auf der Wache erschienen, das geschwollene Gesicht dürftig hinter einer großen Sonnenbrille versteckt. »Das alles ist ein bedauerlicher Irrtum. Ich, ich bin gestürzt«, hatte sie erklärt und ihre Anzeige zurückgezogen.

Arm in Arm hatte das Paar das Revier verlassen. Der

Schläger hatte Hump nur noch einen kalten, triumphierenden Blick zugeworfen. Es war nur eine Frage der Zeit, bis sie wieder Prügel beziehen würde. Und es war nur eine Frage der Schläge, ob sie es beim nächsten Mal auch überleben würde.

Es war kurz nach zwei Uhr gewesen, als er endlich ins Bett gefallen war, und nun das.

»Draußen am Obersee ist eine Leiche gefunden worden«, hörte er den Polizeimeister wie durch Watte sagen. »Es scheint sich um Mord zu handeln.«

»Scheiße!«, fluchte Hump und gähnte. Er verteufelte Verbrecher, die keinerlei Rücksicht auf überarbeitete Kommissare nahmen. »Was ist denn mit Konrad. Ist der nicht dran?« Es war ein halbherziger Versuch, den Fall auf seinen Kollegen Reiners abzuwälzen.

»Der hat ein paar Tage Urlaub«, antwortete Dennis Schuster belustigt. »Den habe ich zuerst aus dem Bett geklingelt.«

Stimmt, erinnerte Hump sich. Unwillkürlich schüttelte er sich. Eine Leiche am Obersee bedeutete Wassersport oder Camping. *Wellen oder Boote,* dachte er, *da wird mir ja jetzt schon schlecht.* Er hoffte inständig, dass der Tote weder etwas mit einem Campingplatz noch mit einem Jachthafen zu tun haben würde.

»Schon gut. Wo muss ich hin?«

3

»Tut mir echt leid, Baja – ich habe verschlafen. Die Nacht war doch kürzer als gedacht«, rief Tom, während er mit weiten Schritten und geöffneten Schwingen den Damm hinunterhastete. »Ich habe sogar mein Frühstück ausfallen lassen, um dich nicht noch länger warten zu lassen«, schnatterte er gutgelaunt. Es war kurz nach Sonnenaufgang, und er freute sich auf einen neuen Fall. Die meisten Gefiederten waren schon lange aktiv. Überall wurde gepiepst und geschnattert, doch keine der anwesenden Enten reagierte auf sein Rufen. Jetzt war er zwar am vereinbarten Treffpunkt, doch seine Auftraggeberin war nicht da.

»Baja!« Er rief immer wieder nach ihr und machte sich Sorgen, als er keine Antwort erhielt. *Sie* hatte doch um dieses Treffen gebeten. Sogar dringend. Und nun war sie nicht am abgemachten Ort. Ob ihr etwas zugestoßen war? Etwas, das mit dem Fall zu tun hatte? Bajas Küken Klipper war verschwunden, und er sollte es suchen. Wollte nun jemand verhindern, dass er in Bajas Auftrag ermittelte und hatte sie deshalb an diesem Treffen gehindert?

Vor ihm tippelte ein schwarzweißer Austernfischer auf rosaroten Stelzen durchs flache Wasser und stocherte mit seinem langen Schnabel im Sand nach Muscheln und Insektenlarven. Mit einem Mal hob der Austernfischer den Kopf und fixierte Tom mit seinen roten Augen. »Habe ich vorhin richtig gehört? Suchst du Baja? – Ist dein Name Tom?«

»Ja, der bin ich«, antwortete Tom erstaunt. Woher wusste dieser Vogel von Baja? Hatte er etwas mit ihrem Verschwinden zu tun?

»Dann habe ich eine Nachricht für dich.« Der Schwarzweiße machte eine kleine Pause und schien die Information in seinem Kopf zu suchen.

O je, dachte Tom bestürzt. *Jetzt kommt's: Dies ist eine Warnung. Steck deinen Schnabel nicht in Sachen, die dich nichts angehen. Sonst passiert Baja etwas!*

»Sie hat Folgendes zu mir gesagt«, begann der Austernfischer theatralisch und holte tief Luft: »Sag ihm: Tom, du bist viel zu spät! Ich bin zurück zum Obersee, denn ich kann mein Nest nicht länger unbeaufsichtigt lassen. Du findest mich beim Jachthafen.«

Der Austernfischer hatte seine Nachricht überbracht und fischte schon wieder ungerührt eine zappelnde Fliege von der Wasseroberfläche.

Kobra, übernehmen Sie!, kam es Tom prompt in den Sinn. Insgeheim wartete er darauf, dass sich die Nachricht automatisch löschte. Stattdessen fragte der Austernfischer: »Soll ich das Ganze noch einmal wiederholen, oder ist alles angekommen?«

»Äh, besten Dank, nicht nötig«, stammelte Tom.

Er war erleichtert und enttäuscht zugleich. Erleichtert, dass Baja nichts zugestoßen war, und enttäuscht, dass sie wegen so einer winzigen Verspätung gleich davongeflogen war. Den Beginn einer guten Zusammenarbeit hatte er sich etwas anders vorgestellt.

Also schwang Tom sich trotz knurrendem Magen in die Luft. Er wollte nicht noch mehr Zeit verlieren und versuchte, seine Verspätung durch eine höhere Geschwindigkeit wiedergutzumachen. Obwohl bereits viel Flugverkehr herrschte, hielt er wie immer auch die Landschaft unter sich im Blick. Tief unter ihm zogen saftige Wiesen, dichte Wälder und Felder genauso vorbei wie kleinere Kolonien von Flügellosen. Mehrfach überquerte er den blauschimmernden Fluss, der sich träge durch die Landschaft schlängelte und dabei die vielen renaturierten Baggerseen in der Gegend mit frischem Wasser versorgte.

Als der breite Schilfgürtel am Westufer des Obersees am Horizont auftauchte, hielt er darauf zu. Kaum überflog er das Gebiet, entdeckten seine geübten Augen etwas Ungewöhnliches inmitten der dichten Ufervegetation. Rotweißes Flatterband! Tom vergaß vor lauter Überraschung für einen Moment mit den Flügeln zu schlagen.

Flatterband?!

Er musste runter. Sofort! Die Szenerie dort unten kam ihm bekannt vor, verdammt bekannt sogar. Es musste etwas Schreckliches passiert sein, denn die

Aktion da unten glich exakt den Vorgängen, die er beobachtet hatte, als es Camper Alex im Müllcontainer erwischt hatte. Jenem Mord also, der seiner eigenen Ermittlerkarriere erst den richtigen Schub gegeben hatte.

Gab es hier nun einen weiteren Mord unter Flügellosen?

Im Sinkflug verschaffte er sich einen Überblick und erkannte nach und nach ameisengroße Flügellose. Einige durchforsteten in weißen Overalls das Gelände in der Nähe des Absperrbandes, ein Einzelner kämpfte sich in leuchtend roter Jacke durch den dichten Uferbewuchs, ein anderer stand mit Fahrrad und Vierbeiner auf dem Deich.

Tom folgte dem breiten Wanderweg, der rund um den Obersee auf der Deichkrone angelegt worden war. Dabei überflog er parkende Polizeiautos und entdeckte einen frischen Trampelpfad, der den steilen Damm hinab, quer über eine morastige Wiese direkt ins Schilf führte. Eine plattgetretene Schneise wies ihm den Weg zum Einsatzort.

Geschickt landete er auf einem Baum in der Nähe des Flatterbandes. Dort saß er in der ersten Reihe.

Die Flügellosen waren in ihre Arbeit vertieft und nahmen von seiner Ankunft keine Notiz. Tom ordnete rasch einige aus der Fasson geratene Federn und konzentrierte sich auf das Geschehen unter ihm.

Und tatsächlich lag dort unter ihm ein regungsloser Flügelloser. Mit leerem Blick starrte er irgendwo ins

Schilf. Ein junger Rechtsmediziner in weißem Ganzkörperoverall hockte neben ihm im Matsch und untersuchte ihn.

Rot-weißes Band sperrte ein Gebiet ab, in dem bequem eine Schafherde Platz gehabt hätte.

Der Tote trug ein helles Hemd, das auf der Brust ein kreisrundes Loch und einen dunklen Fleck aufwies. Ein Hosenbein war etwas hochgerutscht, die ganze Kleidung wirkte durchnässt und matschig. Am linken Fuß trug er einen Schuh mit glatter Sohle. Der rechte Schuh lag einige Meter entfernt im Schlamm.

»Der ist erschossen worden«, stellte Tom sachlich fest. Er hatte sofort die schadhafte Stelle im Hemd des Toten als Einschussloch identifiziert, und seine feine Nase hatte Blut gerochen.

Unfall oder Mord? Magnum hätte sich die gleiche Frage gestellt.

Ein Suizid kam jedenfalls nicht in Frage, denn Tom konnte nirgends eine Waffe entdecken. Von Gil Grissom, CSI Las Vegas, wusste er, dass die Tatwaffe bei einem Selbstmord selbstverständlich immer in unmittelbarer Nähe des Opfers gefunden wurde. Die Spurensicherung hatte den Fundort schon abgearbeitet und Nummernschilder zur Beweissicherung aufgestellt. Feuchte Zigarettenstummel, eine rostige Getränkedose, ein löchriger Eimer: sie alle hatten eine Nummer erhalten.

Ein »friendly fire« bei der Jagd schloss Tom nach

kurzer Überlegung ebenfalls aus, denn anders als Enten und Gänse, die von mordlustigen Flügellosen mit Schrot beschossen wurden, war dieses Männchen hier mit einem einzigen Blattschuss zur Strecke gebracht worden.

»Das war Mord!«, schnatterte Tom aufgeregt und erntete dafür prompt argwöhnische und verständnislose Blicke der Spurensicherung.

Und Mord – das bedeutete kriminalistische Ermittlungen! Tom war voller Tatendrang, sein Hinterteil wackelte. Am liebsten hätte er die Ermittlungen gleich an sich gerissen. Euphorisch schnatterte er auf. So etwas kam in den besten Gänsefamilien vor, dagegen war einfach kein Kraut gewachsen. Um weiteres unkontrollierbares Plappern zu verhindern, presste er rasch die rosafarbenen Schnabelhälften fest aufeinander.

Die Schuhe, das hatte Tom gleich festgestellt, waren die einzigen Indizien, die etwas über den Toten aussagten. Sie wiesen auf ein Boot hin. Tom hatte die feinprofiligen Schuhe bereits häufig an den Füßen von Bootsbesitzern gesehen. Sie gewährleisteten einen sicheren Stand auf nassen und schwankenden Planken und verhinderten gleichzeitig das Zerkratzen der Teakdecks, da sich in dieser Sohle keine Steinchen einnisten konnten.

Noch bevor Tom sich weitere Gedanken über Boote und Schuhsohlen machen konnte, wurde er von einer Stimme aus seinen Überlegungen gerissen.

»Patrick, kannst du hiervon bitte mal eine Detailaufnahme machen?« Der junge Rechtsmediziner hockte noch immer an der Seite des Opfers und hatte offenbar etwas an der Hand der Leiche entdeckt, als er die Gelenke auf ihre Beweglichkeit hin überprüfte. Das sollte nun fotografiert werden.

»Wow! Ist das spannend!«, schnatterte Tom. Einem echten Rechtsmediziner derart nah bei der Arbeit zuzuschauen, wie genial war das denn.

Gerade breitete er die Flügel aus und war schon zum Absprung bereit, um sich den Toten einmal aus der Nähe anzusehen, als das Schilf sich teilte und einen Flügellosen in Anzug, Krawatte und Gummistiefeln ausspuckte. Tom erkannte ihn sofort. Das war Staatsanwalt Julius Neuner. Hastig faltete Tom seine Flügel wieder auf dem Rücken zusammen und tarnte sich als einfache Nilgans.

Neuner nahm jedoch keinerlei Notiz von Tom, schlüpfte ebenfalls in einen weißen Overall und betrat das abgesperrte Areal.

»Neuner, Staatsanwaltschaft«, stellte er sich dem jungen Rechtsmediziner vor.

»Leon Wagner«, antwortete der. Er richtete sich auf und reichte Neuner die Hand. »Ich habe Sie schon erwartet.«

»Wo ist Doktor Fischer?«

»Ingo hat Urlaub.«

»Sieht so aus, als hätten sie seine Erfahrung gleich

mit in Urlaub geschickt«, meinte Neuner und taxierte den jungen Mann von oben bis unten.

»Man hat mich für diesen Fall extra beim LKA angefordert«, antwortete Wagner souverän, ohne auf Neuners Spitze einzugehen.

»Wie kommt es dann, dass ich noch nie von Ihnen gehört habe?«

Wagner errötete leicht und parierte den Angriff des Staatsanwaltes. »... und ich noch nie von Ihnen.«

Neuner lachte. Solche Antworten schien er zu mögen. Er betrachtete die Leiche jetzt eingehend. »Was können Sie mir über den Toten sagen, Doktor Wagner?«

»Unbekannte männliche Leiche, etwa 45 bis 50 Jahre alt. Erschossen«, antwortete der Arzt und deutete auf die Brust des Opfers.

»Hier?«

»Ich denke nicht. Dafür gibt es keine Anzeichen. Er ist vermutlich im Sitzen erschossen worden. Der Blutaustritt hat eine vertikale Spur von der Eintrittswunde beim Herzen bis hinunter zum Gürtel hinterlassen. Er hat sich offenbar nicht gewehrt. Und aufgrund der verlagerten Totenflecken bin ich mir sicher, dass er bewegt, vermutlich sogar hierher transportiert worden ist. *Wer* ihn *womit* getötet hat, kann ich noch nicht sagen, aber bei dem *Wann* habe ich einen Tipp.«

»Das weiß ich selbst«, brummte Neuner. »Nach der ausgeprägten Leichenstarre zu urteilen, ist er seit sechs bis acht Stunden tot.«

»Gar nicht mal so schlecht, Herr Staatsanwalt. Das ist mehr, als ich sonst von Ihrer Zunft zu hören bekomme.«

»Ingo hat mir einiges erzählt, und ich habe gut zugehört«, erklärte Neuner ungefragt. Auf den Seitenhieb des jungen Arztes ging er nicht ein. »Der Todeszeitpunkt liegt demnach vermutlich zwischen zweiundzwanzig Uhr und Mitternacht.«

Doktor Wagner nickte anerkennend. »Das stimmt. Ingo ist ein guter Lehrer.« Der Arzt kramte aus seinem Tatortkoffer ein Wattestäbchen hervor und betupfte damit einen Finger des Opfers. »Mehr kann ich Ihnen im Moment noch nicht sagen. Die Proben müssen noch ins Labor. Alles Weitere steht dann in meinem Bericht.«

»Wenn Sie mit dem auch so schnell sind wie mit Ihren kecken Antworten, müsste ich ihn ja bald auf meinem Tisch haben.«

»Ich bin fix, Herr Staatsanwalt«, sagte Wagner und grinste breit. »Sie sollten mich mal im gerichtsmedizinischen Institut besuchen und meinen flinken Umgang mit der Knochensäge sehen.«

»Ehm, nein danke«, lehnte Neuner das freundliche Angebot des Mediziners ab und lächelte gequält. »Ihr Bericht reicht mir vollkommen. Sie wissen ja, wie das ist mit den Besuchen in der Rechtsmedizin. Nicht, wenn es nicht unbedingt sein muss.«

»Ja, ja. Das ist nichts für schwache Nerven«, räumte

der Arzt ein und holte dann zum Schlag aus. »Das ist nur was für echte Männer!«

Neuner verdrehte die Augen, öffnete für einen kurzen Moment den Mund, als wolle er auf die Frechheit des jungen Arztes antworten. Stattdessen warf er noch einen letzten Blick auf das Opfer und sagte dann: »Sie entschuldigen mich, da ist noch ein Zeuge, der befragt werden muss.«

Neuner nickte dem Arzt und seinem Assistenten zu und verließ das markierte Areal. Nachdem er sich seiner Schutzkleidung entledigt hatte, marschierte er durch die Schilfschneise zurück zum Deich. Dort wartete sein Zeuge samt Hund und Fahrrad.

Tom hielt nichts mehr auf seinem Platz. *Hinterher!*, dachte er sich und sprang mit weitgeöffneten Flügeln vom Ast. Diese Zeugenaussage wollte er sich auf keinen Fall entgehen lassen, und so zupfte er bereits an Gänseblümchen in der Nähe des Hundebesitzers, als Neuner noch den steilen Deich erklomm.

»Mein Name ist Staatsanwalt Neuner«, keuchte der und schnappte nach Luft. »Das ist nett, dass Sie gewartet haben, Herr …«

»Mein Name ist Fabian Huber«, antwortete der Mann und ergriff die Hand des Staatsanwaltes. Huber war etwa siebzig Jahre alt und trug zum Schutz gegen die morgendliche Kühle eine warme Strickjacke, die um seinen prallen Bauch herum ziemlich spannte.

»So, dann erzählen Sie doch mal. Wie war das heute

in der Früh?«, fragte Neuner, der inzwischen wieder zu Atem gekommen war.

»Tja, wie jeden Morgen sind meine kleine Winnie und ich hier entlanggefahren«, sagte Huber und wies auf den struppigen Hund an seiner Leine. »Die freut sich immer, wenn wir eine Spazierfahrt machen.«

»Und dann?«

»Wir sind regelmäßig hier. Winnie kennt sich gut aus. Aber so aufgeregt wie heute Morgen habe ich sie noch nie erlebt. Sie ist wild bellend ins Schilf gesaust und hat gar nicht mehr aufgehört zu kläffen. Ich bin hinter ihr her, und da habe ich ihn dann liegen gesehen.« Stockend erzählte der Rentner weiter. »Als ich mich von dem Schock erholt hatte, habe ich Winnie gleich wieder an die Leine genommen und die Polizei gerufen.« Der Zeuge machte eine kleine Pause und sagte dann: »Mit so etwas rechnet man ja nicht, wenn man aus dem Haus geht. Auf unserer letzten Rundfahrt, gestern Abend, lag er jedenfalls noch nicht da.«

»Wie können Sie sich da so sicher sein? Da war es doch bestimmt schon dunkel.«

»Winnie hat nicht angeschlagen, sie ist ganz friedlich neben mir hergelaufen.«

»Um welche Uhrzeit waren Sie unterwegs?«

»Winnie und ich waren gestern Nacht ziemlich spät dran. Die Uhrzeit weiß ich nicht mehr genau, aber das Nachtjournal hatte bereits begonnen, als wir wieder zu Hause waren.«

»Das muss dann ja auf jeden Fall nach Mitternacht gewesen sein, richtig?«, überlegte Neuner laut.

»Das kommt hin.«

»Haben Sie die Leiche angefasst oder irgendwas am Tatort verändert?«

»Um Gottes willen, dazu hatte ich viel zu viel Angst. Winnie hat auch nichts gemacht, die hat nur gebellt«, verteidigte Huber sich, den die vielen Fragen offenbar verängstigten. »Ich habe noch nie einen Toten gesehen – es war schrecklich. Mir gehen diese leeren Augen nicht mehr aus dem Kopf.«

»Das glaube ich Ihnen gerne«, beruhigte Neuner den aufgewühlten Mann. »Das geht den meisten so, die unverhofft auf einen Toten stoßen. Ich frage ja auch nur, ob Ihnen jemand begegnet ist, oder ob Sie jemanden gesehen haben? Bitte erinnern Sie sich, es ist wichtig.«

Huber überlegte kurz und schüttelte dabei kaum merklich den Kopf. »Nein, da war niemand. Als wir beide aufgebrochen sind, dämmerte es gerade. So früh ist nie jemand hier. Wenn da jemand gewesen wäre, hätte Winnie sofort angeschlagen. Sie passt immer auf mich auf, wissen Sie.« Eine Spur Stolz sprach aus Hubers letzten Worten. »Auch nachher, als es richtig hell war, habe ich niemanden gesehen. Nur ganz weit draußen auf dem See war eines dieser Anglerboote. Aber sonst habe ich nichts und niemanden bemerkt. Und Winnie auch nicht, nicht wahr, mein Mädchen?«

Der Staatanwalt nickte. »Kommen Sie bitte nachher

ins Kommissariat und geben dort Ihre Aussage zu Protokoll.«

Tom hatte seine Ohren gespitzt, ihm war kein Wort entgangen. Der tote Flügellose war also irgendwann nach Mitternacht, jedoch lange vor Sonnenaufgang im Schilf gelandet. Ob das vom Zeugen erwähnte Anglerboot damit in Verbindung stand, ließ sich noch nicht sagen. Dem würde man eventuell noch nachgehen müssen. Und für diesen Job hatte Tom auch schon jemanden im Auge. Seinen Assistenten Rio. Der war prädestiniert für Observationen und Recherchen.

Obwohl er gedanklich sehr mit dem Fall beschäftigt war, bauschten sich unvermittelt seine Halsfedern auf, und sein Hinterteil begann hin und her zu schwingen. Ihm wurde mulmig, und er fühlte sich beobachtet.

Aufmerksam schaute er sich um und betrachtete das Schilf und die Bäume hinter sich. Es kam ihm so vor, als hätte ihn jemand im Visier. War er es dieses Mal, der observiert wurde? War Rio in der Nähe und erlaubte sich einen Spaß mit ihm? Doch er konnte weder Rio noch sonst jemanden im Geäst entdecken. Alles schien normal und unverdächtig, und doch, irgendwer war dort.

»Verdammter Mist! So eine Schweinerei!«, tönte es mit einem Mal aus dem Schilf. Ein Flügelloser in roter Jacke kämpfte sich laut fluchend durch das Dickicht. Tom horchte auf. Die Stimme kannte er, und auch das Gesicht. Denn wer da gerade regelrecht aus dem Schilf hervorbrach, war niemand anders als Kriminaloberkommissar Peter Hump in roter Jacke. Erst Staatsanwalt Neuner und nun Kommissar Hump. Das war ja das reinste Kriminalistentreffen. Fehlte nur noch der Reiners!

Hump war also der Mann, den Tom während des Landeanfluges als roten Punkt am Ufer hatte entlangstapfen sehen. Der junge Kommissar fluchte wie eine Rohrammer, während er versuchte, seine triefenden Schuhe durch wildes Aufstampfen vom Matsch zu befreien.

Hier ist es besser, nicht erkannt zu werden, dachte Tom, schlug kurz die Flügel aus und widmete sich zur Tarnung frischen Grashalmen.

»Ah, Herr Hump«, hörte Tom den Staatsanwalt rufen, der nun den Deich hinunter auf den Kommissar zuging, »lassen Sie sich von der Spurensicherung ein Polaroid des Toten geben und klappern Sie damit mal die Häfen in der Umgebung ab.«

»Ich soll was?«, fragte Hump, der stehengeblieben war und sich nun abmühte, seine Schuhe an Grasbüscheln abzuwischen, als sei er in einen Hundehaufen getreten.

»Mensch, Hump. Nun lassen Sie das doch. Hier wartet Arbeit auf Sie. Sie sollen die Identität des Toten in den umliegenden Häfen klären. Sie wissen schon, wegen der Schuhe.«

»Was haben denn meine Schuhe mit dem Toten

zu tun?« Hump guckte verdutzt auf seine verdreckten Sneakers.

»Doch nicht Ihre Schuhe, Hump! Schauen Sie sich mal die Schuhe des Toten an. Das sind Bootschuhe. Wir suchen also jemanden, der mit Booten zu tun hat.«

Tom nickte zustimmend und sah, wie der Staatsanwalt sich abwandte und wieder zurück zum Fundort ging. Neuner hatte also die gleichen Schlüsse gezogen wie er. Hump dagegen war mal wieder total ahnungslos. Alles andere hätte ihn auch gewundert.

Es führte kein Weg daran vorbei: Tom musste den Fall übernehmen. Die Ermittlungen im Fall des ermordeten Campers Alex hatten es gezeigt. Dieser Kommissar löste so schnell keinen Fall, jedenfalls nicht ohne gefiederte Unterstützung.

Doch da war ein Gedanke, der Tom beschäftigte. Neuner hatte vorhin doch etwas gesagt.

Wir suchen jemanden?

Suchen?!

O je, Klipper.

Den hätte er beinahe vergessen.

4

Als Hump etwas später am Deich eintraf, war der erste Ärger über die kurze Nacht und den frühen Einsatz verflogen, denn er hatte realisiert, dass genau dies die Gelegenheit war, sich seinem Vorgesetzten als Ermittler zu empfehlen. Bisher hatte der erfahrene Reiners den Arbeitsablauf festgelegt und er selbst auf Anweisung gearbeitet. *Das kriege ich hin*, motivierte er sich. *Die Spürhunde von der SpuSi werden sich auf ihre Arbeit konzentrieren – denen ist egal, wer die Ermittlung leitet.*

Er parkte sein Auto neben den Wagen der Kriminaltechnik und des Gerichtsmediziners auf der Deichkrone. Dann folgte er dem frischen Trampelpfad, der den Damm hinunterführte, und bahnte sich den Weg durchs Schilf. Für einen Moment hielt er inne und betrachtete die Umgebung. Abgesehen von ein paar Bäumen gab es nur Schilf und Matsch – wohin das Auge reichte. Einzig ein schmaler sandiger Uferstreifen gewährte etwas Sicht auf den See. Humps Blick wanderte zum Gerichtsmediziner, der neben dem Opfer inmitten der Polizeiabsperrung hockte.

Und da war noch ein Mann in gelben Gummistiefeln.

Neuner. Musste das sein?! Hump hätte es eigentlich ahnen können, schließlich verhielt sich der Staatsanwalt, der seine Ermittlungen normalerweise ausschließlich vom Schreibtisch aus vorantrieb, völlig anders, wenn er einen der wenigen Fälle auf den Tisch bekam, die etwas mit Wasser zu tun hatten. Dann hielt den leidenschaftlichen Bootsliebhaber nichts mehr in seinem Büro. *Soviel zum Karrieresprung,* dachte Hump bitter, als ihm dies wieder einfiel. Und er verabscheute den Wichtigtuer Neuner gerade noch einen Tick mehr, weil ihm jetzt kaltes Brackwasser durch die Sohlen seiner nagelneuen Sneakers lief, während der Staatsanwalt an die richtigen Gummitreter gedacht hatte.

»Guten Morgen, Herr Hump«, begrüßte Neuner den Kommissar.

»Schauen Sie sich doch bitte mal in der Umgebung um, ob Sie irgendetwas entdecken können. Die Spurensicherung ist zwar schon durch, aber besser ist besser!«

»In der Umgebung? Ich? Sie meinen doch nicht das meterhohe Gestrüpp hier?«, meuterte Hump und warf einen leidenden Blick auf seine mittlerweile vollgesogenen Schuhe.

»Na, was denn sonst?«, antwortete Neuner.

Gereizt stapfte er durch den Matsch auf die grünbraune Mauer aus Schilf zu und überlegte, ob er ein neues Paar Schuhe auf seine Spesenabrechnung setzen konnte. Schließlich wurde er von einem Wald aus Stängeln und Blättern umfangen. Die scharfen Blattkanten schnitten ihm schmerzhaft in die Haut. Und als ob das nicht schon schlimm genug gewesen wäre, versank er mit jedem Schritt tiefer und tiefer in dem muffigen und nach totem Fisch stinkenden Morast.

Widerwillig schaute er sich um. Nichts deutete darauf hin, dass der Tote von der Landseite her an seinen Fundort gelangt war. Der schmale Durchgang im Schilf, den auch die Kollegen der Bereitschaftspolizei und der Spurensicherung genutzt hatten, schien ursprünglich von dem Zeugen zu stammen, der die Polizei informiert hatte. Es blieb also nur der Weg über den See. Das bedeutete, dass der Tote mit einem Boot an diese Stelle gekommen sein musste. Und Boote bedeuteten Häfen; ebenjene Orte, für die er nichts übrighatte. Seine schlimmsten Befürchtungen schienen nun wahrzuwerden. Nicht nur, dass er jetzt etliche Häfen aufsuchen musste, wahrscheinlich würde Neuner ihn – unter einem guten Vorwand natürlich – auch noch begleiten, um so seine ausgeprägte Hafenphilie auszuleben.

Das Ufergelände war unauffällig und wenig aufschlussreich. Es gab weder plattgetretene Flächen, die auf einen Kampf hinwiesen, noch Blutanhaftungen, die einen möglichen Tatort markierten. Aber die forensische Untersuchung der Spuren stand ja noch aus. Hump beendete seinen Ausflug in die Botanik, stapfte zurück durchs Schilf und orientierte sich dabei an Neuners Stimme auf den Deich zu. Er hatte Wortfetzen der Zeugenbefragung aufgefangen.

»Verdammter Mist! So eine Schweinerei!«, fluchte er laut, kaum dass er aus dem Schilf getreten war und das ganze Ausmaß seiner ruinierten Schuhe erfasste: Matsch bis an die Knöchel. Wütend stampfte er auf und versuchte, den Dreck wieder loszuwerden.

Schließlich ging er mit schmatzenden Geräuschen auf Neuner zu, als sein Blick von einer hektischen Bewegung wie magisch angezogen wurde. Der Zeuge und sein Hund waren es nicht, die waren schon aufgebrochen. Nein, an der Deichböschung hatte eine Gans für einen Moment mit den Flügeln geflattert. Und obwohl sie gleich wieder an kurzen Grashalmen zupfte, schien es Hump, als beobachte sie ihn und ließe ihn nicht aus den Augen.

Es war schon fast ein Déjà-vu-Erlebnis, denn vor kurzer Zeit erst war er an einem anderen See schon einmal einer völlig harmlos aussehenden Gans begegnet.

Einer Gans, die tatsächlich seinen letzten Fall gelöst hatte.

5

Tom überquerte den Obersee in Höchstgeschwindigkeit und war fassungslos. Wegen dieses rot-weißen Bandes hatte er Klipper doch tatsächlich vergessen.

Bei den beiden Kiesinseln bog er nach Steuerbord ab. Während er mit schnellen Flügelschlägen den See entlangdüste, erinnerte er sich noch einmal aller Fakten, die er vorab von Baja über ihren Sohn Klipper bekommen hatte; sorgfältige Vorbereitung war die Basis aller operativen Arbeiten. So locker-flockig aus dem Stegreif heraus zu ermitteln wie Magnum traute er sich noch nicht.

Bajas Küken Klipper war im letzten Sommer kurz nach dem Schlüpfen verschwunden. Und da sie bereits seit fast einem Jahr nach ihm gesucht hatte, wollte Baja nun professionelle Hilfe in Anspruch nehmen. Aufgeben kam für sie nicht in Frage. Toms großartiger Ermittlungserfolg in Sachen Reihermord hatte sich rasch herumgesprochen, und Baja hatte die Gelegenheit beim Schopf gepackt und ihn vom Fleck weg engagiert. Im Grunde war er ihre letzte Hoffnung.

Am Horizont tauchte jetzt die Kaimauer des Hafens auf. Tom begann mit dem Landeanflug und hielt gleichzeitig nach Baja und ihren Jungen Ausschau. Er entdeckte sie schließlich auf einer Wiese in der Nähe des Hafens. Die Entenschar war größer, als er gedacht hatte, und ihr Geschnatter nicht zu überhören. Sie schienen hitzig zu diskutieren. Tom konnte bereits einiges aufschnappen.

»Mama, wie kannst du uns das nur antun – ausgerechnet eine Gans!«, entrüstete sich ein junger Enterich. »Das ist sooo peinlich.«

»Er wird euren Bruder finden, ihr werdet sehen«, sagte Baja. »Er ist ein außergewöhnlicher Ganter.«

»Wir haben selbst genügend außergewöhnliche Erpel«, widersprach der Enterich patzig.

Tom war in der Nähe der Familie gelandet und watschelte langsam auf sie zu. Er hatte genug gehört, um zu wissen, dass Bajas Kinder von seiner Mithilfe nicht gerade begeistert waren.

»Ah, Tom, endlich bist du da!«, rief Baja, als sie ihn entdeckte. Sie saß auf ihrem Nest im Uferdickicht und warf ihm einen Blick zu, der nicht verhehlte, dass sie über seine Verspätung verärgert war. Währenddessen verfolgten ihre Kinder jede seiner Bewegungen mit höchstem Argwohn.

»Du behauptest, du kannst Klipper finden?«, piepste ihn gleich ein braungescheckte Küken an und musterte ihn skeptisch.

»Ich werd's auf jeden Fall versuchen«, sagte Tom und schaute in die Runde. »Aber alleine kann ich das natürlich nicht. Dazu brauche ich Hilfe, eure Hilfe.«

»Seht ihr, ich habe mir gleich gedacht, dass die Sache einen Haken hat«, ließ sich eine Stimme aus den hinteren Reihen vernehmen.

»Keine Angst, ich brauche von euch keine direkte Hilfe«, entgegnete Tom ruhig. Enten waren ja für ihre vorschnell geschnatterten Meinungen bekannt. Und er musste auch zugeben, dass er kein Schild um den Hals trug: *Fernstudium in Kriminalistik und Forensik absolviert.*

»Was ich brauche, sind Informationen über Klipper. Ich würde gerne wissen, wie er als Küken war, was am Tag des Verschwindens passiert ist, und ob euch bei eurer Suche etwas aufgefallen ist.«

Der Widerstand schien ein bisschen zu bröckeln, einige Enten nickten zumindest nachdenklich.

»Eigentlich können wir uns kaum noch an den Kleinen erinnern«, meldete sich eine junge Ente.

Die Erinnerung war in der Tat der wunde Punkt dieser Ermittlungen. Es würde nicht einfach werden, nach fast einem Jahr noch brauchbare Hinweise zu bekommen. Für manche Zeugen, wie zum Beispiel ein Rotkehlchen, war dieser Zeitraum schon fast das halbe Leben. Aber von solchen Schwierigkeiten wollte Tom sich nicht abhalten lassen, er hatte seine Hilfe fest versprochen.

»Klipper war der Kleinste und Neugierigste von uns«, sagte eine andere Ente zögernd. »Überall hat er interessante Dinge entdeckt. Dabei waren das doch nur

Kröten, Käfer oder Schilf. Er musste ständig wie ein kleiner Federball hinter uns her flitzen, weil er die Zeit wieder verbummelt hatte. Und dann war er auf einmal weg.«

»Er mochte Toastbrot«, sagte ein junger Erpel. »Viel lieber als die ökologisch gesunden Kräuter, zu denen Mama uns immer geführt hat. Vielleicht hat ihn ein Flügelloser gefangengenommen.« Die Enten schienen den Flügellosen nicht zu trauen. Tom konnte es ihren Gesichtern ansehen.

»Baja, hast du mal die Möglichkeit in Betracht gezogen, dass Klipper vielleicht von einem Hecht oder einer Katze geschnappt worden ist?«, fragte Tom vorsichtig.

»Auf gar keinen Fall, ich bin eine gute Entenmutter«, schnatterte sie entrüstet. »Ich habe schon viele Küken großgezogen. Jedes einzelne habe ich sorgfältig auf die Gefahren des Lebens vorbereitet. Ich habe sie nicht nur vor Fischen, Vierbeinern und schießwütigen Flügellosen gewarnt, sondern auch …«, Baja zog den Hals ein und suchte mit den Augen die Umgebung nach ungebetenen Ohrenzeugen ab, »… sondern auch vor dem, dessen Namen man besser nicht laut quakt.«

»Du meinst doch nicht etwa … Lord Voldemort?« Tom war verblüfft. »Entführt der jetzt auch schon Küken?!« Kaum hatte er ausgesprochen, wunderte er sich über sich selbst. *Oh, Mann,* dachte er, *ich gucke eindeutig zu viel Fernsehen.*

»Wolde was? Von wem sprichst du?« Baja schüttelte den Kopf und schaute Tom an, als zweifelte sie das erste Mal an ihrer Entscheidung, ihn engagiert zu haben. »Ich meine den Riffler«, flüsterte sie.

Der Riffler, klar. Er war die große, unheimliche Bedrohung, die schon seit Generationen über allen Nestern schwebte. Jeder hatte schon mal eine Geschichte über den kükenstehlenden Riffler gehört.

»Ach so, ja, den«, erwiderte Tom. Natürlich verschwieg er, dass er den Riffler nicht nur schon einmal gesehen, sondern sogar mit ihm gesprochen hatte. Daher sagte er nur: »Ich werde der Spur nachgehen.« Um das Thema »Riffler« rasch zu wechseln, erkundigte er sich nach den Umständen von Klippers Verschwinden.

»An diesem Tag war ich mit meinen Schlüpflingen am Südufer«, sagte Baja. »Dort gibt es eine Böschung mit vitaminreicher Spontanvegetation.«

»Ist euch da irgendwas Verdächtiges aufgefallen?« Es war nicht auszuschließen, dass es sich bei Klippers Verschwinden um eine Entführung handelte. In diesem Fall hätten die Enten allerdings einem Flügellosen begegnet sein müssen, denn Gefiederte entführten niemanden. Da war Tom sich ziemlich sicher. Die Frage *Hast du eine Lösegeldforderung bekommen?*, konnte er sich daher sparen. Eine Ente wie Baja lebte vom See in den Schnabel. Sie hätte eh nur mit Wasserlinsen zahlen können – und wer wollte die schon haben?

Die Enten schüttelten die Köpfe.

»Ich erinnere mich an Uferschwalben, die Nester in die Uferböschung gegraben oder ihre Jungen gefüttert haben. Auch Möwen waren dort. Sie haben sich um Nistmaterial gestritten. Aber von denen hat uns bei der Suche natürlich niemand geholfen, du weißt ja, wie sie sind«, sagte Baja.

Irgendwie war der ganze Fall mysteriös. Klipper war nicht einfach so verschwunden. Entenküken waren zwar genauso wie Gänsegössel Nestflüchter, aber im Gegensatz zu jungen Flügellosen waren sie keine Familienflüchter. Deshalb hatte das Verschwinden eines Jungvogels immer einen besonderen Grund. Möglicherweise hatte Klipper den Schnabel in etwas gesteckt, das ihm nicht bekommen war.

»Nun habe ich ja schon einiges über Klipper erfahren«, sagte Tom nachdenklich, »aber ich weiß nicht, wie er eigentlich aussieht.«

»Er ist als flauschiges Küken verschwunden«, sagte Baja. »Aber mittlerweile müsste er ein prächtiger Erpel mit blauglänzendem Kopf sein. Schau dir seine Brüder an. Genauso müsste Klipper heute auch aussehen.«

Tom nickte. Dumme Frage. Das hätte er sich auch denken können, denn Klippers Brüder glichen sich wie ein Ei dem anderen. Sie sahen so normal und perfekt aus, wie Stockentenerpel nun mal aussahen. Und von diesen gab es Tausende, nicht nur hier an den Seen. Wie sollte er Klipper da nur erkennen?

Doch die Uniformität war nicht das einzige Problem. Viel schwerer wog, dass Klippers Spur seit fast einem Jahr kalt war.

Klipper war ein Cold Case.

6

»Klappern Sie mal die Häfen ab!«, äffte Hump den Staatsanwalt nach, der ihn mal wieder zum Hilfspolizisten degradiert hatte. Sein persönlicher Albtraum war gerade wahr geworden. Häfen bedeuteten sowohl Wasser als auch Wellen, und ihm reichte nur schon ein Gedanke daran, um seekrank zu werden.

Dieser Tag, der ihn so früh aus dem Bett geworfen hatte, konnte ja nur furchtbar werden. Da half es wenig, dass der Staatsanwalt – entgegen eigener Bedenken, er könnte ihn begleiten – am Leichenfundort zurückgeblieben war.

Mit dem Foto bewaffnet war Hump zu seinem Wagen gegangen, hatte dort zuerst Schuhe und Socken ausgezogen und die nackten Füße an Grasbüscheln gesäubert. Mit einem alten Lappen aus dem Kofferraum ließen sie sich zwar trocknen, aber nicht vom modrigen Fischgeruch befreien. Die neuen Sneakers hatten den Trip in die Natur nicht überlebt, und Hump tauschte sie noch auf dem Weg zu seiner ersten Befragung im Hafen gegen ein neues Paar aus. »Verdammt teurer Morgen«, murrte er, als er von der Schuhverkäuferin auf die gelbe Banknote kaum Rückgeld erhielt. Das war alles Neuners Schuld.

Die kleine Marina »WSC Klabauter e. V.« lag in einer Bucht am Nordufer des Obersees und war die erste auf einer langen Liste von Häfen. In einem von ihnen würde er den Schlüssel zur Identifikation des Toten finden. Mit etwas eckigen Schritten betrat Hump das Gelände, seine Schuhe drückten noch ein bisschen und mussten erst noch eingelaufen werden. Er sprach gleich die erste Person an, die ihm entgegenkam. Ein Mann, der mit Handtuch und Kulturbeutel bewaffnet offensichtlich auf dem Weg zur Dusche war.

»Guten Morgen«, grüßte Hump den Frühaufsteher und hielt ihm das Foto des Toten unter die Nase. »Kennen Sie vielleicht diesen Mann?«

»Wer will das wissen?«, fragte der Angesprochene mürrisch.

Hump zückte seinen Dienstausweis und hielt ihn dem Mann entgegen. »Ich bin Kriminaloberkommissar Peter Hump. Kennen Sie den Mann nun oder nicht?«

»Nee, kenn' ich nicht«, antwortete der Mann, nachdem er einen flüchtigen Blick auf Ausweis und Foto geworfen hatte. »Ist der tot? Der sieht, naja, so komisch aus.«

»Sie haben ihn also noch nie gesehen?«, fragte Hump, ohne auf die Frage des Mannes einzugehen.

»Nein, habe ich nicht. Aber fragen Sie mal Erik, unseren Hafenmeister.« Der Mann wies auf einen Gebäudekomplex. »Da oben ist sein Büro. Der kennt alle.

Die Ehemaligen und auch die vom Campingplatz. War's das?«

»Ja, ja. Danke für Ihre Hilfe.«

Während der Duschwillige langsam weitertrottete, ging Hump auf das höchste Gebäude des Geländes zu. Er hoffte sehr, dass er die Identität des Toten bald in Erfahrung bringen konnte, um nicht sämtliche Häfen der Umgebung anfahren zu müssen. Doch auch Erik konnte nicht weiterhelfen. Er kannte den Toten nicht und verwies auf die anderen Marinas in der Region.

Also fuhr Hump den nächsten Hafen auf seiner Liste an, das »Krähennest«. Seine Route führte direkt am idyllischen Ufer des Obersees entlang. Die Natur hatte sich in den letzten Tagen enorm entwickelt. Warme Winde aus dem Süden und heimische Sommersonne hatten gute Arbeit geleistet. Frisches Schilf wuchs jeden Tag mehrere Zentimeter, bunte Blütenteppiche breiteten sich auf saftig grünen Wiesen aus, Bäume und Sträucher hatten ihre Blätterkleider angelegt. Kein Wunder also, dass sich auf dem See eine Vielzahl von Bootssegeln im lauen Wind blähten. Und am Nachmittag würden sich jede Menge Badefreudige in die Fluten stürzen. Doch von der schönen Umgebung nahm Hump keinerlei Notiz. Er hatte einen ungeliebten Auftrag auszuführen und wollte ihn so schnell wie möglich hinter sich bringen.

Die Zufahrt zum Hafen war gut beschildert. Schon

von weitem zeigten ihm bis über Baumwipfel ragende Segelmasten und wehende Fahnen den Weg. Er hatte kein Problem, das »Krähennest« zu finden, und stellte seinen Wagen auf dem Parkplatz vor dem Hafenmeistergebäude ab. Dann erklomm er die Gitterroststufen der Außentreppe hinauf zum Balkon im Obergeschoss. Mit roten Geranien geschmückt, dehnte er sich über die gesamte Hausbreite und lud zum Verweilen ein. Von hier oben hatte man eine grandiose Aussicht über Campingplatz und Hafen bis hin zum Horizont, wo fjordähnliche Seitenarm vom weitläufigen See abzweigte. Gerade lief ein blaues Motorboot langsam in den Hafen ein.

Die Tür zum Hafenmeisterbüro stand offen. Leise Musik und eine krächzende Stimme drangen nach draußen.

»Guten Morgen, ob Sie mir wohl weiterhelfen können?«, begrüßte Hump einen Mann hinter einer brusthohen Theke. Er war an die sechzig Jahre alt, hatte graues, aus der Stirn gekämmtes Haar und arbeitete gerade an einem Computer.

Er schaute Hump an und deutete auf das Mikrofon in seiner Hand, was so viel wie »einen Moment bitte« bedeuten sollte. »Ja, ich habe verstanden, Tango Delta. Herzlich willkommen. Laufen Sie bitte den Steg C an und nehmen dann an der Steuerbordseite die Box 20. Unsere Gästesteiger sind alle belegt. Over.«

»Wunderbar. Ich komme gleich nach dem Festmachen zu Ihnen ins Büro. Vielen Dank. Tango Delta, over and out«, krächzte das Funkgerät.

»Ja, machen Sie das. Hafenmeister, over and out.«

Der Grauhaarige legte das Mikrophon aus der Hand und drehte sich zu Hump. »Was kann ich für Sie tun?«

»Sie sind der Hafenmeister hier vom Krähennest, wenn ich's gerade richtig verstanden habe?«

»Ja, ich heiße Pit Becker und kümmere mich hier um die Marina. Also, wo drückt der Schuh?«

Für einen Moment war Hump überrascht. Was wusste dieser Mann denn von seinen Schuhproblemen? Er verwarf den absurden Gedanken jedoch gleich wieder, zückte zum dritten Mal an diesem Morgen Ausweis und Foto und stellte sich und sein Anliegen vor.

»Hm«, machte Becker und betrachtete das Foto skeptisch. Mit einer Hand strich er nachdenklich über seinen kurzen grauen Kinnbart. »Der sieht aus wie Ulrich. Ulrich Mellwig von der WHITE BEAUTY. Was ist denn mit ihm? Er sieht so … so anders aus.«

»Er ist tot«, sagte Hump knapp. Er ließ den kräftig gebauten Hafenmeister nicht aus den Augen.

»Tot?« Becker schüttelte den Kopf und sah Hump an, als könne er nicht glauben, was er da gerade erfahren hatte. »Wie ist denn das passiert?«

»Er ist erschossen worden. Sind Sie sicher, dass dieser Mann Ulrich Mellwig ist?«

»Ich denke schon. Sein Boot liegt dort drüben.« Becker war aufgestanden, um die Theke herumgegangen und auf den Balkon getreten. »Kommen Sie, Herr Kommissar. Von hier aus können Sie sein Boot sehen. Dort hinten, Steg D, das große Weiße, das ist es.« Mit ausgestrecktem Arm deutete er auf einen Steg im Hafen.

»Aha«, sagte Hump. Er war neben Pit Becker auf die Empore getreten und wusste vor lauter weißen Booten nicht so recht, welches der Hafenmeister denn nun tatsächlich meinte. Aber er war sich sicher, dass er eine *Weiße Schönheit* am Steg D wohl finden würde. »Haben Sie Herrn Mellwig näher gekannt?«

»Wie man seine Gäste halt so kennt. Er hat sein Boot bereits seit Jahren hier im Hafen liegen, verbrachte viel Zeit darauf und hielt es gut in Schuss.«

»Hatte er mit jemandem Streit, oder war er problematisch?«

»Nein, er war ein angenehmer Mensch. Mit ihm hatte ich nie Probleme«, antwortete der Hafenmeister und grüßte mit einer kurzen Handbewegung ein vorbeifahrendes Segelboot.

»Das heißt, Sie wissen nicht, ob er Feinde hatte«, hakte Hump nach und sein Blick folgte automatisch dem Segler.

»Feinde?«, wiederholte Becker. »Nee, warum sollte der Feinde gehabt haben?«

»Naja, zumindest einen muss er gehabt haben, sonst wäre er schließlich nicht tot.«

»Vielleicht fragen Sie mal die Stegnachbarn. Die

kannten ihn sicherlich besser als ich«, ruderte Becker zurück.

»Das werde ich machen. Dann vielen Dank. Sollte Ihnen noch etwas einfallen, rufen Sie mich bitte an.« Hump angelte aus seiner Jackentasche eine Visitenkarte und drückte sie dem Hafenmeister in die Hand.

Während er die Treppe herunterstieg, sah er sich ein wenig um. Direkt gegenüber dem Treppenabgang befand sich der Parkplatz, auf dem auch sein Wagen stand, gleich dahinter erstreckte sich der Campingplatz. Etwas rechts davon, ein gutes Stück vor der kleinen Werft, lag das obligatorische Hafenrestaurant, das in keiner Marina fehlen durfte, eingebettet zwischen Hecken und Sträuchern, die als Windschutz dienten. Neben dem Treppenabgang befanden sich drei haushohe Fahnenmasten, an deren bunten Flaggen neben der Windrichtung auch die Windgeschwindigkeit grob abgelesen werden konnte. Zu Füßen des Hafenmeisterbüros lag das von einem hohen Deich umgebene Hafenbecken. Unzählige schwimmende Stege und noch mehr Boote fanden darin Platz.

Hump nutzte die erste der vier Rampen, die vom Damm hinunter auf den schwimmenden Hauptsteg führten, und ging an den mit »A«, »B« und »C« gekennzeichneten Stegabzweigungen vorbei. Kaum hatte er den leicht schwankenden Steg betreten, stellte sich erstes Unwohlsein bei ihm ein. Dösende Enten am Ufer flüchteten sich schnatternd ins Wasser und verschwanden zwischen die Bootsbäuche, als er näherkam. *Nirgends hat man seine Ruhe*, schienen sie zu schimpfen. Aber auch eine einzelne Nilgans machte sich auf den Weg ins Wasser, als sie Hump kommen sah.

Wie vom Hafenmeister beschrieben, bog Hump am Ende des Hauptsteges auf den Steg D ab. Kleine und mittelgroße Segeljachten und Motorboote dümpelten an beiden Seiten, wobei zumeist zwei Boote in einer Box lagen. Die Boxen wurden von schmalen Fingerstegen begrenzt, über die man die Boote seitlich betreten konnte.

»White Beauty«, flüsterte Hump vor sich hin und untersuchte im Vorbeigehen jedes der Boote auf seinen Namen.

Während er über den Steg ging und gegen das dumpfe Druckgefühl in der Magengegend ankämpfte, sah er etliche Bootsbesitzer, die entweder auf dem Achterdeck ihrer Motorboote oder im Cockpit ihrer Segler frühstückten. Hump fragte sich, wie schwankende Planken und frühstücken überhaupt zusammenpassten. Die Besitzer wiederum ließen auch ihn nicht aus den Augen und schienen sich zu fragen, ob sie es hier mit einem »Sehmann« oder einem Neuzugang zu tun hatten.

Sein Handy klingelte. Neuner – der schon wieder!

»Oh, hallo, Herr Neuner«, Hump schluckte die aufkommende Übelkeit hinunter und begrüßte den Staatsanwalt bemüht freundlich.

»Wo stecken Sie denn, Hump? Ich habe noch gar nichts von Ihnen gehört. Ich wollte nur kurz wissen, ob Sie schon etwas herausgefunden haben?«

»Ehm, ja, habe ich. Ich bin jetzt in einem Hafen und verfolge eine erste Spur.« Hump sprach aus gutem Grund leise. Er hatte das Gefühl, der halbe Hafen würde ihm zuhören.

»Dann hatte ich mit meiner Vermutung also recht. Der Tote hatte ein Boot.«

»Ja, richtig. Ich steh schon auf dem Steg. Aber ich kann jetzt nicht reden, Herr Neuner.«

»Wieso nicht? Will man Sie etwa kielholen?« Neuner schien zu kichern, wurde dann aber wieder ernst. »Sie brauchen Unterstützung, nicht wahr?! Keine Sorge, ich mache mich sofort auf den Weg.«

»Nein, Herr Neuner. Das ist nicht nötig«, wiegelte Hump freundlich, aber bestimmt ab. »Sie brauchen nicht hierherzukommen. Das schaffe ich schon alleine. Ich melde mich später noch mal, ja?«

»Wann denn ungef…«

Uff, abgewimmelt!, dachte Hump, nachdem er mitten in Neuners Satz kühnerweise einfach aufgelegt hatte. Neuner war wirklich eine Nervensäge. Da war man kaum eine Stunde unterwegs, schon wollte er Ermittlungsergebnisse.

Hump ging noch an einigen Booten vorbei, dann hatte er die White Beauty gefunden. Das letzte Boot auf der linken Seite. Ein sehr großes, sehr elegantes, weißes Motorboot. *Nicht übel*, dachte Hump und nickte anerkennend. *Wirklich nicht übel. Wenn man Boote mag.*

Die hochgebaute WHITE BEAUTY stand mit dem Heck zum Steg. Zwei elegant geschwungene Treppen führten seitlich der Badeplattform hinauf zum geräumigen Achterdeck. Der Kommissar reckte seinen Hals, um zu sehen, ob jemand an Bord war. Kein Licht, keine Geräusche. Nur die deutsche Flagge wehte an einem hölzernen Flaggenmast von der polierten Achterreling herunter. Hump klopfte gegen den stählernen Rumpf und tiefe Töne schallten durch das Boot. Doch es erfolgte keinerlei Reaktion. Er beschloss selbst nachzusehen, ob jemand an Bord war, ob es verlassen oder gar der Tatort war. Obwohl er wusste, dass es seinem Magen nicht bekommen würde, sprang er beherzt vom Steg auf die Badeplattform. Das Heck gab augenblicklich unter seinem Gewicht nach und schwankte leicht. Sein Körper reagierte sofort, kalter Schweiß brach aus. Hump ergriff den Edelstahlhandlauf, atmete kurz tief durch und stieg die Treppen hinauf.

»He, Sie da. Hallo!«, rief ihm prompt eine weibliche Stimme von einem Segelboot schräg gegenüber zu. »Was machen Sie denn da? Das dürfen Sie nicht, einfach so auf fremde Boote gehen. Und dann auch noch mit Straßenschuhen! Sie ruinieren ihm ja das ganze Teak!«

Ertappt. Irgendwie war das heute nicht sein Schuhtag. Wahrscheinlich wäre es am besten, er würde gleich barfuß laufen.

»Wissen Sie, ob jemand an Bord ist?«, rief Hump von der obersten Treppenstufe hinunter zu der jungen blonden Frau, die ihn mit grimmigem Blick fixierte.

»Sie haben da nichts zu suchen. Das ist Bootsfriedensbruch!«, schimpfte die Frau weiter. Sie trug eine weiße Bluse und hatte sich einen rosafarbenen Pullover über die Schultern gelegt. Dann schien ihr ein Licht aufzugehen. »Ach, Sie interessieren sich für die WHITE BEAUTY? Das Boot steht aber nicht zum Verkauf.«

Hump wedelte mit seinem Ausweis, bevor er die Stufen wieder hinabstieg und auf ihr Segelboot zuging, das »LUCKY« hieß.

»Ich interessiere mich für dieses Boot, aber kaufen will ich es nicht. Ich bin Kriminaloberkommissar Hump. Und Sie, Sie sind?«

»Gabi Westhof und das ist mein Mann Lukas«, antwortete sie und wies mit einer Hand auf den Mann an ihrer Seite. »Ich habe ja nicht ahnen können, dass Sie von der Polizei sind. Wir passen hier aufeinander auf, wissen Sie. Warum interessieren Sie sich denn für die WHITE BEAUTY?«

Hump zog ein weiteres Mal das Foto des Toten hervor und reichte es ihr. Sein Blick streifte dabei ein Schlauchboot, auf dem in großen schwarzen Lettern *Tender to LUCKY*, aufgebracht war. »Kennen Sie diesen Mann?«

»Das ist Ulrich. Ulrich Mellwig.« Fassungslos starrte Gabi Westhof auf das Polaroid. In ihre Augen kroch blankes Entsetzen. Nun nahm auch ihr Mann das Foto, warf einen Blick darauf und nickte. »Ja, das ist er. Ist er tot?«

Hump nickte. »Wir haben ihn heute Morgen gefunden.«

»Was ist denn passiert?«, erkundigte Lukas Westhof sich, ein braungebrannter Mann Anfang vierzig.

»Er ist erschossen worden.«

»Wer macht denn so etwas?«, stammelte Gabi Westhof.

»Ich bin hier, um das herauszufinden. Können Sie mir etwas zu Herrn Mellwig sagen? Ihr Boot liegt ja quasi gegenüber. Da müssen Sie ihn doch gut gekannt haben, oder?«

»Ulrich ist«, begann sie und verbesserte sich sogleich wieder, »Ulrich war ein freundlicher Mann. Nett und sympathisch. Aber so richtig gut kannten wir ihn nicht. Er lebte ziemlich zurückgezogen. Hin und wieder hat er Gäste gehabt und für sie gekocht. Er hat für sein Leben gern gekocht. Das hat er mal erzählt.«

»Und die anderen Nachbarn? Hatten die mehr Kontakt? Hat er sich auch mit denen gut verstanden?«

»Er war niemand, der sich aufgedrängt hat«, sagte Lukas Westhof. »Er hatte einen anstrengenden Job, war Inhaber einer großen Spedition.« Mit einem Fingerzeig deutete er auf die WHITE BEAUTY. »Von nichts kommt nichts, wenn Sie verstehen? Er hat seine gesamte Freizeit auf dem Boot verbracht, hat es geputzt und in Schuss gehalten. Das war für ihn ein Ausgleich zum Stress im Büro. Einmal hat er gesagt, wenn er das Boot nicht hätte, hätte er schon lange einen Herzinfarkt.«

»Ich verstehe«, sagte Hump, obwohl er es nicht nachempfinden konnte, schließlich reichte ihm bereits ein Steg, um richtig seekrank zu werden. Doch niemand nahm Rücksicht darauf. Neuner schon gar nicht, der wollte nur Resultate. Die WHITE BEAUTY musste inspiziert werden; Übelkeit hin oder her. Also entledigte er sich seiner neuen Schuhe und sprang tapfer erneut auf die Badeplattform der WHITE BEAUTY. Unsicher griff er noch einmal nach dem Handlauf und stieg die Stufen empor. Dieses Mal protestierte die LUCKY-Crew nicht.

Das Achterdeck war mit Teak ausgelegt und mit einer wasserdichten Stoffabdeckung überspannt. Darin eingearbeitete Fenster gewährten eine gute Rundumsicht. Hump steuerte an einem Tisch mit 4 Stühlen vorbei auf eine Schiebetüranlage zu, die das Achterdeck von den Bootsräumen trennte. Sie war fest verschlossen, gewährte Hump jedoch einen guten Blick ins Bootsinnere. Er konnte aber nichts Verdächtiges entdecken. Sein Magen rebellierte derweil mehr und mehr. Er beendete die Visite und kletterte vorsichtig wieder die Stufen zum Steg hinunter, denn auf diesen schaukelnden Brettern wollte er sich nicht länger als nötig aufhalten. Froh, endlich wieder einigermaßen festen Boden unter den Füßen zu haben, griff er zum Handy.

»Hallo, Herr Neuner. Ich bin's, Peter Hump. Der Name unseres Toten ist Ulrich Mellwig. Er hat ein Boot, das im ›Krähennest‹ liegt. Ich glaube, die SpuSi sollte es sich mal ansehen.« Das ungute Gefühl im Magen beruhigte sich nicht. Im Gegenteil, es kroch weiter langsam hoch bis zu seinem Hals.

»Hump, sagten Sie Krähennest? Was reden Sie denn da? Kein Boot liegt im Ausguck eines Seglers! Wo sind Sie, verdammt – Hump, haben Sie was getrunken?«

»Herr Neuner, schlimmer … Ich glaube, ich muss jetzt erst mal die Fische füttern.«

7

Tom wurde unruhig. Seine innere Uhr tickte. Es war Zeit für die *heute*-Nachrichten. Das spürte er auch ohne Kirchengeläut.

Eben erst war er erschöpft in den Hafen »Zum Krähennest« zurückgekehrt und brauchte dringend Erholung. Doch kaum hatte er ein paar Blättchen Entengrütze von der Wasseroberfläche gefischt, waren ihm die Nachrichten wieder eingefallen.

»Guano!«, schimpfte er verärgert über sich selbst. Vor lauter Ermittlungsarbeit hatte er total vergessen, dass er sich am Obersee aufhielt. Ede, die ***heute***-Nachrichten und das für ihn bereitgestellte Toastbrot waren weit entfernt. Selbst mit der Geschwindigkeit einer Enterprise wäre er erst zur Wettervorhersage bei Ede eingetroffen, aber wen interessierten schon fragwürdige meteorologische Prognoseversuche?

Der Tag war wirklich anstrengend gewesen. Tom hatte nach dem Gespräch mit der Entenfamilie eine kleine Pause im Hafen eingelegt und dort das Frühstück nachgeholt. Dabei war er unvermittelt wieder auf Oberkommissar Hump gestoßen, der ihm mit langen Schritten entgegengekommen war. Tom war ihm unauffällig gefolgt und hatte so nicht nur den Namen des

Toten aus dem Schilf erfahren, sondern auch den Einzug der Spurensicherung auf dessen Boot beobachten können. Zu gerne hätte er sich der Truppe angeschlossen und das Bootsinnere mit eigenen Augen begutachtet, doch inzwischen wusste er um die Furcht der Spurensicherung vor seiner kompetenten Konkurrenz. Er hatte daher beschlossen, sie ihre Arbeit machen zu lassen, und, wenn nötig, selbst noch einmal eine Vorort-Überprüfung durchzuführen. So war er in unmittelbarer Nähe der WHITE BEAUTY geblieben und hatte seine feinen Ohren auf Empfang geschaltet. Dabei hatte er nicht nur Toastbrot vom Segelboot LUCKY aufgeschnappt, sondern auch, dass eine gewisse Lora verschwunden war. Er hatte sich sehr gewundert, dass unter den Flügellosen keine Hektik ausgebrochen war, niemand wild herumtelefoniert oder von einer SoKo »Lora« gesprochen hatte. Die Flügellosen hatten den Hafen verlassen, wie sie gekommen waren. Ruhig und in geschlossener Formation.

Lora, wer mochte das sein? Die Ehefrau des Toten? Seine Tochter? Oder vielleicht, bei Flügellosen nicht gerade unüblich, eine heimliche Geliebte? Das war mal wieder so ein typisches Flügellosen-Ding! Ob Hump einer derart brisanten Herausforderung gewachsen war? Tom glaubte nicht daran. Er kannte Hump. Der geriet ja sogar bei minimal schwankenden Stegen in hoffnungslose Seenot und war schon mit dieser Situation glattweg überfordert. Auch hatte er die Fische mit grüngefärbtem Gesicht auf recht unkonventionelle Weise gefüttert. Tom hatte es beobachtet. Wie konnte da jemand mit klarem Verstand annehmen, dass Hump einen kniffligen Fall löste?

Tom jedoch wusste, wie Toastbrot krümelt. Daher war es an ihm, herauszufinden, wer Ulrich Mellwig umgebracht hatte, wer diese ominöse Lora war, und ob sie etwas mit Mellwigs Tod zu tun hatte. Was für ein Stress, schließlich hatte er ja auch noch den Fall Klipper am Kropf!

Um die Vermisstenermittlungen voranzutreiben, hatte er nach dem Abzug der Spurensicherung den Tag damit verbracht, Klippers Heimat, den See und die Umgebung zu erkunden. Er hatte den Ort aufgesucht, an dem Klipper verschwunden war, und erste Kontakte mit dort ansässigen Uferschwalben geknüpft. Sie waren wegen der Aufzucht ihrer Brut im Dauerstress und hatten keine Zeit, auch nur irgendetwas zu bemerken. Und genau wegen dieser intensiven Ermittlungsarbeit hatte er ganz vergessen, sich nach einer neuen Nachrichtenquelle umzusehen. Selbstverständlich hätte er sich im Hafen umschauen können. Auch hier würden um diese Zeit Fernsehgeräte in Betrieb sein. Doch es bedurfte einer aufwendigen Observation, die Lebens- und Fernsehgewohnheiten der ansässigen Bootsleute zu studieren. Nicht zuletzt auch wegen der scharfzahnigen Fellträger, die sich zu ihrer eigenen Unterhaltung gerne Flügellose hielten und plattfüßigen Eindringlingen nachhaltig ihr Hausrecht demonstrierten. Einfach mal eben dorthin zu watscheln, um die Nachrichten anzusehen, war, ohne die Lage im Hafen sondiert zu haben, einfach viel zu gefährlich. Ein alleinstehender CSI-Liebhaber mit ganz viel Toastbrot und einem Herz für Gänse wäre ihm gerade recht gewesen, doch wie sollte er den so schnell finden?

»Und wie erfahre ich nun die Neuigkeiten?«, brummte Tom verdrossen vor sich hin. Gereizt schaufelte er mit dem Schnabel Wasser über seinen Körper und entschloss sich prompt zu einem Bad. Einem kriminalistischen Bad, denn immer wenn er badete, konnte er besonders gut über seine Fälle nachdenken.

»Was willst du denn wissen, Kleiner?«, riss ihn plötzlich eine tiefe Stimme aus seinen Gedanken.

Tom ruderte herum und schüttelte Wasserperlen aus dem Gefieder. Ein stattlicher Graugansganter, in Gesellschaft zweier Damen, schwamm auf ihn zu. Die drei Gänse waren fast doppelt so groß wie Tom, und er befürchtete schon, dass sie ihn aus ihrem Revier vertreiben wollten.

»Na ja, ich würde gerne wissen, was es so Neues gibt«, antwortete er vorsichtig. Seine Vorliebe für die Themen des Tages wollte er nicht gleich preisgeben.

»Oh, da bist du bei uns absolut richtig!«, sprudelte das grauweißmelierte Mischlingsmädchen los. »Ich bin Selene und das hier sind Stella und Hunter. Wenn hier jemand Bescheid weiß, dann sind wir das.«

»Wirklich?«, fragte Tom erstaunt und argwöhnisch zugleich. Die drei sahen nicht gerade so aus, als würden sie regelmäßig von Gerster, Hahlweg und Fornoff auf dem Laufenden gehalten.

»Klar, wir wissen, was hier abgeht. Wer mit wem und warum. Dass du neu hier bist, haben wir gleich gesehen. Wir haben dich beobachtet. Du hast dich mit Baja und ihrer Familie getroffen, stimmt's?«

»Ja, das ist richtig«, antwortete Tom nun ohne große Scheu und stellte sich ebenfalls vor. Diese Gänse schienen doch freundlicher zu sein, als er gedacht hatte.

»Entschuldige, dass ich frage, aber was hast du denn mit diesen *Enten* zu tun?«, fragte Stella. Das Wort *Enten* spuckte sie aus, als hätte sie etwas Widerliches im Schnabel.

»Ich helfe Baja bei der Suche nach ihrem Sohn. Ihr habt doch bestimmt davon gehört.«

»Das schon wieder!«, stöhnte der Grauganter genervt auf. »Die macht uns alle noch ganz verrückt, diese närrische kleine Ente. Ständig fragt sie herum, ob jemand etwas über ihr Junges weiß. Dabei ist doch klar, dass ein Fuchs das Küken geholt hat – oder wer auch immer!«

»Du meinst den, dessen Namen besser niemand schnattert«, warf Selene frech ein und sah mit Genugtuung, wie ihre Mitstreiter heftig zusammenzuckten.

»Ich habe ihr aber meine Hilfe fest versprochen.«

»Warte mal …«, sagte Hunter und machte ein nachdenkliches Gesicht. »Du hast gesagt, du heißt Tom.«

Dann hellte sich seine Miene auf. »Kann es sein, dass ich schon mal von dir gehört habe?«

»Möglich«, antwortete Tom vorsichtig.

»Bist du etwa *der* Tom? Der, der den Tod von diesem Reiher aufgeklärt hat?«

»So ist es.« Bei der Schnatterhaftigkeit der Enten und anderer Gefiederter war es kein Wunder, dass sich Toms Ermittlungserfolg bis zum Obersee herumgesprochen hatte. »Und nun hat Baja mich beauftragt, Klipper zu suchen. Möglicherweise hat ihn tatsächlich ein Fuchs geholt. Aber habt ihr vielleicht noch andere Ideen, was mit ihm passiert sein könnte?«

»Vielleicht hat ihn jemand geschrotet«, überlegte Selene laut und ordnete mit einigen Schnabelstübern ihr zweifarbiges Federkleid. »Hier wird oft geschrotet. Gestern Nacht zum Beispiel auch.«

Tom horchte auf. »Wie, geschrotet? Was meinst du damit?«

»Im Hafen hat es zweimal laut geknallt.«

»Genau. Das war kurz, bevor die BALTRUM ausgelaufen ist«, bestätigte Hunter. »Ich habe mich schon gewundert, weil der sonst nie so spät in der Nacht ausläuft.«

»Von wem sprichst du?«, bohrte Tom nach. Der Kriminalist in ihm war jetzt hellwach.

»Na, von Gunnar und seinem Plattbodenschiff. Sein Liegeplatz ist direkt gegenüber der WHITE BEAUTY. Normalerweise. Doch seit heute Nacht ist es fort.«

»Hier im Hafen ist geschossen worden?«, fragte Tom fassungslos. Dann war also Mellwig hier im Hafen erschossen worden. Seltsam, die Spurensicherung schien das nicht herausbekommen zu haben, er hatte jedenfalls nichts davon gehört. »Und nun fehlt ein Boot?! Das klingt verdächtig nach Flucht, oder was meint ihr?«

Die Gänse zuckten nur mit den Flügeln. Was wussten sie schon vom Fluchtverhalten der Flügellosen?

»Das alles muss doch bemerkt worden sein«, überlegte Tom laut und ließ die Gänse an seinen Gedanken teilhaben. Klipper war gerade mal wieder zur Nebensache geworden. »Es ist mitten in der Nacht, dann fallen nicht nur Schüsse, sondern da wird auch noch ein Schiffsdiesel gestartet. Bei dem Krach müssen die Flügellosen doch regelrecht aus ihren Kojen gefallen sein und ihre Köpfe aus den Luken gesteckt haben.«

»I wo, wo denkst du hin? Hier knallt es alle schnabellang. Die Flügellosen hören das schon gar nicht mehr – im Gegensatz zu uns«, meinte Hunter.

»Es ist ja auch so, dass nur wir davon im wahrsten Sinne des Wortes betroffen sind.«

»Aber gestern Nacht wahrscheinlich nicht«, sagte Tom und klärte die verdutzt dreinschauenden Gänse auf. »Der Besitzer der White Beauty ist nämlich erschossen worden.«

»Ach! Dann sind wir ja Vectra endlich los!«, triumphierte Stella. Der Tod des Flügellosen schien sie nicht weiter zu kümmern. »Ohne ihren Uli wird sie nicht bleiben können.«

»Vectra? Wer ist das denn?«

»Na, das ist dieses Kakadu-Weibchen, das im Bauch der White Beauty lebt. So einen Vogel habe ich noch nie gesehen. Ihr Schnabel steht nie still. Sie ist unmöglich. Immer will sie das letzte Wort haben.«

»Also, ich kann sie auch nicht leiden«, meinte Selene.

»Ihr könnt sie nur nicht leiden, weil sie besser aussieht als ihr. Und weil sie um Schnabellängen schlauer ist, als wir alle hier zusammen«, warf Hunter ein und klärte Tom auf. »Sie kann sich nämlich auch mit den Flügellosen unterhalten. Sie spricht ihre Sprache! Ich habe es selbst gehört. Aber, das fällt mir jetzt erst auf, heute habe ich ihre Stimme noch gar nicht gehört. Das ist sehr, sehr ungewöhnlich.«

»Ein Kakadu? An Bord? Seid ihr sicher?« Tom war ungehalten. Die flügellose Spurensicherung konnte man echt vergessen. Ihm wäre solch ein Lapsus nicht passiert. Wäre er mit auf dem Boot gewesen, dann … fiel ihm etwas ein: »Kennt ihr eine gewisse Lora? Die soll auch an Bord gewesen sein.«

»Natürlich. Das ist sie! Das ist Vectra!«, rief Stella.

»Wie Vectra?« Tom verstand nicht.

»Der dumme Flügellose – er hat ihren richtigen Namen nicht gekannt. Und da hat er sie Lora genannt«, sagte Selene und fügte überraschend mitfühlend hinzu: »So eine grässliche Strafe hat selbst die nicht verdient.«

Na, da hätte ich aber auch selbst drauf kommen können, dachte Tom. Denn auch Ede nannte ihn nicht Tom, sondern Nili. Soviel zur Theorie mit der heimlichen Geliebten! Jetzt war ihm auch klar, warum keine SoKo »Lora« eingerichtet worden war. Das war ja mal wieder so was von typisch für die Flügellosen!

»Vectra war nicht an Bord«, sagte er. »Ich weiß es.«

»Sie ist abgehauen?«, fragte Stella skeptisch. »Das glaube ich nicht. Sie liebt doch das Leben auf dem Boot und hat dort alle Annehmlichkeiten. Uli hat ihr das Futter *serviert*! In einem blitzblanken Napf! Immer gefüllt mit ihren Lieblingsleckereien. Sie würde ihre heißgeliebte Sitzstange nie freiwillig verlassen. Uli hat ihr sogar ein Namensschild dafür machen lassen. Als sie uns das unter den Schnabel gerieben hat, hat sie wohl gedacht, dass sie uns damit imponieren kann. Aber da kennt sie uns Gänse schlecht!«

»Obwohl«, gab Hunter zu bedenken, »sie ist auch viel alleine gewesen. Uli musste immer zur *Spedition*. Ich weiß zwar nicht, was das ist, aber ich habe Uli oft zu ihr sagen hören: *Ich fahre jetzt in die Spedition, sei schön brav. Ich bin bald wieder zurück.*«

»Trotzdem haben wir häufig Flügellose in dem Boot reden hören«, verriet Stella. »Und Vectra hat ihnen in ihrer Sprache geantwortet. Sie hat dann zum Beispiel *Da haben wir den Salat* gesagt oder *Den grillen wir!* Aber manchmal haben wir sie auch leise und traurig in unserer Sprache rufen hören: *Hallo, ist da draußen jemand?* Dann hat sie mit einem Artgenossen reden wollen, aber ich wollte das nicht. Nicht mit ihr.«

»*Den grillen wir*«, wiederholte Tom und überlegte, was Vectra damit wohl gemeint haben könnte. Das roch verdächtig nach Ganovensprache. Mit wem hatte Vectra sich da bloß eingelassen?

»Warum interessierst du dich eigentlich für diesen Flügellosen? Das ist doch gar nicht deine Sache«, fragte Selene unvermittelt.

»Ach, das ist eine lange Geschichte. Ich kenne den flügellosen Ermittler und weiß, dass er jede Hilfe brauchen kann.« Tom dachte einen Moment nach. »Kann es sein, dass jemand von der BALTRUM aus auf Ulrich Mellwig geschossen hat?« *Dieser Gunnar könnte ihn dann auf seiner Flucht im Schilf abgeladen haben*, überlegte er. *Das wäre die einfachste Erklärung. Und der zweite Schuss? Vielleicht war der erste danebengegangen, oder er galt – Vectra! Vielleicht sind ihr ja ihre Sprachkenntnisse zum Verhängnis geworden. Hätte ihr nie stillstehender Schnabel etwas über den Mörder ausplaudern können? Vielleicht sogar seinen Namen?*

»Das wäre möglich, aber gesehen haben wir's nicht«, unterbrach Hunter Toms Gedanken.

»Wir sind wegen des Schrotens sehr besorgt gewesen und haben uns gefragt, wen es von uns jetzt schon wieder erwischt hat«, meinte Selene. »Wir wissen, dass nun keine Jagdsaison mehr ist. Aber manche Flügellose interessiert das nicht.« Für einen Moment hielt sie inne und sagte dann: »Vielleicht jagen die Flügellosen inzwischen auch schon ihre eigenen Artgenossen. Ich glaube, für die gibt es keine Schonzeit.«

»Das Schroten von uns Gefiederten nimmt jedenfalls immer mehr zu«, sagte Hunter. »Erst letzte Woche hat es jemand von deiner Art erwischt, Tom. Es war Princess' Schwester.«

»Princess hat Glück gehabt, dass sie nicht auch geschrotet worden ist«, warf Selene ein. »Das Blei muss ihr nur so um die Ohren geflogen sein.«

Tom war erschüttert. Dieser Hafen war ja brandgefährlich. »Wisst ihr, wer auf sie gezielt hat?«, fragte er. War dieser Wilderer vielleicht auch Mellwigs Mörder? Hatte er in der Dunkelheit danebengezielt und zufällig Mellwig getroffen, oder ganz bewusst einen Zeugen seiner unerlaubten Jagd beseitigt?

»Der Schütze hat nachts aus einem Hinterhalt heraus auf sie und ihre Schwester gezielt. Wir wissen noch nicht einmal, aus welcher Richtung geschrotet worden ist.«

Diesem Nilgans-Wilderer musste unbedingt das Handwerk gelegt werden, überlegte Tom. Ansonsten lief auch er Gefahr, zu seinem Opfer zu werden. Dann würde Klipper für immer verschwunden bleiben und Hump seinen Fall niemals lösen können. Aber jetzt galt es erst mal, noch etwas über Mellwig herauszufinden.

»Wisst ihr, wie Uli und dieser Gunnar zueinander standen?«, fragte er.

»Die hatten öfter Streit miteinander«, sagte Stella.

»Und worum ist es dabei gegangen?«

»Um Jenny, Gunnars Frau. Aber um was es da genau gegangen ist, weiß ich nicht und wollte es auch gar nicht wissen. Ich hätte den ganzen Tag zu tun, wenn ich diesen flügellosen Streitereien immer auf den Grund gehen wollte.«

Nun hatte Tom seine Nachrichten. Er hatte von den Gänsen sogar mehr erfahren, als der immer gut informierte Claus Kleber oder seine Kolleginnen je hätten ausplaudern können. Und es war mit Sicherheit auch mehr, als Hump bei seinem Aufenthalt im Hafen zu Ohren gekommen war. Sämtliche Fakten mussten nun noch einmal gut durchdacht und in Ruhe ausgewertet werden. Nach dem jetzigen Stand der Dinge konnte Mellwig von drei Personen umgebracht worden sein. Von dem Wilderer, einem möglicherweise eifersüchtigen Gunnar, jedoch auch von dessen Frau Jenny. In jedem Fall aber galt es, mit offenen Sinnen nach allen Seiten hin zu ermitteln. Denn nichts war klar, Täter und Motiv lagen noch völlig im Dunklen.

Nur eines wusste Tom schon jetzt.

Er wusste, wo er Hump am nächsten Morgen antreffen würde.

8

»Mellwig und Sachs – ah, da ist es ja«, sagte Hump und bog mit seinem Wagen auf das weitläufige Speditionsgelände. Er hielt direkt auf den auffälligen Verwaltungskomplex zu, dessen modern gewölbte Glasfront freien Einblick in die Büros gewährte, und fuhr mit Schwung auf einen Besucherparkplatz.

Das war mehr Spedition, als er nach Aussage der LUCKY-Crew erwartet hatte. Zwei endlos scheinende Hallen mit unzähligen Andockstationen trafen sich im rechten Winkel am Sitz der Verwaltung. Dort ging es zu wie in einem Bienenstock, schwerbeladene Brummis verließen den Hof im Minutentakt. Hump stieg aus. Dieselgeruch und ohrenbetäubendes Motorendröhnen lagen in der Luft. Sein Weg zur Verwaltung führte an einer gepflegten Rasenfläche vorbei, in deren Mitte ein kleiner Teich mit plätscherndem Springbrunnen angelegt war. Ein paar Amseln pickten auf der Wiese nach Würmern, eine Nilgans nahm am Teichufer ein Sonnenbad. Sie öffnete nur kurz ein Auge und döste dann weiter.

Neben dem Eingang war ein Wegweiser angebracht, der nicht nur auf die Verwaltung und die beiden Kommissionierungs- und Logistikhallen hinwies, sondern auch auf eine eigene Tankstelle, Wartungshalle und Waschstraße. *Das nenne ich mal 'ne große Spedition,* dachte Hump anerkennend und betrat die klimatisierte Eingangshalle.

»Guten Morgen«, begrüßte er die adrett gekleidete Dame am Empfang. »Ich habe einen Termin mit Herrn Sachs.«

»Sie sind sicher Kommissar Hump, richtig? Man hat mich schon über Ihr Kommen informiert. Bitte nehmen Sie den Aufzug, ich melde Sie an.«

Der Aufzug stoppte sachte, öffnete seine Schiebetüren und spuckte ihn im ersten Stock gleich in das geschäftige Treiben eines florierenden Unternehmens. Telefongeklingel, Stimmengeschwirr und Wortfetzen prasselten auf ihn ein. In dem lichtdurchfluteten Großraumbüro dominierten zwei sternförmige Telefonstationen den Raum, an denen etliche Mitarbeiter an Computern arbeiteten oder telefonierten. Linker Hand befanden sich vier gläserne Büroboxen. *Ulrich Mellwig, Geschäftsleitung,* war in dicken Lettern auf die linke äußere Bürotür geätzt, *Simon Sachs, Geschäftsleitung,* stand auf der rechten. Dazwischen befanden sich die jeweiligen Sekretariate. Nur eines war besetzt, das andere stand ebenso leer wie die Büros der Geschäftsleiter. Durch die bodentiefen Fenster auf der rechten Seite konnte man auf einen langen Balkon sehen. Am hinteren Ende des Großraumbüros lag ein weiteres, kleineres Glasbüro. Hump registrierte einen großen Mann mit längeren Haaren, der im Stehen telefonierte und dabei durch die Fenster das Geschehen in der angrenzenden Halle beobachtete. Immer wieder griff er sich mit einer Hand an die Stirn oder gestikulierte, als kämpfe er mit einem Unsichtbaren.

»Guten Tag, Herr Kommissar«, begrüßte ihn eine warme Stimme. Humps Augen lösten sich von dem Hünen und erblickten eine junge Frau in dunklem Hosenanzug, die auf ihn zugekommen war und ihm ihre Hand entgegenstreckte. Hump hatte sie gerade noch in einem der Sekretariate gesehen. »Andrea Wagner«, stellte sie sich vor, »ich bin die Assistentin von Herrn Sachs. Herr Sachs ist leider zurzeit verhindert. Aber Herr Wischnewski übernimmt den Termin. Er ist unser Chefdisponent und die rechte Hand von Herrn Sachs. Kommen Sie, ich bringe Sie zu ihm.«

Gemeinsam schritten sie durch das Großraumbüro. »Das ist unsere Disposition«, erklärte Frau Wagner im Vorbeigehen. »Hier werden unter anderem die eingehenden Aufträge bearbeitet und Touren zusammengestellt. Bei 240 Zugmaschinen und 440 Sattelaufliegern ist das keine Kleinigkeit. Herr Wischnewski ist ein wahrer Jongleur. Dank ihm«, sagte sie und wies auf den Mann, den Hump bereits beobachtet hatte, »funktioniert unsere Disposition wie am Schnürchen.«

Aus der Nähe betrachtet sah der Mittdreißiger mit seinem Dreitagebart recht verwegen aus. Inzwischen saß er, immer noch telefonierend, hinter dem Schreibtisch in seinem Glasbüro. Als er die beiden kommen sah, winkte er sie herein.

»... ich rufe später noch mal zurück. Ja, ja ... bis später!«, sagte der Disponent, zog sich mit einem energischen Griff das Headset vom Kopf und warf es achtlos auf den Schreibtisch. Fahrig fuhr er sich mit einer Hand durch die fast schulterlangen Haare. »Entschuldigen Sie, aber heute ist mal wieder die Hölle los. Jeder will was und heute wollen sie alle was von mir.« Er stand auf, streckte Hump die Hand entgegen und stellte sich vor. »Karsten Wischnewski. Herr Sachs ist in Helsinki aufgehalten worden. Sie müssen mit mir vorliebnehmen.« Er nahm wieder Platz und bedeutete Hump, sich ebenfalls zu setzen. »Dürfen wir Ihnen eine Erfrischung anbieten, Herr Hump?«

Der Kommissar lehnte dankend ab, und Andrea Wagner zog sich in ihr Sekretariat zurück. Nachdem Hump sich hingesetzt hatte, schaute er sich das gläserne Büro genauer an. Einen Arbeitsplatz mit so viel Überblick hatte er noch nie gesehen. Die gläsernen Trennwände gewährten freie Sicht auf das Großraumbüro und durch eine weitere Glaswand in Wischnewskis Rücken konnte er das Geschehen in der Kommissionierungshalle beobachten. Hump konnte sogar von seinem Platz aus eine Handvoll Mitarbeiter verfolgen, die wie Playmobilmännchen hin und her flitzten oder mit vollbeladenen Gabelstaplern durch die Halle sausten. Von einem solch raffinierten Büro entging Wischnewski bestimmt nichts. Der hatte die absolute Kontrolle.

»Sie wissen, warum ich hier bin?«, fragte Hump, dem die betriebsame Stimmung in der Spedition seltsam vorkam. Von Betroffenheit keine Spur.

»Ja klar, Pia, Ulrichs Schwester, hat gestern Nachmittag angerufen.« Wischnewski stand auf und fischte eine Schachtel Zigaretten vom Schreibtisch. »Kommen Sie, gehen wir in unser Raucherzimmer. Wir können uns auch dort unterhalten. Hier drinnen ist Rauchen verboten.«

»Gerne.« Hump folgte Wischnewski auf den Balkon, auf dessen Boden etliche Aschenbecher standen.

»Es ist furchtbar, den Bruder auf so grausame Art und Weise zu verlieren«, sagte der Disponent und lehnte sich mit dem Rücken gegen das Geländer. »Pia hat unser volles Mitgefühl. Er ist erschossen worden, hat sie gesagt?« Wischnewski schaute Hump fragend an und steckte sich eine Zigarette an.

»Ja, das stimmt. Sie scheinen aber ganz gut ohne Ihren Geschäftsführer auszukommen. Alles geht offenbar seinen Gang – business as usual?«

»Das sieht nur so aus, Herr Kommissar«, wiegelte Wischnewski mit einer Handbewegung ab und inhalierte einen tiefen Zug. »Lassen Sie sich nicht täuschen. Sie hätten gestern hier sein müssen, nachdem Pia uns über Ulrichs Tod informiert hat. Der Schock hat uns für eine gute Stunde fast lahmgelegt. Aber unsere Kunden wollen nun mal bedient werden. Time is money – gerade in unserer Branche. Die ist knallhart, da ist kein Platz für Gefühlsduseleien. Trauern kann man nach Feierabend.« Für einen Moment schwieg der große Mann. Nachdenklich strich er sich mit einer Hand über die Bartstoppeln. »Welch große Lücke der Tod von Ulrich reißt, wird sich in den nächsten Tagen und Wochen noch deutlich genug zeigen. Glauben Sie mir, es gibt keinen Zweiten wie ihn. Er hat für diese Spedition gelebt. Sein Großvater hat sie in den dreißiger Jahren gegründet. Sie war seine Familie, sein ein und alles. Kein Wunder, bis vor zwei Jahren hat er sie noch ganz alleine geführt. Erst dann ist Simon zum Unternehmen gestoßen. Das war kurz, bevor ich hier angefangen habe. Ulrich hat dringend jemanden gebraucht, dem er einen Teil seiner Verantwortung abgeben konnte. Und da er ja kinderlos war und seine Schwester Tierärztin ist, hat er jemanden von außen in das Unternehmen holen müssen.«

»Wissen Sie etwas über geschäftliche Probleme?«, fragte Hump, während er Wischnewskis Angaben notierte.

»Nein, nicht dass ich wüsste. Schauen Sie sich um. Der Laden brummt«, antwortete Wischnewski und deutete durch die Fenster auf das Büro. Achtlos schnippte er die Asche von seiner Zigarette.

Hump nickte, und sein Blick wanderte von dem geschäftigen Treiben des Großraumbüros auf den riesigen Parkplatz im Halleninnenhof unterhalb des Balkons. Hier warteten etliche Zugmaschinen auf ihren nächsten Einsatz; zahllose Auflieger standen wie mit einem Lineal ausgemessen in Reih und Glied.

»Was können Sie mir denn über den Tagesablauf von Herrn Mellwig sagen?«

»Er ist meist früh hier gewesen. Noch vor Simon.« Wischnewski drehte sich um, stützte sich mit einer Hand auf dem Geländer ab und warf den Zigarettenstummel achtlos über die Brüstung. »Die beiden haben sich die Aufgabenfelder untereinander aufgeteilt. Ulrich hat sich um Finanzen, Personal und Akquise gekümmert, während Simon für das operative Geschäft, also Kundenbetreuung, Logistik und Disposition zuständig ist. Mit ihm habe ich am meisten zu tun. Simon ist hin und wieder, so wie jetzt auch, im Ausland bei einem Geschäftspartner, dagegen hat Ulrich die meiste Zeit in seinem Büro über irgendwelchen Tabellen und Zahlen gesessen. Er ist sozusagen der Kapitän unseres Schiffes gewesen. Er hat versucht, es um die fiskalen Klippen und Untiefen zu schippern, ohne Schiffbruch zu erleiden, falls Sie verstehen, was ich meine?«

»Apropos schippern. Er hatte ja auch ein Schiff, die White Beauty.«

»Ja, da hat er jede freie Minute darauf verbracht. Eigentlich hat er schon fast darauf gewohnt. Er hat die Planken unter seinen Füßen gebraucht, um abschalten zu können. Man soll es kaum glauben, aber Tabellen und Zahlen können einen ganz schön fertigmachen.«

»Und das Finanzamt erst …«, ergänzte Hump, der bei dem Wort *Planken* gleich wieder leichten Magendruck verspürte.

»Genau. *Mit jedem darfst du Streit haben*, hat Ulrich immer gesagt, *nur nicht mit dem Finanzamt*. Das war sein Motto. Für ihn gab es nichts Wichtigeres als eine saubere Buchführung. Und nach Feierabend hat er sich zu seiner Lora auf das Boot zurückgezogen.« Wischnewski steckte sich die nächste Zigarette an.

»Zu dem Kakadu. Seine Schwester hat uns von ihm erzählt.«

Wischnewski nahm einen tiefen Zug und schnaubte dann leicht verächtlich. »Lora, dieses rosafarbene Untier … Er hat sie geliebt. War so was wie ein Familienmitglied. Ulrich war ja nicht verheiratet, und die Eltern sind schon vor langer Zeit verstorben. Außer seiner Schwester und dem Vogel hat er niemanden gehabt.«

»Wieso Untier?«

Wischnewski verzog das Gesicht. »Bitte verstehen Sie mich nicht falsch. So ein Inkakakadu ist ein wirklich wunderschöner Vogel.« Er machte eine kleine Pause und zog noch einmal an der Zigarette. »Anfangs hat er sie jeden Tag mit hierhergebracht. In seinem Büro steht noch ihre Sitzstange. Aber dieses Viech war derart laut, hat gekrächzt, gepfiffen und den ganzen Ablauf hier gestört, ja regelrecht durcheinandergebracht.«

»Wie das?«

»Sie hat das Telefonklingeln imitiert, so perfekt, dass wir anfangs dachten, die Anlage wäre defekt. Sie hat auch die Stimmen der Mitarbeiter kopiert, oder uns erschreckt, indem sie wie Simon durch den ganzen Raum schrie: *Sie sind entlassen!*« Entschuldigend fügte Wischnewski hinzu: »Sie muss das mal gehört haben. Ich habe jedenfalls drei Kreuze gemacht, als er sie nicht mehr mitgebracht hat. Sie ist wirklich ein Bild von einem Kakadu – aber unausstehlich.«

»Kennen Sie Freunde Ihres Chefs? Leute, die ihn privat gekannt oder auf seinem Boot besucht haben?«

»Wie schon gesagt, ich habe mehr mit Simon zu tun. Privat haben wir keinen Kontakt gehabt.« Wischnewski grübelte. »Doch«, erinnerte er sich, »einmal bin ich zusammen mit Simon auf seinem Boot gewesen. Ulrich hat leidenschaftlich gerne gekocht und uns mit einem erstklassigen Menü verwöhnt. Das ist aber schon eine ganze Weile her.«

Hump räusperte sich. »Wo waren Sie denn vorgestern Nacht, Herr Wischnewski?«

»Sie fragen mich doch nicht allen Ernstes nach meinem Alibi?« Ungläubig, fast grimmig schaute der Disponent Hump an.

»Doch, natürlich. Ist reine Routine.«

»Warten Sie mal«, sagte Wischnewski und dachte nach. »Das war doch die Nacht von Montag auf Dienstag. Genau. Meine Schwiegermutter ist sechzig geworden und hat groß gefeiert. Wir waren bis nach Mitternacht bei einem Italiener in der Nähe. Ist das Alibi genug?«

»Ich werde es überprüfen. Schreiben Sie mir doch bitte die Anschrift des Restaurants auf.«

Wischnewski zog einen schmalen Notizblock samt Stift aus der Brusttasche, kritzelte ein paar Worte auf den Block, riss das oberste Blatt ab und reichte es dem Kommissar mit einem süffisanten Lächeln. »Ich hätte nie gedacht, dass meine Schwiegermutter mal für irgendwas gut ist.«

»Wann ist Herr Sachs denn nach Finnland gereist, und was ist der Grund seiner Reise?«, fragte Hump und steckte den Zettel ein.

»Simon hat sich vorgestern am frühen Nachmittag verabschiedet und wollte dann gleich zum Flughafen fahren. Fragen Sie Andrea, die kennt die genauen Flugdaten. Er hat gestern früh einen Termin mit einem Kunden in Helsinki gehabt. Die EU hat sich mal wieder ein paar neue Richtlinien für den Güter- und Frachtverkehr ausgedacht. Soweit ich weiß, wollte er mit Veeti Korhonen, das ist unser Geschäftspartner in Finnland, besprechen, inwieweit diese Richtlinien auf unsere Zusammenarbeit Einfluss haben. Simon wollte eigentlich heute Morgen wieder im Büro sein, aber Korhonen hat eine Elchjagd organisiert. Die konnte Simon nicht ablehnen. Als er uns angerufen hat, dass er länger bleibt, haben wir ja auch noch nichts von Ulrichs Tod gewusst.« Er zog noch ein letztes Mal an der Zigarette und schnippte auch sie über die Brüstung. »Wir haben ihm schon auf die Mailbox gesprochen, dass Uli tot ist und er sich unbedingt hier melden soll. Bisher haben wir noch nichts von ihm gehört. Vielleicht ist er ja in einem Funkloch und ahnt von all dem hier noch nichts.«

Wischnewski deutete mit einer Hand durch die Fensterscheibe auf die Telefonanlage in seinem Büro. Unzählige bunte Lämpchen blinkten dort auf. »Ich hoffe, ich habe Ihnen helfen können«, sagte er und ging wieder hinein, »aber ich muss jetzt weitermachen.« Er reichte Hump die Hand zum Abschied und meinte: »Bitte, verstehen Sie mich nicht falsch. Auch wenn es vielleicht nicht so aussieht, ich bedaure Ulrichs Tod sehr. Aber es muss weitergehen. Das Geschäft geht vor. Das hätte er auch so gesehen.«

Hump überreichte seine Visitenkarte und verabschiedete sich von Wischnewski, der sofort nach dem Headset griff und auf eine der blinkenden Telefontasten drückte. Dann ging der Kommissar zu Andrea Wagner und bat sie um eine Kopie der Flugbuchung nach Helsinki. Während die Assistentin die Daten ausdruckte, befragte er sie nach Ulrich Mellwig. Aber sie konnte ihm auch nicht mehr Informationen geben als Karsten Wischnewski, und so fuhr er wieder mit dem Fahrstuhl hinab und verließ das Gebäude.

Er ging gerade an der Wiese mit der noch immer dösenden Nilgans vorbei, als ein Sportwagen durch die Toreinfahrt auf ihn zukam und vor ihm stoppte. Eine junge Frau, ganz in Schwarz gekleidet, stieg aus. Die langen blonden Haare hatte sie im Nacken zu einem Zopf gebunden.

»Hallo, Frau Mellwig, das ist aber schön, dass ich Sie noch hier antreffe«, sagte Hump und fragte anschließend mitfühlend: »Wie war es in der Rechtsmedizin?«

Pia Mellwig atmete tief durch und warf dem Kommissar einen verzweifelten Blick zu. Ihr mädchenhaftes Gesicht war etwas aufgedunsen, ihre Augen gerötet. »Ich habe meinen Bruder identifiziert«, sagte sie mit belegter Stimme. »So, wie wir es gestern bei Ihrem Besuch besprochen haben.«

Hump nickte. Die Spurensicherung hatte bei der Durchsuchung der WHITE BEAUTY ein Adressbuch mit ihrer Telefonnummer gefunden. Er hatte sie angerufen und war vom Hafen aus gleich zu ihr gefahren.

»Es tut mir leid, dass ich Ihnen gestern keine große Hilfe gewesen bin. Ich habe Uli glücklich und zufrieden auf dem Boot vermutet, und da stehen Sie auf einmal vor der Tür und sagen mir, dass er erschossen worden ist. Das war ein Schock für mich.«

»Ich weiß«, meinte Hump, der sich an das Entsetzen in ihrem Gesicht deutlich erinnern konnte. »Wären Sie in der Lage, mir nun ein paar Fragen zu beantworten?«

»Nur zu.«

»Wie sind Sie eigentlich in das Unternehmen eingebunden? Ich habe gehört, dass Sie beruflich nichts mit der Spedition zu tun haben.«

»Ja, das stimmt. Am nächsten Ersten trete ich eine Stelle als Tierärztin in einem Vogelpark an. Uli hat mich netterweise in meinem alten Kinderzimmer wohnen lassen. Um mich zu revanchieren und die Zeit bis zum Antritt meiner neuen Stelle zu überbrücken, habe ich die Urlaubsvertretung für seine Sekretärin übernommen. Ich kenne mich ein bisschen aus, ich habe früher oft während meiner Semesterferien hier gejobbt.«

»Haben Sie irgendwelche Anteile an der Spedition? Es ist doch ein Familienunternehmen.«

»Ich bin ein Nachkömmling und gut fünfzehn Jahre jünger als mein Bruder. Es hat nie zur Debatte gestanden, dass ich mal in die Firma einsteige. Meine Eltern haben für mich testamentarisch eine stille Teilhaberschaft verfügt. Ich habe mich nie in Ulis Geschäfte eingemischt, denn die Spedition war von jeher sein Baby. Und nun, ich begreife es noch gar nicht, gehören mir Dreiviertel des Unternehmens.« Als sie das fragende Gesicht Humps sah, erklärte sie: »Uli hätte das Heft nie aus der Hand gegeben. Simon Sachs hält nur knapp fünfundzwanzig Prozent. Es war Ulis Wunsch, die Spedition in der Familie zu halten. Er hat wohl darauf gesetzt, dass ich irgendwann einmal Kinder haben werde.«

»Nun, auch wenn Sie nur stille Teilhaberin gewesen

sind, so werden Sie doch genügend Einblick in die Geschäfte Ihres Bruders gehabt haben. Er wird Sie doch regelmäßig informiert haben, vielleicht auf dem kurzen Weg, von Bruder zu Schwester.«

»Ja, das hat er. Wir haben schon immer ein gutes Verhältnis gehabt. Ich war noch ein Teenager, als unsere Eltern gestorben sind. Das ist eine schlimme Zeit für mich gewesen, aber Uli hat sich um mich gekümmert und versucht, mir Vater und Mutter zu ersetzen. Das hat uns noch mehr zusammengeschweißt.«

»Dann hat er Ihnen doch sicher auch von irgendwelchen Problemen erzählt, von kritischen Geschäftspartnern oder von Schwierigkeiten im privaten Bereich.«

»O ja, auch das hat er. Er hat mir zum Beispiel von Diebstählen erzählt, die noch nicht lange zurückliegen. Kein Spediteur ist vor dem Diebstahl eines Lasters oder der Plünderung eines Aufliegers gefeit. Doch Uli war beunruhigt, auch wegen der Versicherung. Die hat die Versicherungssumme eine Weile zurückgehalten, weil wir schon zum dritten Mal betroffen waren. Und sie hat eigene Ermittlungen angestellt. Offenbar ist alles, soweit man das in einem solchen Fall sagen kann, korrekt gewesen, denn die Versicherung hat gezahlt. Die ganze Summe.«

»Na, wenn die Versicherung zahlt, ist doch alles in Ordnung gewesen.«

»Ja, für mich, für Simon, für alle. Nicht aber für Uli. Er hat ein komisches Gefühl bei der Sache gehabt.«

»Aha, und wieso?«

»Das weiß ich nicht, er hat sich nicht weiter darüber ausgelassen. Wissen Sie, Uli war zweihundertprozentig. Er war akkurat bis in die Zehenspitzen. Vielleicht hat er auch einfach nur geglaubt, dass sein Unternehmen nie zur Zielscheibe von Dieben werden könnte.«

Hump nickte. »Sie sind erst vor kurzem wieder hierhergezogen. Kennen Sie denn Freunde Ihres Bruders, oder die Stegnachbarn?«

»Richtige Freunde hatte er keine, eher Bekannte. Freunde, die nur auf sein Geld scharf waren, hat er schon frühzeitig aussortiert. Aber Steg, das ist das Stichwort«, sagte Pia und ein schmales Lächeln huschte über ihr Gesicht. »Das Boot ist sein Refugium gewesen. Ich habe ihn hin und wieder dort besucht. Die WHITE BEAUTY und Lora, die beiden sind Ulis ganzes Glück gewesen, das kann man wirklich so sagen.«

»Können Sie mir eine Liste seiner geschäftlichen und privaten Kontakte zur Verfügung stellen?«

»Gerne. Seine Sekretärin hat in ihrem Computer eine Datei mit all seinen geschäftlichen und privaten Verbindungen. Sie hat immer dafür gesorgt, dass Karten und Präsente zum richtigen Zeitpunkt eingetroffen sind.«

»Würden Sie mir die Datei an diese Adresse hier mailen?«, sagte Hump, übergab ihr seine Visitenkarte und stellte gleich die nächste Frage: »Und wie war die Stimmung der Angestellten ihrem Chef gegenüber?«

»Uli war ein liebenswerter Mensch, der keine Ungerechtigkeiten mochte. Er hat sich für sein Personal eingesetzt wie sonst niemand in der Branche. Simon Sachs hätte dieses Ressort gerne übernommen, doch Ulrich wollte keine einschneidenden Maßnahmen, denn die hätte es unter Simons Führung mit Sicherheit gegeben.«

»Ihr Bruder war also sozial eingestellt.«

»Absolut.«

»Aber noch mehr interessieren mich mögliche Widersacher. Kein Unternehmen wird so groß wie Ihres, ohne dass dabei irgendjemand auf der Strecke bleibt.«

»Ich kümmere mich drum«, sagte Pia. »Kann ich Ihnen sonst noch irgendwie helfen?«

Hump warf einen Blick auf die Armbanduhr. »Die Spurensicherung wird gleich hier sein. Bis dahin würde ich mich gerne ein bisschen auf dem Gelände umsehen und mit Ihren Mitarbeitern sprechen.«

»Natürlich, tun Sie das. Sie haben meine volle Unterstützung. Ich will, dass der Mörder meines Bruders schnell gefasst wird.« Pia legte die Stirn in Falten. »Was ist eigentlich mit Lora? Haben Sie sie gefunden? Sie muss doch etwas zu fressen und zu trinken bekommen.«

»Nein, wir haben sie leider nicht gefunden«, antwortete Hump. »Niemand weiß, wo sie ist.«

9

Tom saß inzwischen wieder auf dem Dach der westlichen Halle und beobachtete das Speditionsgelände. Von hier oben hatte man nicht nur den besten Blick übers Gelände, sondern konnte auch prima Gespräche belauschen, ohne gesehen zu werden. Pia Mellwig war gerade im Verwaltungsgebäude verschwunden, und der Kommissar war, so schien es jedenfalls, unschlüssig, wo er mit der Mitarbeiterbefragung beginnen sollte. Schließlich schlug er den Weg zur Waschstraße ein.

Tom war stolz auf seine erstklassige Schnabelbohne, die bei Magnum seltsamerweise Spürnase hieß, und darauf dass er Humps Speditionsbesuch bereits am Tag zuvor vorausgesagt hatte.

Gerne hätte er für diese Observation auf seinen Freund und Assistenten Rio zurückgegriffen. Der hatte seine Hilfe zwar fest zugesagt, aber von dem Ruderfüßer war bisher weit und breit nichts zu sehen.

Tom war überzeugt davon, dass ihn die vielen hübschen Kormoranhennen aufhielten, die ihn nach ihrem erfolgreich gelösten Fall umschwärmt hatten wie hungrige Möwen einen Fischtrawler. Kein Wunder also, wenn Rio vermutlich nichts anderes übriggeblieben war, als die Flügel zu streichen und sich den Reizen des weiblichen Geschlechtes zu ergeben. Schlimmstenfalls schlug er sich gerade erstmals mit der schwierigen Konstruktion eines Nestes herum. Na, soviel – mal wieder – zu der Einsatzbereitschaft seines Assistenten.

Die Wegbeschreibung zur Spedition hatte Tom von Baja erhalten. Vectra alias Lora hatte ihr einmal aus purer Langeweile ein Gespräch aufgezwungen, worin sie die Fahrt zwischen Spedition und Hafen ausführlich beschrieben hatte. Baja hatte währenddessen auf der Badeplattform eines vor sich hin rostenden Bootes auf ihrem Nest festgesessen und sich daraufhin geschworen, niemals wieder in der Nähe der WHITE BEAUTY zu brüten.

Hump war inzwischen an der Waschstraße angekommen. Ein Flügelloser machte dort mit einem Hochdruckreiniger einen verschmutzten LKW sauber. Feine Wassertröpfchen vernebelten die Luft und der Kommissar bedeutete dem Mann, das Gerät abzustellen.

Tom machte einen kleinen Hüpfer vom Hallendach, schlug kräftig mit den Flügeln und flog los. Ohne Aufsehen zu erregen, landete er hinter dem Brummi, streckte hinter einem Reifen vorsichtig den Hals vor und spitzte die Lauscher.

»… bin Kriminalkommissar Hump«, hörte er den Rest von Humps Vorstellung. Sein Gesprächspartner war groß, hatte einen dicken Schnäuzer und trug einen wasserfesten Overall. »Ich ermittle im Mordfall Ihres Chefs, und ich hätte ein paar Fragen an Sie.«

»Ch-ef? I-ch nix Ch-ef. Ch-ef dort«, antwortete der Mann mit stark östlichem Akzent und zeigte mit einer Hand auf das Gebäude, das Hump gerade erst verlassen hatte. »Ja russki. I-ch nix Ch-ef. I-ch Vassili.«

Tom sah, wie der Kommissar den Kopf schüttelte, mit einer Hand abwinkte und sich wegdrehte. Vassili nahm den Hochdruckreiniger wieder in Betrieb und Hump entkam dem feuchten Dunst nur mit ein paar schnellen Schritten. Er hielt auf die Wartungshalle zu, wo einige Männer an LKWs arbeiteten.

Während Hump die Halle betrat, landete Tom lautlos auf dem Vordach und riskierte einen Blick. Es war laut dort drinnen. Zugmaschinen standen über Wartungsgruben, Männer in grünen Overalls und mit allerlei Werkzeug bewaffnet, steckten ihre Köpfe unter nach vorne gekippte Führerhäuser.

»Hallo?!«, hörte Tom Hump mehrfach rufen, bis ihn endlich ein untersetzter Mann in ölverschmierter Latzhose und rotem Käppi bemerkte.

»Haben Sie sich verlaufen?«, rief der Mann Hump entgegen.

»Nein, ich würde gerne mit Ihnen und Ihren Kollegen reden. Mein Name ist Hump …«

»Guter Mann, dafür haben wir keine Zeit«, fiel die Latzhose Hump ins Wort. »Wenn Sie mit jemandem reden wollen, versuchen Sie es mal bei einem Therapeuten oder in der Verwaltung. Hier wird gearbeitet.«

»Ich bin Kriminalkommissar und untersuche den

Mord an Ihrem Chef, Ulrich Mellwig. Sie haben ja wohl davon gehört, oder?«

»Oh, das.« Der Mann ging auf Hump zu, reichte ihm die Hand und stellte sich als Werkstattleiter Steffen Koch vor. Er bellte ein paar unverständliche Befehle in die Halle, die Motoren erstarben und drei Männer in Arbeitskleidung kamen auf die beiden zu. »Das hat sich gestern wie ein Lauffeuer rumgesprochen«, sagte Koch in die entstandene Stille hinein. »Natürlich haben wir davon gehört.«

Während die Mechaniker hinzutraten, beobachtete Tom unzählige emsige Spatzen, die sowohl im löchrigen Mauerwerk außen, als auch in der Halle Nistplätze gefunden hatten. Drinnen wie draußen wurde im Sekundentakt gefüttert und gefertigt.

»Wir können immer noch nicht glauben, dass der Mellwig tot ist«, sagte einer der Mechaniker, ein rundlicher Mann mit Halbglatze.

»Seit gestern grassiert hier die Angst«, erklärte der Werkstattleiter. »Wir machen uns Sorgen um unsere Arbeitsplätze. Es geht um unsere Existenz. Schließlich weiß niemand, wer der Nachfolger wird. Die kleine Schwester kann das ja nicht.«

»Es gibt doch noch einen Geschäftsführer«, gab Hump zu bedenken. »Simon Sachs.«

»Ja, klar gibt es den. Aber ob der was von Personalführung versteht …?«, warf ein schlaksiger junger Mann mit Brille ein.

»Andi hat recht. Personalführung war immer Mellwigs Sache«, meinte der Werkstattleiter.

Hump fischte einen Block aus der Gesäßtasche und machte sich Notizen. »Hatten Mellwig und Sachs irgendwelche Probleme miteinander? Wissen Sie etwas?«

Tom sah die Männer einträchtig die Köpfe schütteln. »Die beiden lagen auf gleicher Wellenlänge, haben sich gut verstanden«, antwortete der Mann mit der Halbglatze. »Und sie haben ihren Job gut gemacht. Der Laden brummt, sehen Sie selbst. Bei den Andockstellen geht es zu wie in einem Taubenschlag.«

»Kennen Sie denn jemanden, der nicht mit Mellwig auskam? Es muss doch zum Beispiel auch Konkurrenten in dem Gewerbe geben.«

»Also, von uns Angestellten war das niemand«, beteuerte der schlaksige Andi. »Dafür lege ich meine Hand ins Feuer. Was hätten wir davon? Der Chef hat uns immer gut behandelt. Ganz egal, wer nach ihm kommt, wir werden auf jeden Fall für weniger Geld länger arbeiten müssen.«

Die Männer nickten zustimmend.

»Aber einen Feind muss er gehabt haben, sonst wäre er nicht tot«, sagte Hump. »Fällt Ihnen denn niemand ein, der mit Herrn Mellwig über Kreuz war?«

»Da war doch diese Spedition, die er Anfang letzten Jahres geschluckt hat«, meinte Andi.

»Was war damit?«, horchte Hump auf.

»Die war fast pleite«, erinnerte Koch sich. »Mellwig hat sie dann zerschlagen. Das Grundstück und die Gebäude hat er verkauft, nur den Fuhrpark und das Personal hat er behalten. Er hat hart verhandelt, wie ich gehört habe. Ein bisschen zu hart vielleicht, ich weiß es nicht.«

»Wie hieß denn die Spedition?«

»Ische weisse nixe«, sagte der vierte Mann in der Runde und zog die Schultern hoch, als Hump ihn direkt ansah. Der schmächtige Mann mit dunklem Teint und Locken hatte das Gespräch bisher nur stumm verfolgt.

»Dass du nie was mitkriegst, Paolo, das wissen wir«, gab der Rundliche zum Besten und klopfte dem Mann kräftig auf die dünnen Schultern. Die Kollegen lachten.

»Irgendwas mit Trans …«, meinte Andi. »*Trans Sib*, *Trans Don*, irgendwas Sibirisches oder so. Ich erinnere mich, dass die Touren in den Osten gemacht haben, nach Polen und die GUS-Staaten, glaube ich.«

»Und den Namen des früheren Inhabers wissen Sie auch nicht mehr?«, versuchte Hump es noch einmal.

Die Mechaniker schüttelten die Köpfe und Koch sprach aus, was sich in den Gesichtern der Männer widerspiegelte: »Die im Büro, die müssen das doch wissen. Wozu haben die denn sonst Computer.«

»Okay, danke, meine Herren. Ich lasse Ihnen mal meine Visitenkarte hier. Ich bin für jeden Hinweis dankbar.« Hump drückte dem Werkstattleiter die Karte in die Hand und verabschiedete sich. Kaum stand er vor dem Tor, klingelte sein Handy.

»Oh, Herr Neuner, Sie schon wieder«, hörte Tom ihn sagen.

…

»Mellwig hat einen Konkurrenten übernommen.«

…

»Genau. Das könnte eine erste heiße Spur sein.«

…

»Da bleibe ich dran, das ist doch klar!«

…

»Meinen Bericht bringe ich Ihnen persönlich vorbei. Dann können wir ja auch die weitere Vorgehensweise besprechen. Bis später dann, Herr Neuner.«

Hump legte auf, marschierte über den Platz und verschwand hinter der Tür des Verwaltungsgebäudes.

Gut, dachte Tom und sah ihm hinterher. *Der ist erst mal mit Spurensicherung und Berichtschreiben beschäftigt, da kann ich mich bei den Spatzen umhören. Mal sehen, was die zu dieser Spedition zu sagen haben.*

Er versuchte, direkt von seinem Platz auf dem Vordach aus, auf sich aufmerksam zu machen. »Darf ich mal kurz stören. Ich hätte ein paar Fragen an euch«, rief er den vorbeisausenden Spatzen zu.

»Wir haben keine Zeit«, piepste ihm einer der Spatzen zu und achtete darauf, seine fette Beute nicht aus dem Schnabel zu verlieren.

»Ja, ja, ich weiß, ihr habt zu tun«, rief Tom. »Aber es ist wichtig. Sonst würde ich euch nicht stören.«

Überraschenderweise landete tatsächlich kurz darauf ein Spatzenhahn mit grauem Kopfgefieder und schwarzer Kehle neben ihm und stellte sich als Wibo vor.

»Ich habe nicht viel Zeit – mach hin, was willst du wissen?«, fragte er und drehte seinen Kopf nach Vogelart in den wolkenlosen Himmel, immer auf der Suche nach eiweißreichen Sechsfüßern. Dabei flatterte er hektisch mit den braunen Flügelchen, als könne er ein sofortiges Davonfliegen nur mit Mühe unterdrücken.

»Kannst du mir vielleicht etwas über die Vorgänge hier in der Spedition sagen? Das Verhalten der Flügellosen interessiert mich ganz besonders.«

»Also, die versprühen hier ganz schön viele Pestizide, so dass unser Futter immer knapper wird. Ein absolutes Fehlverhalten, wenn du mich fragst.«

»Nee, so was meine ich nicht, Wibo. Sosehr ich dieses Verhalten auch verachte«, fügte Tom schnell hinzu. »Mich interessiert vor allem, wie die Flügellosen hier miteinander umgehen. Vorgänge, die ungewöhnlich und nicht alltäglich erscheinen.«

Wibo überlegte einen Moment. »Ich glaube, ich weiß, was du meinst. Es ist allerdings schon eine Weile her. Ich habe darauf gewartet, dass mein Weibchen sich endlich für einen Nistplatz entscheidet. Draußen waren bereits alle Nischen besetzt, deshalb hat sie die

Halle akzeptiert. Aber sie wollte noch den besten Bauplatz aussuchen. Schließlich sind wir Haussperlinge. Und das hat gedauert.« Wibo warf Tom einen vielsagenden Blick zu, bevor er fortfuhr: »Ich bin ihr in die Halle gefolgt und habe gewartet. Und während ich da eine gefühlte Ewigkeit ausharrte, habe ich zufällig drei Flügellose gesehen, die dicht beieinandergestanden haben. Nein«, verbesserte er sich gleich, »eigentlich waren es sogar vier. Einer hatte sich versteckt. Die anderen haben ihn nur nicht bemerkt. Aber ich!«

»Ja und weiter?« Tom wunderte sich, dass der graubauchige Hausspatz so ausführlich Auskunft gab und sogar in Plauderlaune war, wo er doch angeblich in Zeitnot und sein Weibchen über diesen Stopp sicher nicht erfreut war.

»Wie gesagt, ich habe da gesessen und gewartet und gewartet und dabei habe ich rein zufällig die Unterhaltung dieser Flügellosen mit angehört.« Der Spatz legte den Kopf ein wenig schief, und sah Tom an, als wartete er tatsächlich auf eine Aufforderung, die spannende Geschichte weiterzuerzählen.

»Bitte, Wibo. Komm auf den Punkt. Was haben sie gesagt?«, fragte Tom ungeduldig. So langsam hielt er den kleinen Hahn für einen Plapperschnabel.

»Zuerst einmal habe ich mich gewundert, dass sie überhaupt dort waren. Es war schließlich noch weit vor Sonnenaufgang. Normalerweise liegen die Flügellosen um diese Zeit noch in ihren Nestern.«

»Weiter«, sagte Tom rasch, bevor Wibo eine neue Pause einlegen konnte.

»Die drei haben dicht beieinandergestanden, haben Rauch aufsteigen lassen und getuschelt.«

Tom dachte nach. Nicht nur Magnum hätte bei diesen Beschreibungen eine verschwörerische Gruppe in Verdacht gehabt. »Was – haben – sie – gesagt, Wibo??«

»Ich habe zwar viel gehört, aber kaum etwas verstanden. Weißt du, was ich meine?« Wibo sah Tom mit entschuldigender Miene an. »Sie haben etwas von *verticken im großen Rahmen* gesagt und *die werden uns nicht auf die Spur kommen* habe ich gehört. Ich habe mich schon sehr gewundert. *Auf die Spur kommen.* Dabei weiß ich doch, dass die Flügellosen keine Schnecken sind. Die hinterlassen doch gar keine Schleimspur.«

Manche schon, dachte Tom und sagte: »Da hast du recht. Ich kann mit den Satzfetzen übrigens ein bisschen was anfangen.«

»Tatsächlich?« Der kleine Hahn war skeptisch und hüpfte unruhig auf dem Vordach hin und her. »Mir kommt es fast so vor, als hätten die Flügellosen eine Art Geheimsprache entwickelt. Ob die inzwischen kapiert haben, dass wir sie verstehen?«

»Was ist denn mit dem vierten Flügellosen? Was hat der gemacht?«

»Ach der«, antwortete Wibo. »Der hat sich in eine Schranknische gedrückt und versucht, so zu tun, als sei er ein Reiher auf Jagd. Aber dafür muss er noch tüchtig üben. Er ist nervös gewesen und hat einfach nicht stillstehen können. Seine Artgenossen haben ihn aber trotzdem nicht entdeckt, obwohl sie ziemlich dicht an ihm vorbeigegangen sind, als sie die Halle verlassen haben.«

»Kannst du die Flügellosen beschreiben? Wie haben sie ausgesehen?«

»Wie? *Wie haben sie ausgesehen*? Die Flügellosen hier sehen doch alle gleich aus.«

Tom stöhnte innerlich auf. So war das, wenn man Zeugen hatte, die bei Flügellosen nicht so genau hinguckten. »Schon gut«, sagte er.

»Ach, fast hätte ich es vergessen, Tom. *Schnabel halten*, hat auch einer von ihnen gesagt. Obwohl die doch gar keinen …«

»Ich weiß, was du meinst, Wibo.« Tom nickte. Hier hatten sich Flügellose getroffen, die etwas im Geheimen besprechen wollten. Das war Fakt. *Verticken* und *auf die Spur kommen* klang verdächtig nach den Diebstählen, die Pia Mellwig erwähnt hatte. Und *Schnabel halten* passte sowieso. Gingen die Diebstähle doch auf das Konto der Belegschaft? Aber warum hatte die Versicherung dann gezahlt? Und wer war dieser ominöse vierte Mann, der sich in die Ecken gedrückt hatte? Was hatte er mit der ganzen Sache zu tun? War Mellwig im eigenen Betrieb Undercover unterwegs gewesen? Hatte er etwa an diesem Tag etwas erfahren, das ihn später das Leben gekostet hatte?

»Warum willst du das eigentlich alles wissen?«, fragte Wibo und holte Tom damit aus seinen kriminalistischen Gedanken zurück.

»Der Haupthahn dieser Flügellosen hier ist erschossen worden.«

»Und warum interessierst du dich dafür?«

»Ich ermittle in dem Fall.«

Wibo schaute Tom an, als hätte der nicht mehr alle Eier im Nest. »Äh, okay, ist klar«, sagte er langsam. »Ich glaube, ich höre mein Weibchen nach mir pfeifen.« Und schon hob er ab und verschwand, ohne sich noch einmal umzusehen, in der Halle.

10

Wer war der vierte Mann? Dieses Mal wurde nicht über den dritten Mann gerätselt, diesmal war es der vierte. Wibo hatte Toms Oberstübchen ganz schön ins Grübeln gebracht. Und wieder hatten es die Flügellosen geschafft, aus einem einfachen Mord eine komplizierte Sache zu machen. Jedenfalls was die Aufklärung desselben betraf. Er brauchte Hilfe. Dringend.

Tom war auf dem Rückflug und hatte sein Ziel, den Hafen am Obersee, fast erreicht, als er von weitem eine bekannte Stimme vernahm.

»Gar nicht mal so übel, diese Fische hier!« Auch das laut vernehmliche Schmatzen war Tom nicht neu. Er verringerte seine Flughöhe, scannte die Umgebung und entdeckte Rio auf einem Baum in Ufernähe. Hatte sein Kumpel es also doch noch hierhergeschafft? Wasser tropfte aus Rios weit ausgebreiteten Flügeln, während er sich mit einer jungen Kormoranin unterhielt, die sich zu ihm gesellt hatte.

»Du bist hier ja auch am Obersee«, hörte Tom die Henne während seines Landeanfluges antworten. »Hier gibt es die besten und größten Fische in der ganzen Umgebung.«

»Das sind Wachstumshormone, Nitrate und Phosphate, die du da schmeckst, Lutra«, gab eine Nilgans zu bedenken, die unweit des Ufers Entengrütze von der Wasseroberfläche fischte. »Wenn du das alles für »lecker« hältst, dann versteh ich nichts mehr. Ich jedenfalls würde keinen Fisch von hier fressen.«

»Was weißt denn du, Princess? Du frisst doch gar keinen Fisch – und dieses Ni … Ni … wie immer das auch heißen mag, das schmeckt man doch gar nicht«, sagte Lutra schließlich und sah Rio eindringlich an. »Und? Wer bist du?«

»Ich, ähm …«, stotterte Rio mit einem Mal. »Ich …, ähm … Rio.« Eine solch auffallend attraktive Artgenossin hatte er noch nie gesehen. Ihre kräftig grünen Augen glitzerten, als hätte sich ein Sardinenschwarm darin verfangen. *Sie ist so hübsch, wenn sie sich aufregt!*, dachte Rio beeindruckt. In seinem Bauch kribbelte es, als hätte er wuselige Wattwürmer darin.

»Ich habe dich hier noch nie gesehen, Rio.«

»Ähm …« Mehr als dieses Krächzen brachte er wieder nicht über die Schnabelränder. Dabei war das Stottern in Anwesenheit hübscher Weibchen ja eher Toms Sache. Rio wurde es heiß und kalt; und alles gleichzeitig. Eine neue Erfahrung, die ihn unsicher machte. Bei keinem Date zuvor hatte er so etwas verspürt.

»Wollen wir nachher noch 'ne Runde fischen gehen?«, fragte Lutra forsch.

»Äh … ja … gern«, antwortete Rio, der seinen Wortschatz unüberhörbar noch immer nicht im Griff hatte.

Nanu, was ist denn mit Rio los?, dachte Tom, als er direkt neben seinem Freund auf dem Ast landete.

Doch dann bemerkte er den Blick, den Lutra Rio zuwarf.

»Tom«, brachte Rio mühsam hervor und wedelte verlegen mit den Flügeln. Lutras Charmeoffensive hatte ihm offensichtlich die Sprache verschlagen. »Was machst du denn hier?«

»Die Frage ist doch wohl eher: *Was machst du hier?* Ich nehme an, du hast dich endlich an dein *Natürlich-helfe-ich-dir-Versprechen* erinnert.«

»Aber klar!«, antwortete Rio, der langsam wieder Herr seiner Worte wurde. »Ich war gerade auf dem Weg zu dir, als ich hier zu einer Notlandung gezwungen worden bin. Musste Kraftstoff für meinen körperlichen und geistigen Antrieb tanken. Von den unüberwindlichen Hindernissen, die sich mir in den letzten Tagen in den Weg gestellt haben, ganz zu schweigen.«

»Genauso habe ich's mir gedacht«, sagte Tom verschmitzt und raunte ihm zu: »Hier sitzt wohl so ein Hindernis, nicht wahr?« Und noch bevor Rio seinen Freund an der nächsten Frage hindern konnte, hatte Tom sie schon ausgesprochen: »Wo ist denn dein Fanclub geblieben? Hast du ihn nicht mitgebracht?«

»Groupies bleiben nicht zum Frühstück«, antwortete Rio trocken und warf einen Seitenblick auf Lutra, die die Zweideutigkeit aber offenbar nicht mitbekommen hatte und ihn weiter anflirtete. Rasch wechselte er das Thema: »Was ist mit Klipper? Hast du schon 'ne Spur?«

»Oh«, sagte Princess, die der Unterhaltung vom Ufer aus aufmerksam gefolgt war, »du bist der Ganter, von dem Baja gesprochen hat? Der, der ihren Sohn sucht?«

»Ja, Rio und ich ermitteln im Vermisstenfall Klipper. Du hast also schon davon gehört?«

»Klar habe ich von den schrägen Vögeln gehört, die auf der Suche nach einem verschwundenen Küken sind«, schnatterte Princess und warf sichtlich belustigt einen Blick von Tom zu Rio.

»So schräg sind wir nun auch wieder nicht«, widersprach Rio und fügte nicht ohne Stolz hinzu: »Wir sind das Ermittlerteam Tom und Rio.«

»Ihr erinnert mich eher an Tim und Struppi«, hielt Princess amüsiert dagegen.

Tom überging die Spitzen der Nilgansdame und wandte sich an Rio. »Ich brauche deine Hilfe. Du musst etwas für mich erledigen.«

»Kein Thema. Was immer es ist.«

»In der Nähe eines Leichenfundortes ist hier auf dem See frühmorgens ein Anglerboot gesichtet worden. Ich möchte gerne wissen, ob die Leiche mit einem dieser Boote ins Schilf gebracht worden ist.« Tom bemerkte Lutras wachsendes Interesse an ihrem Gespräch und setzte deshalb noch »Das ist doch dein Spezialgebiet, Rio« hinzu.

»Du ermittelst schon wieder bei den Flügellosen?

Ich dachte, wir sind wegen Klipper hier.« Nicht nur Rio fehlten fast die Worte. Princess' Schnabel stand vor Erstaunen weit offen. Die Belustigung in ihrem Gesicht war Respekt gewichen.

»Das sind wir auch. Aber was soll ich machen, Rio. Du erinnerst dich doch bestimmt an Kommissar Hump? Er ist mit der Aufklärung des Falles betraut.«

»Oh!«, antwortete Rio mitfühlend. »Ich verstehe.« Offensichtlich konnte er sich nur zu gut an den hilfebedürftigen Kommissar erinnern. »Also ein Anglerboot. Aye, aye, Captain. Ich mache mich sofort auf den Weg!« Er schüttelte seine Flügel zur Startvorbereitung noch einmal auf und meinte dann: »Es geht sofort los – wenn ich trocken bin.«

11

»Tja, Herr Hump, das ist ja nicht gerade viel, was Sie mir da zu bieten haben.« Staatsanwalt Neuner saß hinter seinem ausladenden Tisch und blickte den Kommissar unzufrieden an. Er hatte viel um die Ohren, und in seinem Büro roch es förmlich nach Überstunden, Anklage und Verurteilung. Auf dem Tisch, ja sogar auf dem Boden schraubten sich windschiefe Aktenstapel in luftige Höhen. Abgegriffene Gesetzessammlungen nebst Kommentaren, aber auch Liebhaberstücke aus dem Antiquariat füllten ganze Regalschränke.

Seine mit Samt besetzte Staatsanwaltsrobe hing mahnend an einem Kleiderhaken neben der Tür, damit er in letzter Sekunde nach ihr haschen konnte, wenn er wieder einmal auf den letzten Drücker zu einer Sitzung hetzte. Der einzige Büroschmuck war in Glas gerahmt. Hierbei handelte es sich um einige großformatige Hochglanzfotos von unerschwinglich teuren Mega-Jachten, wie die *Eclipse* von Milliardär Abramowitsch oder dem Dreimaster *Maltese Falcon*, der mit turmhohen Segeln und abenteuerlicher Krängung die aufgewühlte See durchpflügte. Gegen sie war die White Beauty unscheinbar, die reinste Nussschale. Von Neuners eigenem Boot ganz zu schweigen.

Hump hatte sich tief in seinen Stuhl gedrückt. Neuner kannte diese jungen Spunde, die auf Teufel komm raus Karriere machen wollten und doch von einer Institution wie die der Staatsanwaltschaft eingeschüchtert waren. Auch Hump musste noch viel lernen. »Sonst haben Sie nichts herausgefunden?«, fragte er deshalb streng.

»Es ist, wie ich es im Bericht geschrieben habe.« Hump nahm Haltung an und beeilte sich, Neuner zu antworten. »Wie es aussieht, ist dieser Mellwig ein ganz normaler Mensch gewesen. Sein privates und auch geschäftliches Umfeld scheinen in Ordnung gewesen zu sein. Und doch ist er erschossen worden.«

»Dieser Geschäftspartner, dieser …«

»Sachs«, half Hump ihm auf die Sprünge.

»Was ist mit ihm?«

»Seine Assistentin hat mich vorhin angerufen. Er wird«, sagte Hump und warf einen Blick auf seine Uhr, »in einer guten Stunde in seinem Büro zurückerwartet. Ich fahre nachher zu ihm hin.«

»Gut, Herr Hump, gut«, sagte Neuner. Er nickte einigermaßen zufrieden und befingerte einen der aus der Achse geratenen Aktenstapel vor sich. »Ich habe sie doch vorhin noch gesehen«, meinte er mehr zu sich selbst und zog schließlich eine rote Pappkladde heraus, die unter anderem die Aufdrucke *Staatsanwaltschaft* und *Strafsache* trug. Er hielt sie Hump entgegen. »Da sind sie – die Berichte der Spurensicherung!«

Verärgerung huschte über Humps Gesicht. Neuner wusste, dass er den jungen Kommissar skrupellos übergangen hatte, doch wozu sonst hatte man sich über all die Jahre ein Netzwerk an Kontakten in die verschiedensten Abteilungen geknüpft? Nicht einer seiner Fälle sollte aufgrund eines unerfahrenen Ermittlers, wegen eines Formfehlers oder eines Schlüssigkeitszweifels abgewiesen werden. Und gerade dieser Fall war für den leidenschaftlichen Bootsbesitzer Neuner etwas ganz Besonderes.

»Beginnen wir mit dem Obduktionsbericht.«

Neuner hörte, wie Hump nach Luft schnappte und fassungslos auf die rote Kladde in seiner Hand starrte, denn auch der Obduktionsbericht war vorab auf seinem Tisch gelandet. Aber er hatte den jungen Kommissar richtig eingeschätzt. Hump war viel zu jung und grün, um gegen ihn und sein Handeln aufzubegehren.

»Wenn man mal von dem Einschussloch absieht«, erklärte Neuner seinem Gesprächspartner über den Aktenrand hinweg, »war der Tote bei bester Gesundheit und unversehrt. Es hat keinen Kampf gegeben; es konnten weder aktive noch passive Abwehrverletzungen festgestellt werden. Aufgrund des Einschusswinkels, der schräg nach hinten abfällt, und des vertikalen Blutaustritts geht man in der Rechtsmedizin davon aus, dass er im Sitzen erschossen worden ist und auch noch eine Weile gesessen hat, nachdem er bereits tot war. Später ist er dann bewegt worden; die Totenflecken besagen das eindeutig.«

»Ich vermute mal, dass er über einen gewissen Zeitraum transportiert und anschließend an seinem Fundort abgelegt worden ist«, warf Hump ein.

»Ja, der gleichen Meinung bin ich auch«, antwortete Neuner und blätterte in der Kladde einige Seiten weiter. »Das Projektil, Kaliber 7,65 mm, ist entnommen und der ballistischen Untersuchung zugeführt worden.«

»Dann werden wir ja bald wissen, nach welcher Waffe wir suchen müssen und ob wir schon einmal mit ihr zu tun hatten.« Hump räusperte sich. »Was ist mit den Berichten der Spurensicherung?«

Humps Stimme ist belegt, dachte Neuner mit Genugtuung. *Er unterdrückt die Wut über meine Eigenmächtigkeit. Das wird ihn lehren, einen Schritt schneller zu arbeiten und ein bisschen fixer zu denken.*

»Auf dem Boot hat man keine Einbruchsspuren feststellen können. Das Opfer muss seinen Mörder gekannt und selbst hereingebeten haben.«

»Ist das Boot denn der Tatort?«

»Salon, Pantry und Achterdeck sind penibel geputzt worden. Unsere Labormäuse haben alles eingestaubt, und raten Sie mal, was das Graphit zutage gefördert hat.« Neuner fixierte Hump und spitzte die Lippen. »Ihre Fingerabdrücke, Herr Hump, Ihre. Am Handlauf der Steigleiter und an der Schiebetüranlage. Haben Sie eigentlich noch nie etwas von Latexhandschuhen gehört??«

Hump, der sich gerade erst etwas entspannt hatte, zuckte merklich zusammen. Ohne Handschuhe hatte er eindeutig gegen den Grundsatz verstoßen, keine eigenen Spuren zu legen. »Sorry, Herr Neuner«, sagte er kleinlaut.

»Zudem hat das Luminol feinste Blutanhaftungen sichtbar machen können. An einem Tisch oben auf dem Achterdeck. Die DNA ist eindeutig Mellwig zuzuschreiben.«

»Da wollte jemand seine Spuren verwischen.«

»Stimmt. Im Übrigen haben die Kollegen Mellwigs Auto auf dem gesicherten Teil des Hafenparkplatzes gefunden. Ohne Chip kommt man da weder rein noch raus. Er muss also im Hafen respektive auf seinem Boot gewesen sein.« Neuner unterbrach seine Ausführungen und blätterte noch einmal in der Kladde. »Kommen wir nun zu der Fundortauswertung.«

»Hat die überhaupt etwas ergeben?«, fragte Hump und blickte grimmig auf seine Schuhe.

»Es war matschig«, meinte Neuner lapidar und konnte ein feines Lächeln nicht unterdrücken. Nur zu gut hatte er Humps Not noch vor Augen, als der, knöchelhoch mit Schlamm bedeckt, von ihm den Auftrag bekommen hatte, in den umliegenden Häfen zu recherchieren. »Zwar sind Fußstapfen und Pfotenabdrücke gefunden worden, aber die konnten eindeutig dem

Finder der Leiche und seinem Hund zugeordnet werden. Ansonsten sind keine weiteren Fußspuren festgestellt worden. Die Kriminaltechnik vermutet, dass der starke Regen in der Nacht alle hinweisgebenden Hinterlassenschaften vernichtet hat. Wir haben nichts.«

»Dann ist er vermutlich geschleift worden«, überlegte Hump laut. »Wäre er getragen worden, hätte man im weichen Ufer tiefe, mit Wasser gefüllte Schuhabdrücke finden müssen.«

»Oder aber, der Täter war umsichtig und hat seine Spuren beseitigt.« Für einen Augenblick hielt Neuner inne und las den Bericht kurz quer. »Ich habe beim Deutschen Wetterdienst nachfragen lassen. Der Regen in der Umgebung des Obersees hat gegen ein Uhr dreißig begonnen, um drei Uhr in der Nacht seinen Höhepunkt erreicht und etwa um vier Uhr dreißig wieder aufgehört. Es ist also kein Wunder, dass wir keine Spuren haben.«

Hump schien sich langsam wieder zu entspannen und stimmte Neuners Ausführungen stumm zu. Die Männer schwiegen eine Weile, jeder für sich ging den Fall im Kopf noch einmal durch.

»Da war doch noch etwas mit einem Kakadu, oder?«, fiel Neuner ein.

»Warum fragen Sie?«

»Weil es meines Erachtens zwei Möglichkeiten gibt. Entweder ist der Vogel entflogen, oder der Mörder hat ihn mitgenommen.«

»Warum sollte jemand so einen Vogel mitnehmen?«, fragte Hump skeptisch.

»Nun, weil er eine ganze Menge wert ist. Ich habe meinen Freund Herrn Google befragt, und der sagt, dass so ein Inkakakadu ganz schön teuer ist. Ein Zuchtpaar wird mit rund fünfzehntausend Euro gehandelt.«

»Oh, das ist allerdings eine Stange Geld. Da ist mancher schon für weniger getötet worden. Aber glauben Sie wirklich, dass Mellwig wegen des Vogels umgebracht worden ist?« Neuner entnahm Humps Gesicht, dass er diese Möglichkeit für total abwegig hielt.

»Es ist zumindest ein Hinweis, den ich nicht außer Acht lassen möchte.«

»Das könnte dann ja fast nur bedeuten, dass der Mörder den Hafen gut gekannt hat und wusste, dass der Besitzer den Vogel mit aufs Boot bringt. Da fällt mir ein, der Kakadu soll eine ganz schöne Nervensäge sein, der ständig laut krächzt und so. Vielleicht hatte es jemand ja eigentlich auf den Vogel abgesehen, um endlich seine Ruhe zu haben, und das ist dann aus dem Ruder gelaufen. Was denken Sie, Herr Neuner?«

»Ich denke, dass Sie sich als Nächstes unbedingt mal die umliegenden Bootseigner im Hafen vorknöpfen sollten«, sagte Neuner nachdrücklich. Diesem Hump musste man auch wirklich alles sagen.

Neuner sah Hump zusammenzucken und blass werden. »Ich wollte eigentlich unsere neue Spur weiterverfolgen. Die Übernahme dieses Konkurrenten. Die war ja wohl alles andere als einvernehmlich. Und ehrlich gesagt, mir wird schon schlecht, wenn ich nur an den Obersee denke.«

»Ach, Sie mit Ihrer Seekrankheit«, sagte Neuner und grinste in sich hinein. Er wollte schon zu einem Vortrag über die besten Methoden gegen flaue Mägen sowie über enthusiastische Dienstbereitschaft und chronische Personalknappheit ansetzen, hielt dann aber plötzlich inne und sagte: »Lassen Sie mich mal überlegen.«

Er zog die Augenbrauen kraus und starrte eine Weile durch Hump hindurch.

»O ja«, meinte er schließlich und grinste breit. »Ich glaube, ich habe die Lösung für unser Problem!«

12

»Kommen Sie herein«, rief Simon Sachs durch die offene Glastür seines Büros. »Kommissar Hump, nehme ich an.« Er winkte Hump zu sich, kaum dass der aus dem Aufzug in das menschenleere Großraumbüro getreten war. »Bitte, nehmen Sie Platz.« Sachs war Mitte dreißig, groß und sportlich. Er trug eine Jeans und ein weißes Hemd mit dezenter Krawatte.

Hump nahm Platz, und sein Blick fiel auf einen schwarzen Trolley, der, mit dem bunten Anhänger einer Fluggesellschaft versehen, an der gläsernen Fensterfront abgestellt worden war. Ein Norwegerpullover und eine Lederjacke hingen lässig über dem weit ausgezogenen Gestängegriff.

»Ich habe mich vom Flughafen sofort hierherfahren lassen«, sagte Sachs, der Humps Blick auf das Gepäck gesehen hatte. »Ich kann es immer noch nicht glauben – Uli ist tot.«

»Ihr Geschäftspartner ist umgebracht worden.«

»Ja, ich weiß. Erschossen.« Sachs schüttelte fast unmerklich den Kopf. »Er war der friedfertigste Mensch, den ich gekannt habe. Wer macht so etwas?«

»Um das herauszufinden, bin ich hier.«

Sachs atmete tief ein. »Wie kann ich Ihnen helfen,

Herr Kommissar? Sie haben meine volle Unterstützung. Was auch immer in meiner Macht steht, ich werde alles tun, um dieses Schwein zur Strecke zu bringen.«

»Das ist unsere Aufgabe, Herr Sachs«, wies Hump den Spediteur zurecht.

»So habe ich das ja auch nicht gemeint«, lenkte Sachs ein, der sich neben dem Trolley mit dem Rücken an die Fensterbank angelehnt hatte. »Sie wissen schon, wie ich das meine.«

»Wie haben Sie vom Tod Ihres Geschäftspartners erfahren?«

»Ich war in Finnland auf Geschäftsreise, das wissen Sie sicher. Deshalb habe ich auch erst spät von diesem Unglück erfahren«, sagte Sachs und strich über ein Pflaster an der linken Hand. Als er es bemerkte meinte er: »Ich musste zu einer Elchjagd. Das ist ein kleines Andenken an das störrische finnische Gebüsch.«

»Sie mussten?«, hakte Hump nach.

»Wie man es nimmt«, meinte Sachs und hob entschuldigend die Hände. »Veeti Korhonen, unser Geschäftspartner in Helsinki, ist, wie alle Finnen, sehr gastfreundlich. Ab und an überrascht er mich mit besonderen Ausflügen. Beim letzten Mal waren wir in Helsinkis ältester Sauna. Das war wirklich toll. Und dieses Mal eben zur Jagd; dabei bin ich überzeugter Tierschützer und Pazifist. Trotzdem habe ich nicht ablehnen können. Veeti hätte es nicht verstanden. In Finnland gehen die Uhren anders.«

»Diese Jagd war also nicht von Ihnen geplant?«

»Nein, wo denken Sie hin«, wehrte Sachs ab. »Mir wäre ein weiterer Besuch in einer Sauna wesentlich lieber gewesen, als zwei Autostunden von Helsinki entfernt in einem Blockhaus ohne Strom und Wasser, vor allem aber: ohne Netz zu sein. Und das im Land von Nokia. Können Sie sich das vorstellen?« Er machte eine kleine Pause, dachte nach und fuhr dann fort. »Erst auf der Rückfahrt heute Vormittag hatte mein Handy wieder Empfang. Da erst habe ich von Ulis Tod erfahren.« Er hielt einen Moment inne und strich sich gedankenverloren mit der Hand über den Zweitagebart.

»Wissen Sie, Herr Kommissar, ich habe die ganze Zeit immer nur gedacht: Wer macht so was? Wer bringt Uli um, und vor allem: WARUM?«

»Wann sind Sie nach Helsinki abgeflogen?

»Vorgestern Abend. Das Flugzeug ist um 18.50 Uhr abgehoben und pünktlich um 0.15 Uhr gelandet. Veeti hat mich abgeholt. Das machen wir immer so.«

»Kann das jemand bestätigen?«

»Dass Veeti mich abgeholt hat? Ich bin mir sicher, dass uns jemand am Flughafen gesehen hat. Allerdings habe ich keine Hotelbelege, falls Sie das meinen. Ich übernachte immer bei Veeti, und als Dankeschön bekommt er jedes Mal eine große Flasche Whiskey. Sie wissen sicher, wie teuer der Alkohol in Skandinavien ist.«

»Warum sind Sie überhaupt nach Helsinki gereist?

Sie hätten die Angelegenheit doch auch telefonisch klären können.«

»Sicher hätten wir das. Aber Ulis und auch mein Anliegen war der persönliche Kontakt.« Sachs stieß sich von der Fensterbank ab, ging zurück zu seinem Schreibtisch und setzte sich. »Und ein Gespräch«, meinte er in verschwörerischem Ton, »bei dem man über die Bürokraten in Brüssel lästert, führt man besser nicht übers Telefon. Diese Aktenlurche haben doch von der Praxis keine Ahnung und legen uns Steine in Form von Verordnungen und Regelwerken vor, die kaum in die Realität umzusetzen sind. Vor allem nicht, wenn man wie wir durch den halben Ostblock fahren muss.«

Hump nickte verständnisvoll, hatte aber keine Ahnung, mit welchen Hürden oder Bandagen zwischen der EU und dem Speditionsgewerbe gerungen wurde.

»Was hat es mit diesen Diebstählen auf sich? Pia Mellwig hat mir davon erzählt.«

»Oh, das. Das ist wie eine Heimsuchung, Herr Kommissar, wie eine Magen-Darm-Grippe, die einen kalt erwischt. Man kann versuchen, sich davor zu schützen, aber selbst die besten Präventionen helfen nicht immer. Es hat drei Überfälle gegeben. Dabei sind Pelze, Spirituosen und Kaviar gestohlen worden.«

»Das waren allesamt Luxusgüter. Der Verlust muss doch immens gewesen sein.«

»Und ob. Nicht nur, dass unsere Versicherung die

Schäden ersetzen musste, was peinlich genug war, wir mussten auch das Personal aufstocken. Das war eine Auflage der Versicherung. Seitdem sitzen immer zwei Fahrer auf dem Bock, damit stets einer beim Wagen ist oder nachts Wache halten kann. Zusätzlich haben sie auch noch die Prämien erhöht. Aber was können wir dafür, wenn die kriminelle Energie derartig groß ist?« Sachs presste die Lippen fest aufeinander und schaute Hump hilflos an. »Früher gab es mal den Fuhrmannseid. Die Fuhrleute haben geschworen, die übernommene Fracht treulich zu verwahren und redlich abzuliefern. Auch wenn das veraltet scheint, so ist das doch noch immer unsere Maxime.«

Ein kurzes helles Klingeln ließ die Köpfe der Männer herumfahren. Die Aufzugtür öffnete sich, und Karsten Wischnewski trat heraus. Er kam auf das hellerleuchtete Geschäftsführerbüro zu. »Ich habe deinen Wagen unten stehen sehen, Simon. Mein Beileid.« Dann wandte sich der Disponent Hump zu. »Guten Abend, Herr Kommissar. Gibt es Neuigkeiten? Sind Sie bei Ihren Ermittlungen schon weitergekommen?«

»Darüber darf ich Ihnen aus ermittlungstaktischen Gründen keine Information geben, Sie verstehen?«

»Natürlich«, sagte Wischnewski und deutete auf sein Büro. »Ich habe mein Handy liegen lassen und wollte es nur eben holen.« Mit langen Schritten durchmaß er die Disposition und Humps Blick begleitete ihn bis zum Schreibtisch.

»In welchem Verhältnis standen Sie zu Ulrich Mellwig?«, fragte Hump, ohne seine Augen von dem Disponenten zu nehmen.

»Wir hatten ein wirklich gutes, fast freundschaftliches Verhältnis. Uli hat einen Teilhaber gesucht, und ich habe auf seine Anzeige geantwortet. Kurz darauf war ich Mitglied der Geschäftsleitung. Wir haben uns auf Anhieb gut verstanden.«

»Wenn Sie so gut befreundet waren, dann haben Sie ihn sicher auch mal auf seinem Boot besucht?«

»Klar. Ab und zu war ich bei ihm. Und während er gekocht hat, habe ich mich mit Lora beschäftigt. Sie ist ein verdammt intelligenter Kakadu. Aber für mich ein bisschen zu geschwätzig.« Sachs überlegte einen Moment und meinte: »Haben Sie sie gefunden? Pia hat mir erzählt, dass sie nicht auf dem Boot war.«

»Nein, bisher noch nicht.« Dann griff Hump Neuners Idee auf. »Haben Sie einmal daran gedacht, dass der Kakadu auch gestohlen worden sein könnte?«

»Gestohlen? Sie meinen, Ulis Tod könnte mit dem Verschwinden von Lora zu tun haben?« Sachs war überrascht.

»Das ist nur eine Spur, die wir verfolgen. Was halten Sie von dieser These? Kennen Sie jemanden, der sich für den Kakadu interessiert hat, oder dem der Vogel einfach zu laut war?«

»Es gibt so viele Verrückte auf dieser Welt, da ist sicher auch ein Mord wegen eines wertvollen oder auch störenden Kakadus nicht ganz auszuschließen. Aber ich kenne niemanden, der so weit gehen würde.«

Karsten Wischnewski verließ sein Büro und steckte den Kopf noch einmal durch Sachs' Türrahmen. »Wir haben für einen Kranz gesammelt«, sagte er an seinen Vorgesetzten gerichtet. »Weißt du schon, wann die Trauerfeier stattfindet?«

»Das kann ich dir nicht sagen. Soweit ich weiß, ist Ulis Leiche noch nicht freigegeben.«

»Sie werden umgehend informiert, wenn unsere Untersuchungen abgeschlossen sind«, kam Hump weiteren Fragen zuvor.

»Na dann, bis morgen. Auf Wiedersehen, Herr Kommissar.« Wischnewski nickte Sachs zu, wandte sich ab und verließ die Büroetage.

Unterdessen fuhr Hump mit der Befragung fort. »Hat Mellwig alleine gelebt, oder kennen Sie seine aktuelle Freundin? Vielleicht gab es einen eifersüchtigen Ehemann?«

»Nein, den gab es sicher nicht. Uli war mit der Spedition verheiratet. In jungen Jahren, habe ich gehört, hat er nichts anbrennen lassen. Doch das hat sich mit dem Tod seiner Eltern schlagartig geändert. Von da an gab es für ihn nur noch den Betrieb und seine Schwester.«

»Hatte er mit jemandem Streit, vielleicht im Hafen?«

»Feinde? Streit?«, Sachs schüttelte den Kopf. »Keine Ahnung. Da müssen Sie schon im Hafen nachfragen.«

»Was ist denn mit der Spedition, die er übernommen hat? *Trans Don*, sagte mir Ihre Assistentin.«

»Sie haben davon gehört, ja? Der Donhäuser war ein guter Mann. Hat damals echt Pech gehabt. Er hatte viele Außenstände und einen Steuerberater, der sein Geld nicht wert war. Wenn Uli nicht übernommen hätte, hätten viele Familien vor dem Nichts gestanden.« Sachs überlegte einen Moment. »Aber Sie könnten recht haben«, meinte er und nickte dann mit dem Kopf. »Donhäuser war damals gar nicht gut auf Uli zu sprechen. Man erzählt sich, dass er den Vertrag mit hochrotem Kopf unterschrieben und den Kugelschreiber anschließend quer über den Tisch gepfeffert hat. Er hat wohl bis zuletzt geglaubt, er könnte seinen Laden halten.«

»Wie soll es denn jetzt hier in der Firma weitergehen?«

»Keine Ahnung«, sagte Sachs und zuckte mit den Schultern.

»Die Unternehmensführung fällt doch nun in Ihre Hände, oder?«

»Das muss Pia entscheiden. Sie ist die Erbin. Wenn sie klug ist, wird sie sich mit mir besprechen. Ich bin mir sicher, dass sie die Spedition nicht verkaufen wird, da steckt für sie einfach zu viel »Familie« drin. Ich kenne ihre Pläne nicht, aber wenn sie mir das Vertrauen ausspricht, stehe ich ihr mit Rat und Tat zur Seite. Gemeinsam werden wir das Schiff schon schaukeln.«

13

Es war diesig, fast nebelig. *So habe ich mir das aber nicht vorgestellt*, dachte Kriminalhauptkommissar Konrad Reiners verdrossen und nahm den prallgefüllten Seesack aus dem Kofferraum. *Neuner! Auf was für Ideen der kommt …*

Reiners hievte den schweren Sack mit Schwung auf die Schulter, marschierte los und nahm die erste Rampe hinunter zur Steganlage. Der Staatsanwalt hatte über ihn verfügt wie über einen Galeerensträfling, hatte ihm ein blau-weiß gestreiftes Shirt samt Seemannsmütze in die Hand gedrückt und den Undercover-Einsatz erklärt. Seine Aufgabe war es, den Eignern rund um die White Beauty auf den Zahn zu fühlen. Unauffällig. Natürlich, wie sonst?!

Nur weil ich gerne campe, heißt das noch lange nicht, dass man mich auf einem Boot einquartieren kann. Reiners schmollte. Campen war in der Tat seine Leidenschaft und sicherlich war er auch schon einmal mit einem Schlauchboot gefahren. Aber das hier hatte eine andere Dimension. Neuner hatte ihm ein richtiges Boot besorgt. »Stellen Sie sich einfach vor, Ihr Caravan könnte schwimmen. Ein Boot ist wie Camping, nur eben auf dem Wasser. Reiners, Sie machen das schon.«

Von wegen, hatte er gedacht.

Reiners hatte inzwischen den Steiger D erreicht. *Avalon* war der Name des Bootes, das Neuner für seinen Einsatz besorgt hatte. Jetzt hieß es nur noch, diesen schwimmenden, im Nebel verborgenen Ort zu finden.

»Box D6«, murmelte er vor sich hin, als er den Steg entlangschritt. »Oje!«, entfuhr es ihm, als er das Boot entdeckt hatte. »Das hätte ja auch eine Spur größer sein können!« Was hatte Neuner sich nur dabei gedacht? Das war weniger als eine Nussschale, kleiner als eine Pistazienhülle.

Die Avalon, ein weißes, knapp acht Meter langes und zirka zweieinhalb Meter breites Motorboot, dümpelte zwischen der Wildgans und der Exotic vor sich hin und ahnte von Reiners Entsetzen nichts. Der Kommissar wechselte vom Hauptsteiger auf den schmalen Fingersteg und löste von dort aus die Druckknöpfe der dunkelblauen Persenning, die farblich auf den Zierstreifen unterhalb des Gangbords abgestimmt war. Er rollte sie hoch und fixierte sie mit zwei Schleifen.

Mann o Mann, wenn ich das vorher gewusst hätte. Mit Schwung warf er den Seesack hinunter in den tiefliegenden Bootsbauch. Der Steg reagierte sofort und schwankte heftig. Im letzten Moment griff Reiners nach dem hölzernen Handlauf auf dem Salondach und konnte so gerade noch einen Sturz ins Hafenwasser vermeiden. *Das ist ja mal gar nichts für meine alten Kno-*

chen, überlegte er, zog den Kopf ein und stieg vorsichtig mit einem weiten Schritt in den Salon, der diesen vornehmen Namen eigentlich gar nicht verdient hatte. Stickige Luft, angereichert mit Diesel- und Ölgeruch, schlug ihm entgegen. Um durchzulüften, öffnete er auch die Persenning auf der gegenüberliegenden Seite. Mit jedem Schritt schwankte das Boot, und die Planken knarrten unter seinen Schuhen.

Das Boot war mit mehrfach gelacktem Mahagoniholz ausgeschlagen und strahlte in einem warmen Cognacton. Ein großes Holzsteuerrad mit gedrechselten Speichen, wie er es aus Piratenfilmen kannte, war der Blickfang im Mittelschiff; davor ein höhenverstellbarer bequemer Stuhl. In die Konsole des Steuerrades waren einige Armaturen eingelassen.

Links neben der Steuerkonsole, unterhalb der beiden großen Frontscheiben, war eine niedrige Holztür, die den Zugang zum Vorschiff verschloss. *Hier müssen wirklich Zwerge gewohnt haben,* überlegte Reiners, griff nach seinem Gepäck und zwängte sich zwei schmale Stufen zur Achterkoje hinunter, seiner künftigen Schlafstätte.

Reiners duckte sich, denn die Decke hatte keine Stehhöhe. Auch die Koje war auf den ersten Blick viel zu kurz, … *wusste ich es doch, Hobbits,* fuhr es dem stattlichen Reiners durch den Kopf, doch das Fußende reichte bei näherer Betrachtung ein Stückweit unter einen Hängeschrank, dem einzigen Stauraum der Achterkabine. Drei Fenster sorgten in dem kleinen Raum für genügend Helligkeit und Lüftung.

Platzangst darf man hier aber nicht haben.

Reiners stellte den Seesack auf der Koje ab und durchwühlte ihn nach Kaffeepulver, Filter und Filtertüten. Nur eine heiße Tasse Kaffee konnte ihn jetzt vor einer tiefen Depression retten.

Die kleine Pantry glich der Miniküche in seinem Wohnwagen, und er fühlte sich gleich ein wenig versöhnlicher. Waschbecken, Gaskühlschrank und ein zweiflammiger Gasherd. Im Fußboden war ein Druckschalter für die Wasserpumpe eingelassen. Reiners befüllte einen alten Wasserkessel und setzte ihn auf den Herd. Im Vorratsschrank darunter legte er den Gassicherheitsschalter um. Als er den Herdknopf drückte und anschließend drehte, hörte er das Gas strömen. Mit dem Feuerzeug entzündete er die Flamme.

Obwohl er froh war, nicht wieder aus dem Boot klettern zu müssen, um die Gasflasche, die nach Neuners Angaben außen auf der Badeplattform ihren Platz hatte, aufdrehen zu müssen, dachte er daran, wie gefährlich es war, eine ständig geöffnete Gasflasche auf dem Boot zu haben. Vor dem Schlafengehen würde er sie auf jeden Fall abdrehen. Sicher war sicher.

Während Reiners Kaffeepulver in den Filter gab, hörte er das Quaken, Schnattern und Klicken der Wasservögel. *Hafenmusik mal anders*, dachte er. Durch das schmale Fenster über dem Spülbecken beobachtete er einige Enten auf Futtersuche, und auch eine Nilgans zog langsam vorbei.

Während das Kaffeewasser erhitzte, durchsuchte er sämtliche Staufächer. Die meisten waren leer, angebrochene Gewürze fand er jedoch genauso wie Besteck, Geschirr und einige wenige Töpfe. In einem Schrank war ein kleiner Fernseher samt Satelliten-Schüssel verstaut.

Reiners setzte sich schicksalsergeben auf eine der beiden Bänke am Tisch gegenüber der Pantry und ergab sich seinem Frust. *Hier also soll ich die nächsten Tage verbringen.* Er schüttelte den Kopf und wünschte sich in seinen Caravan, der über eine angemessene Stehhöhe verfügte, ein geräumiges Vorzelt hatte und auch WC-technisch wesentlich moderner war als dieses … dieses schwankende Altertümchen hier. Einzig der Kaffee hielt ihn aufrecht, er würde ihm guttun und ihn vielleicht auf andere Gedanken bringen. Der Kessel pfiff, und wenig später saß er auf einem Klappstuhl im Salon und trank eine erste Tasse Kaffee auf »seinem« Boot. Ein paar zuckersüße Kekse beruhigten seine Nerven. Und nach genau zwei weiteren Tassen Kaffee, pünktlich zur 12.00 Uhr-Tagesschau, flackerten auch die ersten Bilder auf dem Fernseher, den er hervorgeholt und samt Antennenschüssel angeschlossen hatte.

Er hatte sich gerade wieder zufrieden in den Klappstuhl zurückgelehnt, zu den Keksen gegriffen und den

Nachrichten gelauscht, als er ein deutliches Schnattern vernahm. Es kam von einer Nilgans, die sich hinter ihm auf dem Steg niedergelassen hatte und vorwitzig über seine Schulter in den Salon guckte.

»Was machst du denn hier? Möchtest du mir vielleicht Gesellschaft leisten?«, fragte Reiners und betrachtete die zutrauliche Gans genauer. »Du siehst aus wie jemand, den ich kenne.«

Die Gans quakte ein wenig und reckte den Hals in Richtung Kekse, was einer deutlichen Aufforderung glich.

»In Ordnung. Du hast mich überredet«, meinte Reiners und hielt der Gans einen seiner Kekse entgegen. Er konnte sich jedoch nicht des Eindrucks erwehren, dass die Gans den Fernseher keine Sekunde aus den Augen ließ. Schneller, als er es ihr zugetraut hätte, grapschte die Gans nach dem Keks und erwischte dabei auch Reiners Finger. »He!«, murrte er auf. »Du musst nicht so viel fernsehen, dann siehst du auch, wo du hinpackst.«

Reiners setzte noch einmal Kaffeewasser auf und teilte sich die restlichen Kekse brüderlich mit seinem gefiederten Besucher.

Plötzlich flüchtete die Nilgans mit einem Sprung ins Wasser. Laute Schritte näherten sich vom Hauptsteg.

»Ein neues Boot am Steg, das bedeutet auch ein neues Gesicht!«, hörte Reiners eine freundliche Stimme sagen. Neugierig steckte er seinen Kopf aus dem Salon.

Eine junge Frau, etwa vierzig Jahre alt, hatte sich der Avalon genähert.

»Hallo! Guten Tag«, sagte sie ansteckend fröhlich. »Mein Name ist Martina Zielger. Ich bin von der Voyager. Ich habe doch gleich gesehen, dass hier ein Neuzugang ist.« Sie warf Reiners einen interessierten Blick zu. »Ein schönes Boot hast du da. Ein echtes Schmuckstück, nicht wahr? Man sieht es ihm an, dass du es mit Liebe pflegst und gut in Schuss hältst.«

»Ehm, ja …«, räusperte Reiners sich und wurde vom pfeifenden Wasserkessel gerettet. »Kaffee …«, brachte er entschuldigend heraus und wandte sich ab.

»Kaffee? – Aber gerne. Die Einladung nehme ich an. Captain, bitte an Bord kommen zu dürfen!«

14

»Du hast aber ein schönes Boot«, hörte Tom Martina Zielger zu dem neuen »Eigner« der Avalon sagen. »Du musst eine Menge Stunden investiert haben, um es so gut in Schuss zu halten.« Mit kundigem Blick betrachtete sie das Boot und sagte dann: »Du musst bald wieder »Unterwasser« machen, stimmt's? Und so, wie ich dich einschätze, machst du das bestimmt selbst.«

Tom schwamm unterdessen unterhalb der Stege und ließ die beiden Flügellosen nicht aus den Augen. Sie standen inzwischen auf dem Hauptsteg und betrachteten Reiners' Undercover-Domizil von allen Seiten. Schon seit er ihn beim Einzug beobachtet hatte, war ihm klar, dass es sich hier nur um einen Sondereinsatz handeln konnte. Diese verdeckte Aktion hatte nun unverhofft sein dringlichstes Problem gelöst. Seit er bei Reiners auf dem Steg gesessen und Kekse gefuttert hatte, wusste er, wo er künftig die *heute*-Nachrichten sehen und etwas Leckeres schnabulieren konnte.

»Unterwasser?«, fragte Reiners und räusperte sich. Tom konnte ihm ansehen, dass er mit diesem Begriff nichts anfangen konnte. »Ja … Unterwasser, klar, das mache ich selbst.«

»Das habe ich mir gedacht. Du bist ein Mann der

Tat. Schließlich gibt es nichts Wichtigeres für ein Boot, als es unter Wasser gegen Rost und Algenbewuchs zu schützen.« Martina Zielger schaute Reiners direkt an und hatte dabei den gleichen Blick in den Augen wie Lutra zuvor. Wie die Kormorandame flirtete sie heftig, und der Kommissar reagierte auf die Annäherungsversuche ebenso wie Rio. Sehr verlegen.

»Auf der anderen Seite des Hafens ist eine kleine Werft. Ich könnte sie dir zeigen. Da kannst du einen Hallenplatz für Schleif- und Streicharbeiten mieten«, sagte Martina Zielger. »Außerdem ist es ein schöner Spaziergang rund um das Hafenbecken.«

Das Wetter hatte aufgeklart, der Nebel sich verzogen. Reiners ließ den Blick schweifen, er sah das Hafenmeisterbüro, den Camping- und Parkplatz ebenso wie das Restaurant, und blickte schließlich zu einer Halle, die direkt auf der gegenüberliegenden Hafenseite stand. »Ja, warum nicht«, meinte Reiners schicksalsergeben.

Die beiden gingen über die Steganlage und wechselten dann auf eine Rampe hinauf zum Deich. Tom folgte ihnen unauffällig unterhalb des Dammes auf dem Wasser. Seinen feinen Ohren entging nichts von Martina Zielgers Geplauder.

»Erzähl mal, wie kommt ein Mann wie du ausgerechnet in unseren Hafen?«

»Och«, wehrte Reiners ab, während er die Deichkrone erreichte. »Das ist eine lange Geschichte.«

»Ich liebe lange Geschichten«, entgegnete Martina

Zielger, und Tom sah, wie Reiners die Augen verdrehte und zwei Finger hinter seinem Rücken kreuzte.

»Tja, was soll ich sagen. Boote waren schon immer meine Leidenschaft. Ich bin sogar einige Zeit oben an der Ostsee gewesen. Seit ich Privatier bin, lebe ich praktisch auf meinem Boot. Meiner Frau hat das natürlich nicht gefallen. Sie war von jeher eine Landratte und hatte wenig Verständnis für mich. Es kam, wie es kommen musste. Wir sind vor einem Jahr geschieden worden, und nun bin ich hier im Hafen.«

»Oh, so ist das«, sagte Martina Zielger, und Tom kam es vor, als hätte er eine gewisse unterschwellige Freude aus ihren Worten gehört.

»Inzwischen bin ich aber nicht mehr sicher, ob das ›Krähennest‹ wirklich eine gute Wahl war. Ich habe gehört, dass es hier unlängst einen Toten gegeben hat.«

»Das hat sich schneller herumgesprochen als ein missglücktes Anlegemanöver, und das will schon was heißen. Aber Spaß beiseite. Ich habe den Toten gekannt. Seine WHITE BEAUTY liegt nämlich bei uns am Steg. Ganz hinten durch, am Kopfsteg.«

»Wenn das so ist, dann habe ich sie von weitem gesehen. Ein schönes Boot. Ich wollte es mir bei Gelegenheit mal näher ansehen. Aber da habe ich noch nicht gewusst, dass der Besitzer gestorben ist.«

»Er ist umgebracht worden, habe ich gehört«, sagte sie und fügte hinter vorgehaltener Hand »Erschossen!« hinzu.

Reiners und Martina Zielger folgten dem Weg zur Werft, die noch ein gutes Stück hinter dem Restaurant lag. Von weitem konnte man schon aufgebockte Segelboote sehen, deren nackte Masten hoch in den Himmel ragten.

»Umgebracht? Das glaube ich nicht.« Reiners hatte seine Finger auf dem Rücken noch immer über Kreuz. »Wer macht denn so etwas?«

»Da fällt mir sicher der eine oder andere ein«, trumpfte Martina Zielger auf.

»Aha, und wer?«

»Du stellst aber Fragen. Man könnte glatt meinen, du bist von der Polizei.«

»Wo denkst du hin, Martina«, sagte Reiners und schaute der jungen Frau offen ins Gesicht. »Ich möchte nur wissen, ob ich den Hafen wechseln muss. Ich möchte mein Leben genießen und nicht darum fürchten müssen, weil hier jemand scharf schießt. Dann suche ich mir lieber eine friedlichere Bleibe.«

»Da kann ich dich beruhigen. Hier sind alle sehr nett. Wirklich.«

»Aber dieser Eigner ist trotzdem umgebracht worden«, gab Reiners zu bedenken.

»Ich vermute ja, dass Gunnar ihn erschossen hat.«

»Gunnar?«

»Ja, ein komischer Kauz, der mit seiner Frau auf einem alten Plattbodenschiff lebt. Es liegt genau gegenüber der WHITE BEAUTY. Aber seit ein paar Tagen ist er fort. Ich wette, dass er etwas mit Ulis Tod zu tun hat.«

»Warum?«

»Nun, ich will ja keine Gerüchte in die Welt setzen, aber«, sie schaute sich misstrauisch um. »Gunnar war ein Schläger«, raunte sie. Tom konnte es trotzdem hören. »Er war niemand, der sich an Stärkere herangetraut hätte, das nicht. Er … hat seine Frau geschlagen. Nicht nur einmal.«

»Häusliche Gewalt?«

Martina Zielger nickte. »Du hättest Jenny mal sehen sollen. Rollkragenpullover im Sommer, dunkle Sonnenbrille am späten Abend.«

»Das hört sich wirklich nicht gut an.«

»Genau das meine ich. Ulrich ist das natürlich auch nicht entgangen, schließlich hat er ja auch fast an Bord gewohnt und deshalb viel von seinem Gegenüber mitbekommen. Es ist noch gar nicht so lange her, da habe ich gehört, wie er Gunnar die Hölle heiß gemacht hat. Er solle seine Frau in Ruhe lassen, hat Uli gedroht, sonst würde er andere Maßnahmen ergreifen.«

»Was hat er damit gemeint?«

»Ich nehme an, er wollte Jenny beistehen. So hat es sich jedenfalls angehört. Jenny ist eine zierliche Person und kann ihrem Mann nichts entgegensetzen«, sagte Martina Zielger. »Und trotzdem hat sie nie ein böses Wort über ihn verlauten lassen. Sie hat ihn sogar in Schutz genommen.«

»Woher weißt du das?«

»Ich habe einmal mit ihr gesprochen und sie gefragt, ob sie nicht Lust hätte, auf einer meiner Touren mitzusegeln. Ich habe eine kleine Segelschule und mache ausschließlich Kurse für Frauen. Ich habe gedacht, so kommt sie auf andere Gedanken, ist nur unter Frauen und kann sich vielleicht mal den Frust von der Seele reden. Aber sie hat nur gesagt, sie wolle ihren Mann nicht alleine lassen. Er brauche sie.«

»Sie hat sich nicht helfen lassen wollen. Das ist typisch.«

»Wie meinst du das?«, hakte Martina Zielger nach.

»Ach, nur so«, wimmelte Reiners sie ab und lenkte das Gespräch in eine andere Richtung. »Du sagst, dass dieser Gunnar nun samt Frau und Boot fort ist, ja? Kurz nachdem dieser Uli getötet worden ist?«

Martina Zielger nickte. »Für mich sieht das nach einem Eingeständnis aus. Nach Flucht! Obwohl Richard sicher auch froh sein wird, dass Uli nicht mehr da ist.«

»Richard?«

»Ja. Doktor Richard Strohn. Seines Zeichens Rechtsanwalt. Er hatte ständig Probleme mit Uli.«

»Wie das? Ich dachte, er wäre so friedfertig.«

»Woher weißt du das denn? Ich dachte, du kennst ihn nicht.«

»Ähm, das … habe ich mir so gedacht. So, wie du ihn beschrieben hast.«

Reiners spielt mit dem Feuer, dachte Tom. *Martina Zielger interessiert sich für ihn und hört genau hin, wenn er etwas sagt. Wenn er sich weiter so auffällig verhält, fliegt seine ganze Tarnung auf!*

»Das stimmt ja auch. Uli war eigentlich unauffällig. Aber ich habe ja auch nicht immer den Schleifstaub auf meinem Boot gehabt, so wie Richard. Er hat das Segelboot mit dem Teakaufbau, das links neben der WHITE BEAUTY liegt. Du kannst dir sicher vorstellen, dass er nicht erfreut war, wenn er am Wochenende kam, mit seinem Boot raus wollte und erst einmal gründlich putzen musste, weil Uli es die Woche über eingestaubt hat. Uli hat sein Boot immer gut in Schuss gehalten, geschrubbt, geschliffen, gestrichen und poliert. Du verstehst sicher, was ich meine. Bei einem Stahlboot mit so viel Fläche gibt es halt immer etwas zu tun, das wirst du am besten wissen.«

»Du sagst es«, meinte Reiners und setzte eine leidgeprüfte Mine auf. *Reiners ist ein verdammt guter Schauspieler,* dachte Tom. Das hätte er ihm gar nicht zugetraut.

»Kannst du dir denn vorstellen, dass dieser Rechtsanwalt kurzen Prozess mit Mellwig gemacht hat? Dass er ihn sich ein für alle Mal vom Hals geschafft hat?«

»Dafür kenne ich Richard zu wenig, aber ich habe gehört, er soll schon oft ziemlich schwere Jungs vor dem Knast bewahrt haben.«

»Oh«, meinte Reiners, »und du meinst nun, einer

von denen hatte noch eine Schuld zu begleichen? Du meine Güte, in was für einen Hafen bin ich denn hier geraten, das ist ja das reinste Piratennest.«

»Haben wir Bootsfahrer nicht alle ein bisschen Piratenblut in den Adern?«, fragte Martina Zielger schelmisch und deutete mit der Hand auf eine Halle. »Schau, da sind wir schon. Komm, ich stell dir Matti vor, dann weißt du auch gleich, an wen du dich im Fall der Fälle wenden musst.«

Tom sah den Kommissar und Martina Zielger in die Halle gehen und hörte, wie sie sich nach einem trockenen Platz für Reparaturarbeiten erkundigten und bald auch über den toten Ulrich Mellwig tratschten.

Tom watschelte über die schräge Ebene der Slipanlage auf die Halle zu, um das Gespräch besser belauschen zu können. Die Seglerin hatte die Aussagen der Hafengänse bestätigt. Was das Plattbodenschiff betraf, waren häusliche Gewalt und Flucht nun belastbare Fakten. Neu hingegen waren die Informationen über den dubiosen Rechtsanwalt, in dessen moderner Seglerbrust vermutlich Captain Barbossas Herz schlug. Tom hoffte auf weitere Auskünfte und näherte sich vorsichtig dem Hallentor.

»Oh, schon wieder Tod und Blut!«, hörte Tom einen Schwalbenhahn wispern, der sich auf Nachfrage als Piewiet vorstellte. Auch er hatte allem Anschein nach das Gespräch über den ermordeten Eigner mit angehört und war sichtlich schockiert. Aufgeplustert saß er auf dem Dach der Wartungshalle und war unfähig davonzufliegen. Hektisch ruderte er mit den Flügelchen. Tom stellte sich ihm vor.

»Also, wenn ich das vorher gewusst hätte, Tom, dann hätten meine Henne und ich auch auf diesem Gänsehof bleiben können«, sagte Piewiet und landete neben Toms Paddeln.

»Welchen Gänsehof meinst du?«, hakte Tom nach.

»Na, dieser Gänsehof«, meinte der kleine Hahn und tat so, als müsse Tom dieses Gehöft kennen. »Wir wollten dort ein Nest bauen und hatten einen wirklich schönen und trockenen Platz gefunden. Wir Rauchschwalben lieben Ställe. Unsere Gesellschaft war nett, viele weiße Gänse und auch ein paar Enten.«

»Und warum seid ihr dann nicht dort geblieben?«

»Weil wir, kaum dass das Fundament für unser Nest fertig war, erkannt haben, um was für einen Gänsehof es sich da tatsächlich gehandelt hat.«

»Und?«

»Na, das war eine Gänsemastanlage!«

Oje. Unwillkürlich plusterte auch Tom sich auf. Bilder flackerten durch seinen Kopf. Er wusste zu genau, was der Schwalbenhahn da andeutete. Schließlich hatte er bereits unzählige Dokumentationen über das Nudeln und das Elend bei der Gänsehaltung gesehen. Hier bestand akuter Handlungsbedarf; das war nicht von der Schwinge zu weisen.

»Es roch nach Blut und Tod. Ich will gar nicht genau

wissen, was die Flügellosen mit den Gänsen dort machen«, meinte Piewiet und riss Tom aus seinen Gedanken, »… und auch mit den Enten, die im Nebenraum eingesperrt waren. Die haben jedenfalls wie wild um ihr Leben geschnattert.«

Die Schwalbe machte eine kleine Pause und sah den Gänsehof anscheinend wieder vor sich. »Stell' dir vor, Tom, da war doch so ein kleiner Stockentenerpel, der immer wieder gequakt hat: *Ich will hier raus. Ich will zu meiner Mama.*«

Tom war wie elektrisiert; sein Hinterteil wackelte mit einem Mal heftig hin und her.

Klipper!

15

Tom düste über den Obersee. Ein Wanderfalke im Sturzflug hätte nicht schneller sein können. Eile war geboten; Klipper schwebte in Lebensgefahr.

Es würde keine leichte Aufgabe sein, den jungen Erpel aus seiner bedrohlichen Lage zu befreien. Flügellose, die einen Mastbetrieb führten, sorgten nicht nur akribisch dafür, dass ihnen kein Federvieh durch die Lappen ging; sie waren auch dafür bekannt, sich unliebsamen Besuch der Gattung *Tierschützer* vom Hof zu halten. Sie hatten ihre Betriebe oft derart hoch gesichert, dass unbefugte Flügellose nicht rein-, geschweige denn Beflügelte rauskamen, jedenfalls nicht lebend. Tom fühlte sich selbst als potentielles Opfer und musste unbedingt verhindern, dass er selbst gefangen, eingesperrt und zum Mastganter deklassiert wurde.

Eines war klar. Für diese Mission brauchte er Unterstützung. Einen Assistenten, der Schmiere sitzen und bei Gefahr einen lauten Warnruf ausstoßen konnte. Jemand, der nicht zögerte, sein eigenes Leben aufs Spiel zu setzen, um ihm aus der Patsche zu helfen. Da kam natürlich nur einer in Frage. Rio.

Doch der hatte bereits eine Aufgabe. Ihn ausfindig zu machen und von seinem Einsatz abzuziehen würde nicht einfach werden, denn schließlich war er auf der Suche nach dem »Einen« Wassertropfen im See, nach *dem* Anglerboot, das in der Nähe des Leichenfundortes gesichtet worden war. Rio musste schnellstens gefunden werden. Klipper lief die Zeit davon.

Tom steuerte den Schilfgürtel an, in dem Mellwigs Leiche gefunden worden war. Er hoffte, dass Rio sich dort aufhielt und nicht gerade einen Angler irgendwo am anderen Ende des Sees observierte. Eine Leistungsbereitschaft, die unter den gegebenen Umständen eine Katastrophe wäre. Jede Minute zählte.

Tatsächlich fand Tom Rio auf einem Baum im Schilfgürtel sitzen. Unweit der Stelle, wo die Polizeiaktion stattgefunden hatte.

»Hallo Tom«, rief Rio seinem Freund entgegen und wedelte ein paar Mal mit den ausgestellten Flügeln. »Auch wenn es im Moment nicht so aussieht, ich arbeite«, verteidigte er seine Rast. »Ich habe schon mit etlichen Gefiederten Kontakt aufgenommen und nachgefragt, ob sie in der betreffenden Nacht ein Boot gesehen oder gehört haben.«

Tom unterbrach Rios Redefluss ohne Umschweife. »Ich brauche deine Hilfe Rio. Sofort! Ich habe Klipper gefunden, und ich denke, er schwebt in Lebensgefahr!« Mit wenigen Worten brachte Tom seinen Freund auf den neuesten Stand. Rio wedelte mit den Flügeln und prüfte mit dem Schnabel das Bauchgefieder. »Ich bin trocken. Los, flieg vor. Gefahr in Verzug!«

Rio war trocken und einsatzbereit? Sollte das tatsächlich wahr sein?

Tom schlug den von Piewiet beschriebenen Weg ein: nach Westen auf die langsam untergehende Sonne zu. Rio folgte ihm wie selbstverständlich.

Sie ließen sowohl ihre Heimat als auch den Fluss hinter sich, überquerten den Mühlsee ebenso wie Ackerflächen und Flügellosenkolonien. Es dämmerte schon, als Toms empfindliche Schnabelbohne Klippers Gefängnis entdeckte. In eine Mulde gedrückt, zwischen Mais, Gerste und Raps war es von weitem kaum zu sehen, doch der beißende Ammoniakgeruch verriet den genauen Standort. Die Freunde flogen gemeinsam eine große Runde und inspizierten das Gelände. Ein einziges, niedriges Gebäude mit so großer Grundfläche, dass es Tom unwillkürlich an eine der Speditionshallen erinnerte. Irgendwo bellten Hunde.

In die Pfanneneindeckung des Satteldachs waren Doppelstegplatten eingelassen, die als Lichtquelle und auch zur Belüftung dienten. In den Längswänden waren Fenster, an einer der Giebelseite zwei Türen und ein übergroßes Tor eingelassen. Unweit des Gebäudes standen Futtersilos auf Metallbeinen. Die weitläufige Anlage war durch einen hohen Zaun geschützt. Der mochte für Flügellose ein Hindernis sein, nicht aber für Tom und Rio. Sie landeten auf einer kurzgemähten Wiese, die, das war offensichtlich, noch nie zuvor von einer Gans betreten worden war.

»Riechst du das auch, Tom? Hier stinkt es vielleicht nach Guano!« Rio rümpfte empört den Schnabel. »Es ist unerträglich. Es brennt sogar in meinen Augen!«

»Leise, Rio. Leise«, raunte Tom ihm zu. »Das ist zersetzter Harnstoff. Den habe ich schon von weitem bemerkt. Hier wird nicht saubergemacht!«

»Wie? Nicht saubergemacht?«

»Das erkläre ich dir später. Jetzt müssen wir erst einmal sehen, wie wir in das Gebäude kommen.«

Rasch watschelte Tom auf die Türen der Firstseite zu. Die einsetzende Dunkelheit gewährte ihm ein wenig Schutz. Rio machte es sich einfacher und flog das kurze Stück.

Mit der Schnabelbohne beschnüffelte Tom die fest verschlossenen Öffnungen. Es roch eindeutig nach Gänsen, Enten und Diesel; aber auch nach Futter, Dreck, Krankheit und Elend.

»Wir müssen was tun, Rio. Das hier ist kein Ort, an dem ich je sein möchte. Hier … sollte niemand sein.«

»Was sollen wir tun?«

»Wir müssen Klipper befreien! Und auch die Gänse. Egal wie.«

»Bist du denn überhaupt sicher, dass Klipper da drin ist?«, fragte Rio plötzlich.

Ups, die Frage war berechtigt. »Nein, das bin ich nicht«, gab er schließlich zu.

»Dann sollten wir das so schnell wie möglich klären. Nachher haben uns die Flügellosen an den Paddeln, und Klipper ist gar nicht hier. Dann war alles für die Katz.«

Gar nicht schlecht, dachte Tom. *Rio macht sich.* Piewiets Aussage um den Stockentenerpel war so authentisch und dringlich gewesen. Gesunder Zweifel war da nicht aufgekommen. *Wie finden wir heraus, ob sich Klipper tatsächlich hier aufhält?*, überlegte Tom, als Rio bereits die Initiative ergriff.

»Klipper!«, krächzte er so laut er konnte. »He, Klipper, bist du hier?«

»Bist du verrückt, Rio?«, raunzte Tom ihn prompt mit gedämpfter Stimme an.

»Ich? Wieso? Du denkst, das bringt uns in des Rifflers Küche, was? Aber wenn wir hier draußen für nichts und wieder nichts herumhängen und dann auch noch gefangen werden, ist das auch nicht viel besser, oder?«

Tom nickte. Rio hatte völlig recht und ließ auch keinen Zweifel daran aufkommen. Er öffnete bereits wieder den Schnabel, als Tom ihn barsch unterbrach.

»Still Rio! Ich glaube, ich habe etwas gehört.« Die Freunde spitzten atemlos die Ohren und vernahmen tatsächlich ein dünnes Stimmchen: »Hallo, ist da jemand?«

»Tom, da ist einer drin!«

»Klipper? Bist du das?«, schnatterte Tom nun vor Aufregung, ungeachtet seiner eigenen Sicherheit, laut auf. Auch auf die Gefahr hin, selbst entdeckt zu werden, musste er die Chance zur Kontaktaufnahme nutzen. Sämtliche Muskeln waren angespannt, diverse Fluchtrouten in grauen Zellen rasch simuliert. Sein Hinterteil wackelte.

»Ich bin hier«, hörten die Freunde die dünne Stimme wieder und folgten ihr unter ein geöffnetes Stallfenster. Inzwischen war es stockdunkel geworden.

»Klipper, bist du das?«, fragte Tom noch einmal. »Ich bin Tom und mit meinem Freund Rio hier. Wir sind gekommen, um dich hier rauszuholen. Deine Mama schickt uns.«

»Meine Mama?« Das Stimmchen war völlig erstaunt.

»Du bist doch Klipper, oder?!«

»Klar«, sagte die Stimme. »Der bin ich.«

»Endlich. Wir haben dich gefunden. Nun müssen wir dich nur noch befreien.«

»Das dürfte nicht so einfach sein. Meine Freunde und ich sitzen hier in einem Verschlag fest. Die Tür ist fest verschlossen.«

»Was ist mit den Flügellosen? Kannst du welche sehen?« Tom checkte die Lage.

»Ach, die sind weg. Die kommen erst kurz vor Sonnenaufgang. Nachts sind nur Hasso und Rex da!«

»Hasso? Rex?«, fragte Rio ahnungslos. Eine nähere Erläuterung hatte sich schnell durch ein wütendes Knurren erübrigt.

»Tom, mach dass du wegkommst!«, schrie Rio seinem Freund zu und nahm Anlauf. Auch Tom hatte die

Gefahr in Fell erkannt, seine Flügel ausgebreitet und mit einem Hüpfer im letzten Moment abgehoben. Rio, ein bisschen schwerer und unbeholfener, spürte schon den Atem der Wachhunde im Nacken, als auch er endlich davonfliegen konnte. Das laute Gespräch hatte die achtsamen Vierbeiner offenbar auf den Plan gerufen. Kläffend beschnüffelten die Hunde ihre Abflugstellen und tänzelten nervös umher.

»Ein Glück, dass diese Biester nicht fliegen können«, seufzte Rio erleichtert, nachdem er sich auf der Regenrinne des Gebäudes, gleich oberhalb von Klippers Fenster neben Tom niedergelassen hatte. Die Hunde hatten sie zwar aus dem Blick verloren, jedoch reckten sie ihre schnüffelnden Nasen zielgerichtet nach oben in ihre Richtung und ließen ein gereiztes Brummen hören.

»Was ist passiert? Geht es euch gut?«, rief Klipper besorgt. Er hatte den Tumult vermutlich auch gehört. »Seid ihr noch da?«

»Ja. Ist gerade noch mal gutgegangen. Wir haben Hasso und Rex kennengelernt. Ist alles im grünen Bereich, Klipper. Nur Fledermäuse lassen sich hängen!«, rief Rio.

»Wir müssen hier raus. Beeilt euch«, flehte Klipper. »Der LKW kommt bald. Dann machen sie die Halle leer.«

»Ja, ja, wir tun unser Bestes!«, antwortete Rio beruhigend. »Tom denkt bereits über eine Lösung nach!«

Tom grübelte in der Tat darüber nach, wie diese zahnbestückten Einbruchsicherungen noch vor Eintreffen des Transporters zu überwinden wären. Klipper war dem Tod wesentlich näher, als er gedacht hatte. Und er ahnte, wie die letzte Fahrt seiner Artgenossen enden würde.

Er brauchte einen Spezialisten, keine Frage. Nicht nur Rio war verdutzt, als er rief: »Klipper, ich muss noch einmal weg. Ich hole Hilfe!«

16

»Diese Martina hat ihre Krallen nach mir ausgestreckt, als wäre ich Frischfleisch, nur weil ich neu bin am Steg! Stell dir vor, Peter, sie will am Samstag unbedingt mit mir zum Hafenfest gehen.« Kommissar Reiners hatte sich an den einsamsten Platz im Hafen verzogen, um ungestört mit seinem Kollegen telefonieren zu können. Es dämmerte bereits. Er hatte es sich auf einer Bank an der Kaimauer gemütlich gemacht und eine gute Sicht auf den Hafen. Hier befand sich auch der mit kleinen Flaggen und Wimpeln geschmückte Nachbau eines mittelalterlichen Großsegler-Mastes samt Wanten, Strickleitern und einem Mastkorb, der in der Seemannssprache »Krähennest« heißt. Bei schönem Wetter ein beliebter Platz bei jungen Seeräubern und alten Seebären.

»Sie hält dich für einen Single, Konrad.«

»Und was mache ich, wenn meine Frau Wind davon bekommt? Die macht mir die Hölle heiß! Ich könnte Neuner in der Luft zerreißen. Stopft mich hier in diese Nussschale und setzt mich liebestollen Frauen aus. Den Job hätte der Herr Staatsanwalt mal lieber selbst machen sollen.«

»Träumst du? Das Einzige, was der kann, ist delegieren. Der tut zwar immer so, aber von Ermittlungsarbeit hat der doch noch weniger Ahnung als ein Hahn vom Eierlegen!«

»Ja und? Interessiert mich das? Ich mache hier eine Gratwanderung. Du glaubst gar nicht, wie ich ins Schwitzen gekommen bin, als ich mit dieser Martina in der Werft war. Die wollten wissen, welchen Primer ich fürs Unterwasser nehme und wie viele Lagen Antifouling ich streiche. Das ist Insiderwissen! Ich weiß höchstens, wie hoch der Reifendruck an meinem Wohnwagen sein muss.«

»Nun reg dich nicht auf«, beruhigte ihn Hump, »so, wie es aussieht, hast du deine Sache gut gemacht. Immerhin bist du nicht aufgeflogen.«

»Warte mal ab. Spätestens wenn meine Frau hier unverhofft am Steg auftaucht, bin ich geliefert! Ich habe ihr diesen Sondereinsatz zwar genau erklärt, aber bei ihr weiß man ja nie.«

Reiners schwieg für einen Moment. Während seine Gedanken Kapriolen schlugen, beobachtete er ein Segelboot beim Verlassen des Hafens. Die Crew scherzte und lachte ausgelassen.

»Hast du denn etwas herausbekommen, das uns weiterhilft?«, hörte Reiners Hump mit halbem Ohr fragen.

Die Besatzung des Segelbootes hatte Reiners entdeckt, rief seinen Vornamen und winkte ihm freundlich zu. Jetzt erst erkannte er die VOYAGER, Martina

Zielgers Segelboot. Sie hatte neue Segelschülerinnen an Bord und war mit ihnen zu einer Nachtfahrt aufgebrochen. Reiners winkte zurück und sah, wie ein Fernglas weitergereicht wurde. Die Damen hatten ihn genau im Blick und kicherten mädchenhaft.

Reiners verdrehte die Augen, winkte noch einmal und war überaus erleichtert, die VOYAGER auslaufen zu sehen. Martina Zielger war also erst einmal beschäftigt.

»Als Erstes musst du eine Fahndung nach einem Gunnar Schneider und seinem Plattbodenschiff herausgeben«, beantwortete Reiners Humps Frage. »Das Boot heißt BALTRUM, hat einen Mast und zwei seitliche Holzschwerter, die wie angelegte Flügel aussehen. Der Liegeplatz der BALTRUM war genau gegenüber der WHITE BEAUTY.«

»Da war kein Boot. Daran erinnere ich mich genau.«

»Eben. Nach Martinas Aussage ist es seit dem Tag, als Mellwig ermordet wurde, verschwunden. Sie vermutet da einen Zusammenhang. Ich sage nur: häusliche Gewalt.«

»Gunnar Schneider. In Ordnung, geht sofort in die Fahndung, und die BALTRUM melde ich den Kollegen der Wasserschutzpolizei.«

»Außerdem müsstest du dir mal einen Dr. Strohn hier am Steg ansehen. Er ist der direkte Nachbar von Mellwig und des Öfteren mit ihm aneinandergeraten.«

»Davon hat die LUCKY-Crew aber nichts gesagt.«

»Ach, die. Die sind nur sehr selten an Bord. Kommen mal für ein paar Stunden und sind dann wieder fort. Das sind nur Schönwettersegler. Ansonsten tuckert der Westhof auch schon mal alleine mit dem Schlauchboot herum.«

»Sagt Martina …«, warf Hump ein.

»Genau, sagt Martina.«

»Dennis hat das Alibi von Sachs überprüft«, fuhr Hump fort. »Laut Auskunft der Fluggesellschaft hat sein Name auf der Passagierliste gestanden. Auch sein Geschäftspartner in Helsinki hat seine Anwesenheit bestätigt.«

»Tja, dann ist er wohl raus aus der Sache.«

»Ja, scheint so. Und was tut sich sonst so bei dir?«

»Ich hatte Besuch.«

»Aha, und wen? Es weiß doch niemand, dass du dort bist.«

»Mein Gast war eine Nilgans. Die hat bei mir ferngesehen und Kekse gefuttert. Sie hat mich verdammt an unsere Nilgans vom Untersee erinnert!«

»Du wirst es mir nicht glauben, Konrad. Aber die habe ich auch gesehen. Zweimal sogar. Am Leichenfundort und auch in deinem Hafen. Sie hat verdammt neugierig ausgesehen. Wenn du recht hast, war die nicht zufällig da.« Hump machte eine kurze Pause und zog die Luft scharf ein. »… nicht, dass die sich wieder in unseren Fall einmischt!«

17

Dass Tom ausgerechnet mich um Hilfe gebeten hat … der Rabe schüttelte bewegt den Kopf, breitete die Flügel aus und folgte dem Ganter. *Seit wann sehe ich denn aus wie ein Kükenretter?*

Weit nach Mitternacht war Tom bei ihm aufgetaucht und hatte ihm von Klipper und dessen prekärer Situation in der Mastanlage berichtet. Natürlich wollte er dem Erpel helfen, schließlich war er der Riffler.

»Macht dass ihr raus kommt! Es geht um euer Leben!« Schon von weitem hörten er und sein Begleiter sowohl Rios kreischende Stimme als auch bösartiges Hundegebell. Dazwischen kommandorufende Flügellose und immer wieder Rio, der aufgebracht schrie: »Lauft! Es geht um euer Leben!«

Der Riffler und Tom erhöhten das Tempo und erreichten bald die Mastanlage. Dort bot sich ihnen ein chaotisches Bild. Auf dem ganzen Gelände rannten weiße Gänse wie aufgescheuchte Hühner umher, schlugen mit den Flügeln und versuchten fortzufliegen. An dem weit geöffneten Hallentor parkte rückwärts ein LKW. Gänsekörper quollen noch immer an seinen Seiten hervor und stoben mit lang ausgestreckten Hälsen und viel Geschrei in die Freiheit.

Flügellose rannten hinter ihnen her und versuchten, sie mit weit ausgebreiteten Armen in eine andere Richtung zu treiben oder einzufangen. Weiße Federn wirbelten wie Schneegestöber durch die Luft.

»Die wollten die Gänse fortbringen, und Rio hat ihnen einen Strich durch die Rechnung gemacht!«, hörte er Tom stolz sagen

»Heute ist kein Zahltag! Heute kommt der Tod nicht im Tiefflug, sondern heute ist Rettung im Anflug«, meinte der Riffler und zog kritisch prüfend Luft durch die Nase ein. »Ich möchte wirklich nicht so enden, wie das hier riecht.«

In Geschwaderformation jagten sie an dem LKW vorbei in die Hölle, eine große freitragende Halle ohne jegliche Zwischenwände. Dort herrschte das pure Chaos, und statt teuflischem Schwefel umfing sie beißender Ammoniak. Gänse rannten wie kopflos umher, angetrieben von zwei wildgewordenen Wachhunden und einem wie losgelösten Rio. Er kreiste über dem brodelnden Tumult, attackierte und reizte die Hunde, während er seine Artgenossen anschrie: »Nun macht schon! Raus mit euch. Das ist eure Gelegenheit. So eine bekommt ihr nie wieder!« Seine ohnehin löchrige Steuerung hatte weitere Federn verloren, doch das schien ihn nicht zu stören. Seine Stimme feuerte die aufgeheizte Stimmung in der Halle weiter an. Das ohrenbetäubende Geschnatter wurde nur noch von dem heiseren Gebell der Hunde übertönt. Auch hier wütete ein weißer Federsturm. Desorientierte Flügellose hatten die Kontrolle über die Situation verloren. Sowohl ihre Autorität als auch ihre Kommandos wurden glattweg ignoriert: von Hunden und Gefiederten.

In der Halle war der Teufel los!

»Ich habe den Ri … Rival zu unserer Verstärkung mitgebracht«, klärte Tom seinen Assistenten rasch auf.

Rio warf dem Neuankömmling einen kurzen Blick zu, stutzte kurz und meinte: »Kennen wir uns nicht irgendwoher?«

»Um alte Geschichten aufzuwärmen, haben wir keine Zeit«, antwortete der Riffler und wunderte sich über das gute Gedächtnis des Kormorans. Gleichzeitig griff er in das Geschehen ein und zielte mit seinem starken Schnabel nach den Ruten und Ohren der Hunde und lenkte ihre Aufmerksamkeit so auf sich.

»Rival! Kümmere dich um Klipper!«, hörte er Tom rufen. »Rio und ich schaffen das hier schon.«

»In Ordnung. Ich sehe mal, was ich für den Kleinen tun kann«, antwortete er und drehte ab. Auf seinem Weg hinaus aus der Halle konnte er sich jedoch nicht verkneifen, weitere Attacken auf die Hunde und konfuse Flügellose zu fliegen.

Ohne auf das Chaos vor der Halle zu achten, suchte er das von Tom beschriebene Fenster auf. Geschickt manövrierte er mit weit ausgebreiteten Flügeln davor und studierte die baulichen Gegebenheiten. Nichts wies auf die Anwesenheit von Enten hin, und er fragte sich, ob die Befreiungsaktion für den Erpel möglicherweise doch schon zu spät kam.

Kurz entschlossen peilte er mit den Füßen das nach innen gekippte Fenster an und zwängte sich geschickt unter dem Fenstersturz hindurch. Sogar hier waren Hundegebell und ängstliches Geschnatter zu hören.

Gerade eben noch hatte er Vergnügen an der Befreiung der Gänse gehabt, doch dies hier hatte eine andere Dimension und war von Spaß weit entfernt. Der Raum unter ihm war klein und weiß gekalkt. Ein rostiges, deckenhohes Stahlgitter mit Tür gliederte ihn in zwei gleichgroße Teile. Zusätzlich war das Gitter wildganshoch mit Hasendraht bespannt, der Enten und Gänsen das Durchschlüpfen zwischen den Stahlstreben unmöglich machte.

Eine einzige Tür führte in den Raum; sie war verschlossen. Als Fluchtweg blieb nur das offene Fenster unterhalb der Decke. Würde es geschlossen werden, würden er und die Enten unweigerlich zu Paradiesvögeln werden.

»Bist du das, Tom?«, fragte ihn plötzlich eine dünne Stimme aus dem Verschlag unter ihm.

Er stieß sich vom Fensterrahmen ab und landete lautlos vor der Gittertür. Auch hier drang ihm beißender Ammoniakgeruch in Nase und Augen. Durch den Hasendraht hindurch sah er in einer dunklen Ecke vier Enten auf verdrecktem Betonboden kauern.

»Nein, mein Name ist Ri …, ehm … Rival«, räusperte der Riffler sich. *Ups*, beinahe hätte er sich auch noch selbst verraten. Dabei wollte er seine wahre Identität um jeden Preis geheim halten. Niemand sollte erfahren, dass diese Kükenrettung auf das Konto des berüchtigten Rifflers ging. Bei dem, was die Enten hier unten bereits seit ihrer Nestlingszeit über ihn wissen mussten, befürchtete er, dass sie lieber bei den *tierlieben* Flügellosen blieben, als sich ausgerechnet von ihm retten zu lassen. Deshalb wiederholte er mit fester Stimme: »Genau. Ich heiße Rival. Tom meint, ich könnte euch hier raushelfen. Und du bist Klipper, ja?!«

»Jep, der bin ich«, antwortete eine Ente aus dem Dunkel. »Nun mach schon. Tu was. Da drüben scheint der Tod im Anflug zu sein.«

»Du weißt gar nicht, wie recht du hast«, meinte der Riffler. »Trotzdem, gute Vorbereitung erspart Zeit bei der Ausführung.«

In der Mitte der alten Stahltür befand sich ein Schloss mit einem mittelalterlichen Schlüsselloch. Ein paar Mal mit einem Ästchen darin herumgestochert, und es würde sich freiwillig öffnen. Doch dann entdeckte er zwei verknotete Hanfseile. Eines war oberhalb des Schlosses um Tür und Metallrahmen geknüpft, das andere weiter unten in Bodennähe.

»Das Schloss ist defekt«, erklärte Klipper, der nähergekommen war und seinen abschätzenden Blick gesehen hatte.

Es ist höchste Zeit, dachte er und war froh, Tumult aus

der Halle zu hören. Demnach waren die Flügellosen noch immer mit den Gänsen beschäftigt. Zeit, an die Enten zu denken, hatten sie daher sicher nicht. *Klipper und seine Freunde müssen hier raus – dringend!* Er verstand sowieso nicht, wie man es hier aushalten konnte.

Mit dem Schnabel hackte er kräftig auf das grobe Seil am unteren Türende ein. Eilig zupfte er einen Faden nach dem anderen heraus.

»Nun mach schon!«, drängte Klipper. Der Riffler arbeitete unter Hochdruck. Dann endlich löste sich das erste Seil. Doch damit war die Tür noch nicht offen, denn oberhalb des Schlosses war das Seil sogar doppelt verknotet. Mit den Füßen hielt er sich an den glatten Stahlstreben fest und bearbeitete mühselig den faserigen Verschluss. Plötzlich hörte er hektische Schritte vor der Tür und auch Gemurmel. Hatten die Flügellosen wieder die Oberhand gewonnen und waren nun die Enten dran? Klipper war augenblicklich zu seinen Freunden in die Ecke geflüchtet und hatte sich tief auf den Boden geduckt. Im Verschlag war es augenblicklich mucksmäuschenstill.

Der Riffler arbeitete konzentriert weiter, er wollte keine Zeit verlieren. Der Knoten war fester, als der erste. Er zurrte, zupfte und zippelte beherzt an der Türfessel, denn aufgeben kam nicht in Frage.

»Mach schon!«, raunte ihm Klipper zu. »Die Flügellosen stehen vor der Tür.« Der Grünschnabel machte mächtig Druck.

»Ich hab's ja gleich!«, antwortete er leise. Dann endlich war der Knoten zerlegt.

»Los, Freunde! Raus mit euch.«

Klipper und seine Gefährten drängten aus ihrer Ecke hervor und zwängten sich aus dem Gefängnis heraus. Im gleichen Moment öffnete sich die Tür zum Entenstall und zwei Flügellose standen im Raum. Sie erfassten die Situation sofort und eilten mit großen Schritten auf die Flüchtenden zu. Der Riffler war derweil schon auf den Fensterrahmen geflogen und rief den Enten »Hierauf! Hierauf!« zu.

Klipper und seine Freunde schnatterten ängstlich um Hilfe und wehrten sich heftig gegen die Fangversuche der Flügellosen. Auf engstem Raum, zwischen Gitterstäben und langen Flügellosenbeinen, war das Auffliegen nicht einfach. Inzwischen kläfften die Hunde wieder vor dem Fenster. Die Flügellosen bückten sich und haschten fluchend nach den auseinanderstiebenden Enten, griffen ins Leere oder erwischten nur ein paar Federn. Irgendwann schafften es schließlich die Ausbrecher aufzufliegen. Mit lautem Quak-Quak-Quak zwangen sich die Enten durch die schmale Öffnung in Freiheit, rutschten an der schrägen Fensterfläche entlang, und fielen auf die kläffenden und schnappenden Hundemäuler zu.

Tom und Rio waren nun auch auf dem Gelände und trieben die Gänse an, sich in Sicherheit zu fliegen. Beide sahen die Enten aus dem Fenster purzeln und stürzten sich zusammen mit dem Riffler auf die Hunde. Gekonnt flogen sie dicht über deren Köpfe hinweg und lenkten ihre Aufmerksamkeit fort von Klipper und seinen Freunden. Der Riffler ging sogar noch einen Schritt weiter: Oft genug hatte er Vierbeiner aus purem Zeitvertreib zum Narren gehalten. Er hatte ihnen ein vermeintlich leichtes Opfer am Boden vorgespielt, sie bis auf wenige Meter herankommen lassen, um dann im letzten Augenblick mit einem Flügelschlag zu entkommen. Dieses Spiel wiederholte er, bis die Hunde vor Erschöpfung aufgaben. Diese Fellträger waren doch einfach zu blöd.

Nur durch seinen Einsatz gelang es den Enten und Gänsen aufzufliegen und an Höhe zu gewinnen. Sie nutzten ihre einmalige Chance und flüchteten von diesem furchtbaren Ort.

»He, Klipper. Nicht so schnell!«, rief Tom den fliehenden Enten hinterher. »Deine Mama – sie wartet auf dich!«

»Meine Mama?«, rief Klipper verwundert zurück. »Ich habe keine Mama. Ich habe Hunderte Geschwister, aber eine Mama habe ich nicht. Mein Name ist übrigens Joker und nicht Klipper. Aber trotzdem, vielen Dank für die Rettung!«

18

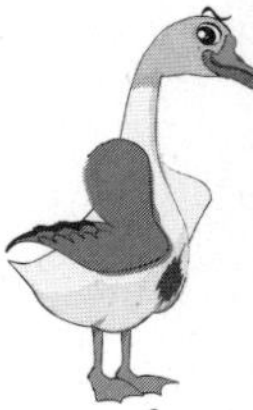

»War das eine Aktion!«, schnatterte Tom. Er war aufgekratzt. Das Adrenalin in seinem Blut hatte ungeahnte Energiereserven freigesetzt. Sein Herz klopfte noch immer wie wild. Er hätte sofort zum nächsten Befreiungscoup starten können – ihm fehlte lediglich das Ziel.

Klipper war nicht befreit worden. Sein Status Quo war nach wie vor ungewiss. Tom war enttäuscht. Die hoffnungsvolle Spur hatte sich als Schlag ins Kontor erwiesen. *Sicher*, so beruhigte er sich, *die ganze Aktion war nicht umsonst.* Sein Team und er waren bis an ihre Grenzen gegangen. Sie hatten unter Einsatz ihres Lebens unzähligen todgeweihten Gänsen und Enten das Leben gerettet und zur Flucht verholfen. Doch Klipper, ihr eigentliches Zielobjekt, war nicht dabei gewesen. Sie waren einem Joker aufgesessen.

Nun ja, musste Tom zugeben, *in ungewöhnlichen Situationen musste auch ein Joker zu ungewöhnlichen Maßnahmen greifen.*

Der Riffler hatte bei der ganzen Aktion sichtlich Spaß gehabt. Als er davongeflogen war, hatte er gerufen: »Wenn du noch mal Hilfe bei einer Befreiung brauchst, Tom, ich bin dabei!«

Rio hatte etwas von Hunger, Fisch und Lutra gefaselt und sich ebenfalls schnell aus dem Staub gemacht.

Tom war mächtig stolz auf seine Freunde. Besonders auf Rio, der sich wieder einmal selbstlos in Gefahr gestürzt und durch seinen Einsatz enormen Mut bewiesen hatte.

Die Befreiungsaktion hatte viel Kraft gekostet, und er verspürte inzwischen Hunger bis unter beide Flügel. Er kehrte in den Hafen zurück, um ein wohlverdientes Frühstück einzunehmen. Er rupfte auf dem Deich an zarten Grashalmen, als er ein deutliches Tütenknistern vernahm. Bald kroch ihm der Duft von frischem Toastbrot in die Nase.

»Nanu? Wer ist denn schon so früh auf den Beinen?«, fragte Tom sich. Der Geruch des frischen Toasts raubte ihm fast die Sinne. Seit er am Obersee war, litt er unter dem Toastbrotentzugssyndrom mit all seinen Begleiterscheinungen. Zielstrebig watschelte er den Damm hinunter und glitt ins Wasser. Seine Schnabelbohne lenkte ihn unverzüglich zu einem kleinen Boot, dessen Bewohner ihm nur zu gut bekannt war.

Kommissar Reiners hantierte im Bootsbauch und war guter Dinge. Er pfiff eine Melodie aus dem Radio mit. Es roch nach Gas und frisch gebrühtem Kaffee.

»Guten Morgen«, schnatterte Tom laut, als der Kommissar mit einem Tablett voller Leckereien die Stufen zum Salon hinaufstieg. Tom reckte den Hals, um Reiners Treiben beobachten zu können.

»Guten Morgen«, sagte Reiners, als er Tom entdeckte. »Du bist aber früh auf den Beinen.«

»Was heißt auf den Beinen?«, antwortete Tom. »Ich habe noch gar nicht geschlafen. Mit leerem Magen geht das schon gar nicht.«

Reiners nahm in seinem Klappstuhl Platz, trank einen ersten Schuck Kaffee und biss in eine Stulle. »Das tut gut.«

Musik und Informationen untermalten das gemütliche Frühstück.

»Du hast doch Toast«, schnatterte Tom ohne Zurückhaltung. »Wir könnten es uns teilen.« Er paddelte erwartungsvoll neben Reiners Steg und ließ ihn nicht eine Sekunde aus den Augen.

»Hast du Hunger, Kleiner?« Reiners biss in sein Brot und kramte anschließend eine Scheibe Toast aus der Tüte. Er zerrupfte sie und warf sie aufs Wasser.

Genüsslich griff Tom zu. Endlich! Aufgeweichtes Toast. Ein Tag konnte nicht besser beginnen.

»Du bist ja ein richtiger Toastjunkie«, bemerkte Reiners und warf gleich noch eine weitere Toastscheibe hinterher.

»… und hier erreicht uns gerade eine kuriose Meldung.« Tom und auch Kommissar Reiners spitzten unweigerlich ihre Ohren. »In den frühen Morgenstunden ist es in einer Gänsemastanlage zu einem unglaublichen Vorfall gekommen. Angestellte der Anlage haben ausgesagt, dass eine Nilgans, ein Kormoran und ein Rabe Mastgänse und Enten aus ihren gut gesicherten Gehegen befreit und ihnen zur Flucht verholfen haben. Der dabei entstandene Schaden geht in die Hunderttausende.« Der Moderator schien diese Nachricht selbst erst einmal verdauen zu müssen und sagte dann mit leichtem ironischem Tonfall: »Klasse Geschichte, könnte es nicht aber so sein, dass die Mitarbeiter der Mastanlage möglicherweise zu tief ins Glas geschaut haben? Oder glauben Sie tatsächlich, dass eine Gans, ein Kormoran und ein Rabe … Gute Geschichte, wirklich.« Der Moderator kicherte, und die Musik setzte wieder ein.

»Das kommt mir doch irgendwie bekannt vor, nicht wahr!«, sagte Reiners und sah Tom dabei eindringlich an. »Wieso denke ich, dass diese Mitarbeiter nicht betrunken waren? Ich gehe jede Wette ein, dass wir beide uns kennen und du deine Paddel mit im Spiel hattest. Sag mir, Kleiner, was hast du jetzt schon wieder angestellt?«

19

Freitagmittag, Wochenende. Das Wetter war bestens, doch Erholung war nicht in Sicht. Kommissar Hump hatte ein Kapitalverbrechen aufzuklären und keine Zeit für Müßiggang, denn die ersten wichtigen 48 Stunden waren bereits ergebnislos verstrichen. Ulrich Mellwigs Mörder war vermutlich dabei, seine Spuren weiter zu verwischen; sich unsichtbar zu machen. Ihn zu finden würde immer schwieriger werden. Von Staatsanwalt Neuner mit ein paar Tassen Ingwertee gut versorgt, *»Lassen Sie sich von einem alten Seebären helfen, und trinken Sie das«*, hatte Hump sich wieder zum Hafen ›Krähennest‹ aufgemacht, um seine Ermittlungen voranzutreiben. Kein flaues Gefühl in der Magengegend, Neuners Tee sei Dank, behelligte ihn, als er die AVALON passierte, ohne dabei auf seinen Kollegen zu treffen. Dafür hörte er dessen ausgelassene Stimme ein paar Boxen weiter von Martina Zielgers Boot. Wie es schien, amüsierten sich die beiden köstlich, denn auch das Lachen der Seglerin klang heiter. Wenig später stand Hump vor der AMALFI, dem Segelboot von Doktor Richard Strohn. Er, Anfang sechzig, drahtig und mit teurem Freizeitoutfit bekleidet, lud gerade eine Schubkarre voller Taschen und Tüten aus. Seine Frau, einige

Jahre jünger als er, stand im Boot, nahm sie entgegen und verstaute sie in der Kajüte.

Einige Enten und auch eine Nilgans paddelten in der Nähe. Sie ließen das Geschehen auf der AMALFI nicht aus den Augen und warteten ganz offensichtlich auf einen Begrüßungshappen.

»Guten Tag, mein Name ist Peter Hump. Ich bin Kriminalkommissar und bearbeite den Mordfall an Ihrem Bootsnachbarn Mellwig. Ich würde gerne mit Ihnen sprechen«, sagte Hump und hielt dem erstaunt dreinblickenden Paar den Dienstausweis entgegen.

Richard Strohn reichte seiner Frau eine weitere Tasche. »Ich hoffe, Sie meinen damit tatsächlich nur eine Befragung und keine Vernehmung, Herr Kommissar.«

»So ist es. Ich nehme an, Sie können sachdienliche Hinweise geben, die mir bei der Erfüllung meiner polizeilichen Aufgaben weiterhelfen, Herr Rechtsanwalt«, parierte Hump. »Sollte ich Sie irgendwann einmal als Beschuldigten vernehmen müssen, werde ich Sie schon auf Ihre Rechte, die Ihnen hinlänglich bekannt sein müssten, hinweisen. Keine Sorge.«

Strohn nickte und übergab eine letzte Tüte mit Lebensmitteln an seine Frau. »Aber bitte, machen Sie rasch, wir haben nicht viel Zeit. Ich muss Alessa gleich noch zum Flughafen bringen.«

»Sie fliegen fort?«, fragte Hump, nachdem Frau Strohn wieder aus der Kajüte gestiegen war.

»Ja«, antwortete sie freudig. »Shoppen. Ich habe

mich mit meinen Freundinnen zu einem Wochenende in New York verabredet. Montagmorgen sind wir wieder zurück.«

»Dann verpassen Sie ja das Hafenfest?«, fiel Hump spontan ein.

»Hafenfest?«, echote Alessa Strohn abfällig. »Denken Sie etwa, dass ich deshalb auf den *big apple* verzichten würde?«

»Herr Kommissar, bitte«, mischte Rechtsanwalt Strohn sich nun wieder ein und zeigte auf seine Armbanduhr.

»Ehm, ja«, räusperte Hump sich und blätterte kurz in seinem Notizblock. »Sie haben Ulrich Mellwig näher gekannt. Sie waren direkte Nachbarn. Was können Sie mir über ihn sagen?«

»Es ist furchtbar, was mit Ulrich passiert ist«, sagte Frau Strohn.

»Sie hatten Probleme mit Mellwig, nicht wahr?«

»Sieh an«, antwortete Richard Strohn, bevor seine Frau etwas sagen konnte. »Sie haben also schon davon gehört. Auf den Stegfunk ist Verlass. Und nun sind Sie hier, weil Sie messerscharf geschlossen haben, dass wir mit Mellwigs Tod etwas zu tun haben könnten, nicht wahr?« Strohn sah Hump mit seinen stahlblauen Augen herausfordernd an. »Mit einer unparteilichen Polizeiarbeit hat das aber nichts zu tun, Herr Kommissar.«

»Herr Doktor Strohn, bei allem gebührenden Respekt«, sagte Hump und streckte sich unwillkürlich. »Wir ermitteln in alle Richtungen. Darauf legen gerade Sie als Rechtsanwalt doch immer großen Wert. Sie haben sich doch an allen zehn Fingern ausrechnen können, dass wir hier auftauchen und Sie befragen werden. Wenn Sie mit der Sache nichts zu tun haben, ist das doch alles kein Problem, oder? Höchstens eine kleine Unannehmlichkeit, die den Beginn Ihres wohlverdienten Wochenendes um ein paar Minuten verzögert.«

»Was möchten Sie denn wissen?«, fragte Alessa Strohn versöhnlich. »Natürlich helfen wir Ihnen, wo wir können, nicht wahr, Richard?! Das sind wir Ulrich doch schuldig.«

»Was können Sie mir über Ihren Nachbarn sagen? Warum hatten Sie Probleme?«

»Als wir Ulrich kennengelernt haben, war alles in Ordnung«, antwortete Alessa Strohn und kniff die Lippen aufeinander. »Er hat zurückgezogen auf seinem Boot gelebt und war überaus freundlich, wenn wir uns mal begegnet sind. Auch Lora, sein Kakadu, war nie ein Problem, obwohl sie recht laut werden kann. Dass unser Boot immer wieder mit feinem Staub überzogen war, haben wir nicht mit ihm in Verbindung gebracht; jedenfalls nicht gleich, als wir an diesen Steg gewechselt sind.« Alessa Strohn dachte einen Moment nach. »Wir haben zuerst an Blütenstaub gedacht, wie das ja oft im Jahr der Fall ist. Doch der ist gelblich. Unser Holzaufbau war aber zudem mit einem kalkig-weißen Belag überzogen, der feine Kratzer beim Putzen hinterlassen hat.«

»Wie haben Sie festgestellt, dass Mellwig dafür verantwortlich war?«

»Rein zufällig«, sprach Alessa Strohn weiter. »Wir haben letzten Herbst die jährliche Gasdruckabnahme machen lassen. Deshalb bin ich mitten in der Woche an Bord gewesen. Ich wollte nur kurz bleiben und hatte aus dem Grund auch keine Fahne gehisst. Als Ulrich von der Arbeit kam, hat er mich nicht bemerkt. Er hat seinen Kakadu aufs Boot gebracht und sich kurze Zeit später mit der Schleifmaschine an die Arbeit gemacht. Er hatte eine kleine Luftblase im Lack festgestellt und wollte sie gleich beseitigen. Der Wind stand in unsere Richtung, und im Nu war unser Boot eingestaubt und putzreif.«

»Haben Sie Mellwig zur Rede gestellt?«

»Natürlich!«, antwortete sie. »Ich habe ihn freundlich gebeten, damit aufzuhören. Doch er hat nur geantwortet, dass man mit solchen Blasen nicht zu lange warten solle, da das Roststellen werden, die den Stahl angreifen.«

Doktor Strohn, der bis dahin wortlos zugehört hatte, atmete tief ein. »Haben Sie eine Ahnung, wie lange es dauert, bis ein Zentimeter Stahl durchgerostet ist? Ich kann es Ihnen sagen! Der Rost frisst einen Millimeter pro Jahr. Von wegen, man sollte nicht zu lange damit warten. Er hätte mit dem Boot bei Matti in die Werft gehen und alle Blasen und Risse im Lack auf einmal bearbeiten können. Aber nein, wie ein unterforderter

Gärtner auf der Suche nach Unkraut, kämmte er sein Boot jeden Tag nach einem Lackschaden ab. Was anderes hatte er ja auch nicht zu tun!«

»Das hört sich nach einer Menge Frust an, Herr Doktor Strohn. Haben Sie dafür gesorgt, dass das ein Ende hatte?« Hump war sich seiner Provokation bewusst.

»Das ist eine Unverschämtheit, mir so etwas zu unterstellen.« In gefährlich ruhigem Ton ergänzte er: »Ich würde mir an so jemandem niemals die Finger schmutzig machen, das können Sie mir glauben!«

»Dafür haben Sie Ihre Leute, ja? So hört es sich jedenfalls an.« Hump wollte und konnte sich von diesem Rechtsverdreher nicht einschüchtern lassen. Vor allem auch deshalb, weil Neuner, wesentlich furchteinflößender als Strohn, ihm im Nacken saß und unprofessionelles Arbeiten mit einem gewaltigen Anschiss ahnden würde.

»Wollen Sie damit andeuten, dass ich einen Mord in Auftrag gebe?«

»Nein, natürlich nicht«, sagte Hump, der nicht noch mehr Öl ins Feuer gießen wollte. Insgeheim dachte er jedoch: *Klar würdest du das, so wie du aussiehst!*

»Glauben Sie mir, wenn ich Ulrich hätte belangen wollen, dann nur auf zivilrechtlichem Weg. Das wäre meine Wahl gewesen. Aber wenn Sie jemanden suchen, der einen richtigen Hass auf Ulrich hatte, dann halten Sie sich an die Leute von der LUCKY-Crew oder an Gunnar Schneider von der BALTRUM.«

»Die Lucky-Crew?« Hump horchte auf, schließlich hatte er Gabi und Lukas Westhof bereits kennengelernt.

»Ja, klar. Die beiden sind nur selten hier und bleiben meist mit ihrem Boot im Hafen.« Er wies auf das Segelboot direkt gegenüber und meinte: »Das da ist die Lucky.«

»Und welches Problem hatten die mit Mellwig? Etwa auch Schleifstaub?«, kombinierte Hump.

»Das weniger; Lora war das Problem. Wir bekommen von ihrem Pfeifen, Krächzen und Schimpfen ja kaum etwas mit, weil wir am liebsten draußen auf den Seen übernachten, aber Gabi und Lukas fahren selten raus und hocken die meiste Zeit hinten in ihrem Cockpit unter der Kuchenbude. Die waren Lora schutzlos ausgeliefert. *Irgendwann*, hat Lukas mir einmal im Vertrauen gesagt, *dreh' ich dem Viech den Hals um! Das ist ja nicht mehr auszuhalten*. Seine Nerven lagen blank. Es hat sich damals verdammt ernst angehört.«

»Hat er etwas gegen die Lärmbelästigung unternommen? Den Hafenmeister informiert?«

»Das weiß ich nicht. Das war Lukas' Problem, da haben wir uns nicht eingemischt. Und Ulrich hat nie ein Wort darüber verlauten lassen.«

»Können Sie sich vorstellen, dass jemand von der Lucky für Ruhe gesorgt hat? Der Kakadu ist verschwunden, und Ulrich Mellwig ist tot. Mellwig könnte sich in den Weg gestellt haben.«

»Gabi und Lukas? Mörder?«, überlegte Alessa Strohn laut. Sie schüttelte den braunen Bubikopf. »Nein, das glaube ich nicht.«

»Aus Erfahrung kann ich Ihnen nur eines sagen, Herr Kommissar. Man kann niemandem hinter die Stirn gucken. Wenn die Not groß genug ist, wird der Mensch zum Tier. Dann übernimmt das Reptiliengehirn in uns die Kontrolle und niemand, wirklich niemand kann in einem solchen Moment vorhersagen, wozu man dann fähig ist«, philosophierte der Rechtsanwalt.

»Und was ist mit diesem Gunnar Schneider?«, wechselte Hump das Thema und tat ahnungslos. »Hatte er auch ein Kakadu-Problem?«

»Nein. Der Fall liegt ganz anders«, sagte Strohn und schaute Hump direkt in die Augen. »Es ging um Jenny. Gunnars Frau. Nicht, was Sie jetzt vielleicht denken. Ulrich hat für sie Partei ergriffen, wenn Gunnar sie wieder einmal grün und blau geschlagen hatte.« Strohn unterbrach sich für einen Moment und meinte dann: »Das muss man ihm lassen. Ulrich hatte Zivilcourage.«

»Und Sie … nicht?«

Richard Strohn warf Hump einen verächtlichen Blick zu, ließ sich aber zu keiner Äußerung hinreißen. »Da drüben«, sagte er und zeigte auf den leeren Kopfsteg, »dort ist der Liegeplatz der BALTRUM. Aber nun ist sie fort.«

»Wie lange schon?«

»Keine Ahnung. Als wir letzten Sonntag nach Hause gefahren sind, war sie jedenfalls noch hier.«

»Was haben Sie denn von den Vorgängen auf der Baltrum mitbekommen?«, fragte Hump.

»Nicht viel. Im Gegensatz zu Ulrich sind wir ja nur am Wochenende hier und fahren nach dem Bunkern immer gleich raus«, sagte Alessa Strohn. »Einmal habe ich Jenny mit einer Sonnenbrille gesehen, die sie nur auf hatte, um die blauen Flecken in ihrem Gesicht zu verdecken. Ich habe damals vermutet, sie wäre gestürzt. Ulrich hat ja auf seinem Boot gewohnt und mitbekommen, was auf der Baltrum los war. Erst letzten Freitag ist er abends von seinem Achterdeck hinunter auf Gunnar zu und hat ihm am Steg eine Standpauke gehalten. Wir waren gerade gekommen und wussten nicht, was vorgefallen war. Ulrich hat dermaßen laut gesprochen, dass wir ihn sogar bis in unsere Kajüte gehört haben.«

»Und wie hat Schneider darauf reagiert?«

»Ach der«, meinte Alessa Strohn, »der hat sich das eine Weile angehört, mit dem Kopf geschüttelt und ist auf sein Boot zurückgegangen. Ich habe es durchs Bullauge gesehen. Er hat Ulrich auf dem Steg stehen lassen wie einen dummen Jungen. Ulrich war natürlich außer sich, konnte aber nichts machen.«

»Ulrich hat ihm gedroht. Er hat Gunnar hinterhergerufen, sollte er jemals wieder ein Hämatom an Jenny sehen, würde er sie in ein Frauenhaus bringen und ihn anzeigen«, bekräftigte Richard Strohn.

»Hat Mellwig seine Drohung wahrgemacht? Was denken Sie?«

»Ich habe Ulrich und seine Schleiferei zum Teufel gewünscht. Meine Abneigung gegen ihn ist im Laufe der Zeit größer geworden. Doch an diesem Abend hatte er meine volle Hochachtung. Ich habe ihm jedes Wort geglaubt. Ich denke nicht, dass sich schon jemals jemand so für Jenny eingesetzt hat«, gab Richard Strohn zu. »Ich weiß nicht, was dann passiert ist. Wie gesagt, Sonntagabend haben wir weder Ulrich noch jemanden von der BALTRUM gesehen.«

»Halten Sie Gunnar für Mellwigs Mörder? Um einer Anzeige wegen häuslicher Gewalt zu entgehen?«

»Ja, durchaus!«, erwiderte Richard Strohn. »Glauben Sie mir, ich kenne solche Typen. Ich habe sie schon verteidigt!«

»Aber da war doch noch jemand, Richard. Weißt du noch, das war im letzten Jahr. Ich hatte diesen Zwischenfall schon fast vergessen.«

»Was meinen Sie, Frau Strohn?« Humps Interesse war geweckt.

»Vor etwa einem Jahr hatte Ulrich Besuch von einem Mann. Du meine Güte, war der geladen! *Das wirst du mir eines Tages büßen, das lasse ich mir nicht gefallen. Das lass dir gesagt sein: Man sieht sich immer zweimal im Leben!*, hat er in seiner Wut geschrien.«

»Stimmt. Ich erinnere mich. Das war Uwe. Der hat sich benommen wie ein Frettchen auf Koks«, sagte Richard Strohn. »Den Nachnamen weiß ich nicht mehr. Nach seinem sozialen Abstieg war er noch einmal hier am Steg und hat Ulrich wüst beschimpft.«

»Sozialer Abstieg?«, fragte Hump.

»Uwe hatte ein tolles Boot, so eines wie die WHITE BEAUTY«, sagte Richard Strohn und deutete abermals auf den leeren Platz der BALTRUM. »Das war damals sein Liegeplatz. Er hat das Boot verkaufen müssen, ebenso seine Firma. Was da genau war, das weiß ich nicht. Nur, dass Ulrich seine Finger mit im Spiel hatte.«

»Uwe hat es nicht verwinden können, dass er den Steg wechseln und sich seitdem mit einem Bastelboot begnügen muss«, meinte Alessa Strohn mitfühlend und pflückte ihre Handtasche und Jacke von der Reling.

»Bastelboot?«

Alessa Strohn nickte nur, Hump konnte ihr ansehen, dass sie angestrengt nachdachte.

»Ja, man kann auch Seelenverkäufer dazu sagen«, übernahm Richard Strohn die Erklärung. »Ein Boot, das ständiger Pflege bedarf. Sie wissen, was ich meine. Eines, das vor Rost und Öl nur so trieft; eines, bei dem man Angst haben muss, dass es absäuft oder einem der Motor unter dem Hintern verreckt.«

»Aha«, sagte Hump. »Bitte, versuchen Sie sich an seinen Namen zu erinnern.«

»Sein Boot liegt am A-Steiger. Sie werden es gleich erkennen, wenn Sie es sehen«, gab Strohn als Hinweis. »Aber jetzt entschuldigen Sie uns. Der Flieger wartet nicht auf uns. Schatz, kommst du bitte.«

Rechtsanwalt Strohn verschloss die Kajütentür. Dann kletterten er und seine Frau geschickt über die Reling und verließen das Boot. Bevor sie den Fingersteg verließen, warf Strohn noch einen prüfenden Blick auf sein Beiboot, das hinter der AMALFI am Steg festgemacht war und auf den leichten Wellen tanzte.

»Herr Kommissar!« Alessa Strohns Gesicht hatte sich mit einem Mal erhellt. Ihr Grübeln war offensichtlich von Erfolg gekrönt gewesen. »Ich glaube, er hieß Donhäuser. Uwe Donhäuser.«

20

Ich heiße Vectra, dachte sie und war erleichtert, dass sie sich zumindest daran erinnerte. *Aber, was mache ich hier?*

Sie wusste es nicht. Vor fremden Blicken geschützt, saß sie in einer dichtbewachsenen Baumkrone unweit des Hafens und kramte angestrengt in ihren Erinnerungen.

Es war etwas Schlimmes passiert. *Aber was?*

Es musste mit diesem Boot zu tun haben und auch mit dem Flügellosen, der leblos im Schilf gelegen hatte. Sie hatte ihn gesehen und gleich erkannt.

Dort im Schilf hatte sie auch diesen Ganter entdeckt, der Tom hieß. Das immerhin hatte sie in Erfahrung bringen können. Er hatte sich im Schilf überaus neugierig herumgetrieben und war den seltsamen Flügellosen dort wie ein Hund hinterhergedackelt. Im Gegensatz zu ihr hatten die das noch nicht einmal bemerkt. Nur einmal hatte Tom sich anscheinend von ihr beobachtet gefühlt und sich argwöhnisch umgeschaut. Er hatte sie aber nicht entdeckt. Seitdem war sie vorsichtiger.

Im Hafen hatte sie ihn dann wiedergesehen. Seit einigen Tagen wuselte er hier herum, suchte nach Informationen über ein verschwundenes Entenküken und paddelte auffällig viel um das Boot herum, das auch sie wie magisch anzog.

Er schien etwas zu wissen. Auch ihren Namen, den richtigen und den falschen, hatte sie schon aus seinem Schnabel gehört. Warum war sie so interessant für ihn?

Gut sah er ja aus, dieser Nilganter, das musste sie zugeben. Er war zwar etwas kleiner als die fetten Gänse und nicht so stattlich wie Hunter, aber er hatte ein hübsches Gesicht und vermutlich wesentlich mehr im Kopf, als die drei Lästerschwestern zusammen.

Unkonzentriert kreisten ihre Überlegungen um die letzten Tage. Der Magen knurrte und Leckereien waren hier nirgends zu finden. Sie hatte Gänse und Enten beobachtet, die mit großem Appetit beim Gras zulangten, und hatte es ihnen aus purer Verzweiflung gleichgetan. Doch auch wenn die Halme saftig und grün waren, geschmacklich hatten sie rein gar nichts mit frischen Weintrauben, Avocados oder Kaktusfeigen zu tun.

Plötzlich wurde sie aus ihren Gedanken gerissen, als jemand sich unaufgefordert zu ihr auf den Ast gesellte. Vectra zuckte erschreckt zusammen und stellte vor Überraschung mit einem Ruck die Federhaube steil auf.

»Du bist Vectra, stimmt's? Ich bin …«, begann er und stockte mitten im Satz, als sie ihm ihren Kopf zudrehte und sich ihre Blicke trafen. »Ich … bin … wow!«

21

Die Konturen hatten sich nach und nach deutlicher vom Hintergrund abgezeichnet. Obwohl sie versucht hatte, in Deckung zu bleiben, hatte Tom sie zwischen Ästen und Blattwerk entdeckt.

Vectra.

Er hatte sich neben sie gesetzt und konnte prompt nur noch an eines denken.

Nestbau!

Vectra hatte ihn mit ihren schwarzen Knopfaugen angesehen und alles andere vergessen lassen. Klipper? Wer war das noch mal? Ulrich Mellwig? Nie gehört. Huuump?? Was war das?

Mehr als ein »*Wow*«, hatte er dann auch nicht mehr über die Schnabelränder bekommen, so sehr hatte ihm ihr Anblick die Sprache verschlagen. Ihr Gefieder war rosa, die Flügeldecken fast weiß, und der kleine, einzigartige Krummschnabel passte perfekt in ihr feines Gesicht. Ihre Federhaube war in ständiger Bewegung und unterstrich ihre Stimmungslage. Sie hatte sie weit aufgefächert, ihn intensiv angesehen und geschwiegen.

Tom hatte nach seinem Frühstück bei Kommissar Reiners ein ausgedehntes Bad genommen und Hump den Steg entlanggehen sehen. Er war ihm natürlich gefolgt und hatte so die Befragung der Amalfi-Crew verfolgen können. Ein richtiger Ermittler hat schließlich ein Gespür für Situationen. Auch Magnum wäre Hump gefolgt, keine Frage!

Dieses Mal hatte er sich nicht als hungrige Gans zu tarnen brauchen, sein Hunger war echt!, auch wenn er gerade erst bei Reiners nachgetankt hatte. Als Hump sich zum A-Steiger aufmachte, um den neuen Verdächtigen Donhäuser zu befragen, waren endlich die heißersehnten Brotflocken von Alessa Strohn ins Wasser geworfen worden. Rasch hatte er sich den Bauch vollgeschlagen und einigen Enten ordentlich in den Bürzel zwicken müssen, um sie auf Abstand zu halten. Diese Enten waren doch einfach zu verfressen!

Gut gefüllt hatte er schwerfällig abgehoben und war Hump gefolgt. Donhäusers Befragung wollte er auf keinen Fall verpassen. Doch da war ihm eine ungewöhnliche Gestalt in einer der Baumkronen am Deich aufgefallen.

Er hatte Vectra entdeckt und wenig später neben ihr auf dem Ast gesessen.

»Die Flügellosen suchen dich«, sagte Tom, nachdem er wieder einigermaßen bei Stimme war und sich vorgestellt hatte. Viel lieber hätte er das Gespräch gleich auf das Thema Nestbau gelenkt, doch er befürchtete, Vectra mit dieser forschen Vorgehensweise zu verschrecken. Sie war schließlich etwas Besonderes. Da wollte er nicht gleich mit der Entengrütze ins Nest fallen.

Auf Toms Aussage hin, wippte Vectras Federhaube wie im Morsetakt. Die rot-gelben Signalstreifen darin leuchteten immer wieder auf und versandten eine optische Nachricht. Doch Tom hatte keine Ahnung von diesem Federalphabet. Selbst die Spezialisten des CSI hätten damit Probleme gehabt.

Vectra sah ihn derweil fragend an.

»Die Flügellosen, Vectra. Ulrich Mellwig und seine Schwester Pia. Die musst du doch kennen!«, half Tom ihr auf die Flügel. In seinem Bauch kribbelte es gewaltig.

Vectra ließ ihre Federhaube wie eine leere Ziehharmonika zusammensacken und schüttelte sich. Verlegen legte sie den Kopf schief und kratzte sich mit einer Zehe an der pink verzierten Nase.

»Du bist doch Vectra! Oder etwa nicht?!«

Die Reaktion des Kakadus kam sofort. Sie straffte sich, stellte die Haube in voller Größe auf und nickte so heftig, als würde sie Beat tanzen. Sie öffnete ihren grauen Krummschnabel, brachte aber keinen Ton heraus; noch nicht einmal ein Krächzen.

»Oh, du kannst nicht sprechen«, konstatierte Tom, der sie bis dahin einfach nur für schüchtern gehalten hatte.

Vectra wippte mit dem ganzen Körper und bestätigte Toms Vermutung. Dann griff sie mit ihrem Schnabel nach einem dünnen Zweig. Geschickt hielt sie ihn mit einem Fuß fest, rupfte zornig daran und zerlegte ihn kurzerhand in Stücke.

»Ah, und genervt bist du auch«, deutete Tom ihre unmissverständliche Körpersprache. »Das kann ich verstehen.« Tom überlegte einen Moment. »Auch wenn du nicht sprechen kannst, kannst du mir trotzdem helfen. Ich ermittle in einem Mordfall bei den Flügellosen und möchte dir ein paar Fragen stellen. Du bist eine wichtige Zeugin.«

Vectras Federhaube stand kerzengerade. Sie starrte Tom mit aufgerissenen Augen an, als wollte sie fragen: *»Ich???.«*

»Aber sicher, das bist du.« Tom nickte ihr aufmunternd zu. »Bei *ja* nickst du einfach mit dem Kopf, bei *nein* schüttelst du ihn. In Ordnung?«

Vectra nickte überschwänglich. Der ganze Kakadu war in Bewegung.

»Gut.« Tom atmete tief ein. Er konnte seine Augen einfach nicht von ihr lassen. Eine stumme Zeugin hatte er noch nie befragt; und eine, die ihn dermaßen um den Verstand brachte, noch weniger. Das war Herausforderung pur! Selbst ein Weibchenversteher wie Magnum würde hier an seine Grenzen stoßen.

»Du weißt es bestimmt schon. Dein Futterspender ist umgebracht worden. Er ist im Schilf tot aufgefunden worden«, begann Tom vorsichtig. »Kannst du mir irgendetwas über den Mord sagen? Hast du gesehen, wer auf ihn geschossen hat?«

Vectra flatterte heftig mit den Flügeln und ließ ihre lachsroten Innenseiten aufblitzen. Gleichzeitig wippte sie von einem Bein aufs andere und schüttelte den Kopf.

»Ist ja gut. Beruhige dich, Vectra.«

Die aufgebrachte Kakadu-Dame fasste sich erst nach einer Weile. Vehement schüttelte sie den Kopf. Das waren wohl ein paar Fragen zu viel auf einmal für eine Antwort, kam es Tom in den Sinn. Er dachte nach und ließ dabei seinen Blick schweifen. Hump betrat den A-Steiger. *So ein Reiherdreck!*, ging es Tom durch den Kopf. *Gleich befragt er den Donhäuser, und ich kriege nichts davon mit!* Tom wünschte sich sehnlichst, dass Hump Donhäuser nicht antreffen würde. Bei dessen wichtiger Befragung wollte er unbedingt dabei sein. Doch im Moment ging Vectra vor. Sie hatte den Mörder vermutlich gesehen und würde ihn benennen können. Donhäusers Aussage war in diesem Punkt auf jeden Fall schon jetzt klar. Er würde jede Tatbeteiligung bestreiten. Ganz gleich, ob er der Mörder war oder nicht.

»Weißt du, wer Ulrich Mellwig ist?«, wechselte Tom die Fragetechnik.

Vectra schüttelte den Kopf.

»Kennst du einen Uli?«

Vectra dachte kurz nach und schüttelte den Kopf.

»Weißt du etwas über den Mord auf eurem Boot?«

Vectras Federhaube öffnete sich abrupt, während sie Tom mit schmalen Augen fragend ansah. Dann schüttelte sie den Kopf.

»Du hast doch auf einem Boot gelebt. Erinnerst du dich daran?«

Vectra fixierte Mellwigs Schiff, das auch Tom von seinem Platz aus sehen konnte.

»Aha, an die White Beauty erinnerst du dich also. Kannst du dich auch an einen Schuss entsinnen, Vectra? An einen lauten Knall?«

Vectra plusterte sich auf, bebte am ganzen Körper. Sie sprang ohne Vorwarnung vom Ast und flog davon. Tom hinterher. Doch dann sah er Hump den Steg entlanglaufen; in Richtung Parkplatz! Eine Hand am Ohr. Er telefonierte.

Hin- und hergerissen zwischen der davonfliegenden Vectra und dem hektisch aussehenden Hump wusste Tom nicht gleich, wem er folgen sollte. Vectra, die allein auf sich gestellt, möglicherweise Ulrich Mellwigs Mörder in die Arme flog, oder Hump, der nie schnell ging oder arbeitete, nun aber rannte, als ginge es um sein Leben. Irgendetwas war geschehen. Aber was?

Tom entschied sich für Hump. Vectra hatte die vergangenen Tage und Nächte überstanden, also würde sie auch die nächsten Stunden überstehen. Das jedenfalls versuchte er sich einzureden. Hump aber, den durfte man keinen Moment aus den Augen lassen, besonders nicht, wenn er ans Laufen kam.

Mit quietschenden Reifen verließ der Kommissar den Parkplatz.

Wenn ich nur wüsste, wo der hinfährt, überlegte Tom.

Dann könnte ich schon mal vorfliegen! Tom begab sich auf eine durchschnittliche Reisehöhe und folgte Hump, der am Ostufer des Obersees entlang einem Wirtschaftsweg bis zum Flussufer folgte. Dort parkten bereits einige Autos.

Hump stieg aus und orientierte sich. Tom flog eine Schleife über das Gelände und hatte damit einen weitaus besseren Überblick als der Kommissar. Diesen Fluss hatte er auf seinem Flug zum Obersee überflogen. Er schlängelte sich durch die Seenlandschaft und versorgte sie mit Frischwasser. Die Mündung zum Obersee lag nur einen Flügelschlag entfernt.

Am Flussufer war unübersehbar Flatterband gespannt. Die Szenerie kam ihm erschreckend bekannt vor und glich dem Fundort von Ulrich Mellwigs Leiche im Schilf. Weiße Overalls, wohin man blickte. Einige durchkämmten das Gebiet, andere, vermutlich der Gerichtsmediziner samt Helfer, hockten inmitten des Absperrbandes und untersuchten ein in Leinen gewickeltes Bündel.

Es war Zeit zu landen. Nun ging es um Details.

Hump hatte sich inzwischen ebenfalls in einen weißen Alien verwandelt und war von seinen spurensichernden Kollegen kaum noch zu unterscheiden.

Tom watschelte ihm hinterher und zupfte dabei, mal rechts und mal links, an kurzen Grashalmen. Tarnung war alles.

»Hallo Ingo. Wieder im Einsatz? Tja, irgendwann

ist jeder Urlaub mal vorbei, nicht wahr?«, hörte Tom Hump zu dem älteren Mediziner sagen. »Weißt du schon, um wen es sich handelt?«

»Ältere, weibliche Person. Keine Papiere. Sieht übel aus, Peter. Sie hat schon einige Tage im Wasser gelegen«, antwortete der Arzt, der, so kombinierte Tom, Ingo Fischer sein musste. Jener Arzt, der bei Mellwigs Leichenfund wegen Urlaubs durch Leon Wagner vom LKA vertreten worden war.

»Kannst du mir schon etwas sagen?«

»Nein, erst nach der Obduktion. Wie du siehst, ist die Leiche in ein Betttuch gewickelt und mit Tauen verschnürt worden. Einige Tauenden sind ausgefranst, als ob etwas Schweres daran befestigt gewesen sei, was dann abgerissen ist. Andere Enden haben sich gelöst und damit das Betttuch freigegeben. Der Körper, hauptsächlich Stirn, Nase und Handrücken, weist multiple Verletzungen auf. Die könnten vom Kiesbett des Flusses stammen. Ich vermute, dass der Körper von der Strömung unter Wasser gezogen und über den Grund geschleift worden ist, bevor er wieder an die Wasseroberfläche trieb. Sie hat so viele Verletzungen, ohne sie auf meinem Tisch gehabt zu haben, möchte ich mich nicht über die Todesumstände äußern. Das verstehst du doch sicher.«

Hump nickte und wandte den Blick ab. »Wie lange ist sie im Wasser gewesen, was meinst du?«

»Drei bis vier Tage, vielleicht auch fünf.« Er hatte

Humps Reaktion gesehen und meinte: »Kein schöner Anblick, nicht wahr?«

Hump nickte stumm. »War sie schon tot, als sie ins Wasser geraten ist?«

»Dazu muss ich erst ihre Lungen untersuchen. Die Antwort steht dann in meinem Bericht.«

»Wer hat sie gefunden? Ich sehe keine Zeugen.«

»Ein Berufsschiffer hat bei der Vorbeifahrt einen Arm am Ufer liegen gesehen. Er hat uns gleich verständigt und wartet am Industriekai einige Kilometer weiter. Staatsanwalt Neuner ist schon hingefahren, um ihn zu befragen. Du kennst ihn ja. Der lässt keine Gelegenheit aus, um auf ein Schiff zu kommen.«

»Apropos Neuner … Kannst du mir einen Gefallen tun, Ingo?«

»Klar. Was soll ich tun?«

»Schick den Obduktionsbericht zuerst an mich, ja? *Ich* bin hier der leitende Ermittler.«

22

Die unbekannte Tote war von den Mitarbeitern des gerichtsmedizinischen Institutes abtransportiert worden und lag nun, vermutlich mit einem Zettel am dicken Zeh versehen, in einer der dortigen Kühlkammern.

Hump und die Spurensicherung hatten das Flussufer verlassen. Die Idylle war wiederhergestellt, nichts deutete mehr auf den schaurigen Fund hin.

»Mord!«, schnatterte Tom überzeugt. »Das war eindeutig ein Mord!« Eine kalte Masse aus Fleisch und Blut bedeutete nicht unweigerlich Mord. Ein verschnürter und im Fluss versenkter Körper dagegen schon.

Wer ist die unbekannte Tote?, überlegte Tom. *Und wer hat sie auf so ungewöhnliche Art verschwinden lassen? Die Mafia?* Tom dachte nach. Mafiaopfer hatten meist Betongewichte an den Füßen oder waren von Kugeln durchsiebt. Außerdem machte die Mafia sich nicht die Mühe, ihre Opfer in Leinen zu wickeln, bevor sie sie entsorgten. Die Mafia war es also vermutlich nicht. *Vielleicht die Ägypter?* Ihre Toten wurden nachweislich in Leinen gewickelt. Allerdings wurden sie zudem mit antiseptischen und harzigen Stoffen behandelt, so dass die Körper austrockneten und eine andere Farbe annahmen. Die aufgequollene Gestalt vom Fluss hatte jedoch alle typischen Zeichen einer ganz normalen Wasserleiche gezeigt. Die Ägypter waren es deshalb vermutlich auch nicht. *Piraten? Tote Seeleute wurden früher doch in Tücher verschnürt dem Meer übergeben.* Tom dachte intensiv über den neuen Fall nach und beobachtete ganz nebenbei einen Schwarm Straßentauben auf der Suche nach Nahrung.

Doch dann schüttelte er den Kopf. Was zu viel ist, ist zu viel. Er konnte sich nicht auch noch um diesen Fall kümmern, so interessant er auch war. Hier war ausnahmslos Humps Einsatz gefragt; und sollte er doch nicht ohne Hilfe auskommen, was mehr als wahrscheinlich war, konnte er sich ja noch immer an jemanden wie Matula wenden. An jemanden, der sich für nichts zu schade war, gerne im Dreck wühlte und auch schon eine ganze Reihe kniffliger Verbrechen gelöst hatte. Zusammen konnten die beiden aus diesem »Alarm für Hump« einen »Fall für zwei« machen und ein prima Team abgeben.

Tom hatte seinen Part der Ermittlungen in Gedanken bereits an einen umtriebigen Privatdetektiv abgegeben und daher Zeit, über seine eigenen Fälle nachzudenken. Während er ohne großes Interesse weiterhin die Tauben beobachtete, beschäftigte er sich mit Klipper, mit Mellwig und mit … Vectra. Auch sie war inzwischen zu einem Untersuchungsgegenstand geworden. Noch öfter als an Klipper und den toten Flügellosen musste Tom an den süßesten Krummschnabel denken, den er je gesehen hatte. Und das war noch untertrieben. Seine Gedanken waren ständig bei dem faszinierenden Kakaduweibchen. Sie war in seinem Kopf, seinem Bauch, seinem Herz. Sie kribbelte zwischen seinen Federn und mischte ihn und seine Hormone ganz schön auf.

Nestbau!

Er hatte sie zwar gerade erst kennengelernt, doch gedanklich kümmerte er sich schon ernsthaft um Verlobungszeit und Familiengründung. Er sehnte sich nach einem weiteren Treffen mit Vectra.

Die Tauben hatten sich inzwischen in Toms Nähe am Fluss niedergelassen, badeten oder füllten ihre leeren Wasser- und Energiespeicher auf. Sie hatten keine Ahnung von den Schmetterlingen in seinem Bauch.

»Was stehst du hier so rum und starrst uns an?«, sprach ihn plötzlich ein kräftiges Taubenmännchen an und plusterte sich auf. »Bist du etwa auf Krawall aus?«

Tom wurde unsanft aus seinen Gedanken gerissen und war irritiert. Angesichts des wehrhaften Taubenhahns begann sein Hinterteil hin und her zu schwingen.

»Nein, nein«, beschwichtigte er und stellte sich vor. »Ich habe mir nur Gedanken über meinen Fall gemacht«, antwortete er besonnen. »Dabei habe ich euch möglicherweise unbewusst angestarrt.« Die Mordermittlung war ein guter Vorwand. Dieser Luftratte wollte er auf keinen Fall von seiner Zuneigung zu einem Kakaduweibchen erzählen.

»Was für ein Fall?«, fragte der Taubenhahn argwöhnisch, aber doch interessiert. Dann stellte er sich freundlicher vor, als Tom es ihm zugetraut hatte. »Mein Name ist Luffe, und du scheinst dieser merkwürdige Ganter vom Untersee zu sein, ja? Der, der den Reihermord aufgeklärt hat?«

»Genau der bin ich«, erklärte Tom. Während sich sein Hinterteil wieder beruhigte, berichtete er von Bajas Auftrag und der Suche nach Klipper.

»Meinst du etwa die Baja, die am laufenden Band Nestlinge produziert und ständig *Verflixt und zugegackert! Du kommst jetzt sofort hierher! Sonst passiert noch was!* schnattert?«, mischte eine weitere Taube sich ein. Sie hörte auf den Namen Sessa.

»Das ist doch die, die alle Welt mit der Frage *Hast du Klipper gesehen?* nervt«, erinnerte nun auch Luffe sich und versuchte Bajas Geschnatter nachzuäffen.

»Ja, die meine ich. Ihr kennt sie also.«

»Wie man sich halt so kennt«, sagte Sessa einsilbig. Tauben zählten nicht gerade zu den herzlichsten Gefiederten. »Man begegnet sich und fliegt seiner Wege. Wir haben nicht viel mit ihr zu tun. Sie ist uns zu erzieherisch, regelrecht herrisch. Du müsstest mal hören, wie energisch sie schnattert, um ihre wuseligen Federbälle zusammenzuhalten. Ohne eine Ermahnung hier oder eine Drohung dort, geht es bei ihr nicht. Immer wieder macht sie die kleinen Würmer zu Schnecken. Das hat mit Kükenstube, wie wir sie verstehen, nichts zu tun.«

»Habt ihr Klipper gekannt?«, fragte Tom, der sich nun auch über Bajas Erziehungsstil wunderte. Von solchen Methoden hatte sie nichts gesagt.

»Nein, das haben wir nicht. Aber sein Name ist inzwischen sogar schon jeder kleinsten Kieselalge bekannt. Seit letztem Sommer hört man hier ja nichts anderes mehr als *Habt ihr Klipper gesehen?«* Sessa pickte nach ein paar Grassamen und gurrte dann sachlich: »Eine Ente zieht jedes Jahr einen Haufen Junge auf. Verluste gehören da zur Tagesordnung. Bei uns ist die Brut ja glücklicherweise übersichtlicher.«

»Hat Baja mit euch jemals über Klipper gesprochen?«

»Natürlich hat sie das. Es gibt hier am See niemanden, dem sie nicht damit auf die Nerven gegangen ist. Uns hat das nicht interessiert. Seit wann gehen uns Entenprobleme was an?«

»Ich werde das Gefühl nicht los, dass ihr mehr wisst, als ihr sagt«, schnatterte Tom forsch. »Los, raus mit der Sprache. Was habt ihr gesehen?«

»Also gut«, sagte Luffe genervt. »Einer von uns hat damals beim Überflug eine Katze gesehen.«

»Ich habe es gewusst!«, entfuhr es Tom. Genau das war seine erste Vermutung gewesen. »Ja und? Weiter?«

»Nichts weiter. Aber jeder weiß doch, was das bedeutet. Wer Katze und Küken zusammenzählen kann, weiß, was dabei rauskommt. Bajas Geschrei war nur eine logische Konsequenz.«

»Warum seid ihr nicht eingeschritten?«

»Du meinst doch nicht etwa, wir hätten den Lauf der Dinge ändern können? Uns todesmutig zwischen Katze und Entenküken werfen sollen, ja?« Luffe schüttelte verständnislos den Kopf. »Wo gibt's denn so was?«

»Das war doch eindeutig Bajas Brut«, warf Sessa ein. »Jeder muss selbst sehen, wo er bleibt. Wir setzen doch nicht unser Leben und damit das Leben unserer eigenen Küken aufs Spiel, nur damit die Entenpopulation unbeschadet wachsen kann. Das hört sich ja gerade so an, als wüsstest du nicht, dass es massenhaft Enten gibt.«

... und Tauben!, dachte Tom und fragte dann: »Baja hat die Katze also nicht gesehen?«

»So wie es aussieht, nicht. Du weißt doch, Katzen sind Meister der Tarnung. Außerdem war Baja zu sehr damit beschäftigt, ihre Flöhe zu hüten. Sie hat den Küken ständig mit dem Riffler gedroht und sich anschließend umgeguckt, als könnte er tatsächlich plötzlich hinter ihr stehen. Sie hatte wohl mehr Angst vor dem Riffler als vor einer plötzlich auftauchenden Katze.«

»Hat die Katze das Küken«, Tom schluckte schwer, »... gefressen?«

»Keine Ahnung. Aber bei Katzen ist das ja so eine Sache«, sagte Luffe und setzte ein wissendes Gesicht auf. »Die fangen ja auch schon mal Übungsobjekte für ihre

Welpen. Die Kleinen sollen schließlich mal gute Jäger werden.«

»O je, du meinst …«, Tom hatte plötzlich einen dicken Frosch im Hals. Wie »guanomäßig« war das denn! Klipper ein Spielball für Katzenkinder, die sich auf den Ernst ihres Lebens vorbereiten sollten? Ein Schicksal, das er sich nicht im Detail ausmalen wollte, und er fragte sich, ob gefressen werden da nicht doch die bessere Alternative war.

»Wisst ihr denn etwas über Klippers Schicksal? Habt ihr die Katze oder das Küken noch einmal gesehen?«

»Nein. Wir hatten Wichtigeres zu tun, als uns darum zu kümmern. Wir waren auf Futtersuche. Wen interessiert da schon das Schicksal eines kleinen Plattfußes. Aber«, sagte Luffe und dachte nach. »Da war doch noch einer, der etwas gesehen haben könnte. Ein fliegender Edelstein. Den könntest du fragen. Vielleicht hat dieser selbstverliebte Schönling außer seinem eigenen Spiegelbild doch mal was anderes gesehen. Aber drauf wetten würde ich nicht.«

23

»Netter Versuch, Peter«, sagte Konrad Reiners zu seinem Telefonpartner und zwinkerte Martina Zielger zu. »Ich bin Privatier, das weißt du doch. Ich habe mich aus der Firma zurückgezogen. Diesen Auftrag musst du selbst übernehmen. Ich bin nicht interessiert.«

Reiners hatte gehofft, bei einem Pseudospaziergang über den Steg mit anderen Bootseignern ins Gespräch zu kommen. Er wollte mehr über Mellwig, Gunnar und ihr Nachbarschaftsverhältnis erfahren. Doch der Plan war von der magischen Anziehungskraft der *Voyager* sabotiert worden.

Martina Zielger hatte ihn natürlich bemerkt und hockte nun, ähnlich einer Spinne im Netz, auf der Bugspitze ihres Seglers und beobachtete ihn aufmerksam. Während des Telefonats wandte Reiners sich einige Schritte von ihr ab, denn das Gespräch war nun wirklich nichts für fremde Ohren.

»Mensch Konrad, das musst du für mich übernehmen«, keuchte Hump ins Telefon. »Neuner hat mich im Visier. Wenn ich nicht bald am Fundort auftauche, wird der mir das Fell über die Ohren ziehen. Du weißt doch, wie der ist. Außerdem will ich nicht auch noch diesen Fall an ihn verlieren.«

»Ja, wenn das so ist«, sagte Reiners so laut, dass Martina Zielger es hören musste, »dann kümmere ich mich natürlich um die Angelegenheit.«

Reiners beendete das Gespräch und entschuldigte sich bei der Seglerin. »Tut mir leid, Martina. Ich muss fort. Die Firma … kommt einfach nicht ohne mich aus.«

»Das ist aber schade. Ich hatte mich schon auf einen Kaffee mit dir gefreut«, antwortete Martina Zielger und zog eine Schnute.

»Das holen wir nach, wenn ich wieder zurück bin«, sagte Reiners aufmunternd und lächelte, denn auch er hatte sich schon in der gemütlichen Enge ihres Seglers bei einem Tässchen Kaffee gesehen.

Kaum hatte er ihr den Rücken zugedreht, fiel das Lächeln von ihm ab. »Verdammter Mist«, brummte er leise vor sich hin. Die himmelschreiende Personalknappheit in seiner Dienststelle spielte den Verbrechern immer öfter in die Hände und gefährdete nun sogar seinen Undercover-Einsatz. Nichts Geringeres als seine Tarnung stand auf dem Spiel.

Aber Donhäusers Befragung war einfach zu wichtig. Er war die erste heiße Spur im Fall Mellwig, denn er hatte bisher das stärkste Mordmotiv.

Hump, auf dem Weg zu einer Wasserleiche, schied für die Befragung aus. Er selbst war der Einzige, der den Job übernehmen konnte; außer Neuner natürlich, dessen Hafen-Wasser-Boot-Manie keine Grenzen kannte.

Neuner würde diese Befragung natürlich mit Freude übernehmen. Doch diese Bitte würde weder Hump noch Reiners freiwillig über die Lippen kommen.

Ein Fachgespräch unter Seemännern ist das Unauffälligste, dachte Reiners, während er zu seinem Boot zurückkehrte. Er wollte jetzt keinen Fehler machen und legte aus diesem Grund eine kurze Pause ein. Auf dem Klappstuhl im Salon der AVALON durchdachte er akribisch seine nächsten Schritte und revitalisierte seinen Denkapparat durch einen zuckerhaltigen Energieschub aus einer Kekstüte. Dreh- und Angelpunkt war seine Tarnung. Die musste aufrechterhalten werden.

Donhäuser aufs Kreuz zu legen war ein Kinderspiel. Schließlich waren sie sich noch nie begegnet. Bei Martina Zielger lag der Sachverhalt völlig anders. Mit ihr hatte er den engsten Kontakt. Sie war seine Informationsquelle Nummer eins. Das ganze Undercover-Theater war vergebens, wenn er nun versagte und die Infiltration der Bootseigner abgebrochen werden musste. Ein Rückschlag, über dessen Konsequenz er gar nicht nachdenken wollte.

Außergewöhnliche Umstände bedürfen außergewöhnlicher Maßnahmen war das Fazit seiner Überlegung. Er griff nach einer leuchtend gelben Jacke und zog sie über den blauen Pullover. Als weitere Tarnungsutensilien ließ er Neuners blaue Seemannsmütze und eine Sonnenbrille in der Jackentasche verschwinden.

Als er vom Boot auf den schwankenden Steg kletterte, sah er direkt in die erstaunten Augen einer Nilgans. Sie paddelte auf dem Wasser und hatte ganz offenkundig das Rascheln der Kekstüte gehört.

»Sorry«, sagte Reiners zu ihr. »Ich habe es eilig. Du kannst heute Abend noch mal wiederkommen. Dann habe ich auch Toastbrot da, das ist auf jeden Fall gesünder als Kekse.« Rasch verschloss er die Persenning der AVALON und stapfte in Richtung Parkplatz, ohne die Gans noch eines weiteren Blickes zu würdigen.

Außer Sichtweite der Bootsanleger verstaute er die auffällige Jacke im Kofferraum seines Autos. Er setzte Käppi und Sonnenbrille auf, warf einen Blick in den Seitenspiegel und war mit sich und seinem veränderten Aussehen zufrieden. *Fehlen nur noch Bart und Pfeife,* dachte er, *dann sähe ich aus wie ein richtiger Seebär.*

Selbst Martina Zielger würde ihn so getarnt auf die Ferne nicht gleich wiedererkennen.

Beschwingt trabte er auf den Steiger A zu und suchte nach dem rostigsten Boot im Hafen.

Das kleine schmutzigweiße Boot, zwei Fenster breit und mit reichlich verbeultem Bug, fiel ihm sofort ins Auge. Das Boot war in schlechtem Zustand und entsprach ziemlich genau der Beschreibung, die Hump von der AMALFI-Crew erhalten hatte. Es sah aus, als hätte es die Pest an Bord gehabt. Aus unzähligen aufgeplatzten Beulen und undichten Fensterrahmen bluteten rostige Rinnsale. Sie hinterließen auf Rumpf und Aufbauten ein für Boote todbringendes Streifendesign.

Keine Frage, dieses jämmerliche Häufchen Schrott musste Donhäusers Boot sein.

Auf dem Dach kauerte ein drahtiger Mann in Arbeitshose und Achselshirt. Er war in Schleifarbeiten vertieft und pfiff leise eine Melodie aus dem Radio mit.

»Da haben Sie aber noch eine Menge Arbeit vor sich«, sprach Reiners den Mann an.

Der Mann hob seinen Kopf und sah Reiners argwöhnisch durch seine Nickelbrille an. »Die Arbeit hört nie auf«, antwortete er zurückhaltend.

»Was machen Sie damit, wenn es fertig ist? Steht es dann zum Verkauf?«

»Bist du interessiert?«

»Vielleicht«, sagte Reiners und stellte sich als Konrad vor. Er setzte eine fachmännische Miene auf und deutete auf das Dach: »Das sieht aber schon gut aus.«

»Das sieht nicht nur gut aus, das ist auch gut«, antwortete der Mann. »Übrigens: Ich heiße Uwe.«

Reiners nickte und war sich nun sicher, Uwe Donhäuser vor sich zu haben. Er wechselte ebenfalls zum vertraulichen *du*. »Mein Boot ist die AVALON und liegt am Steiger D. Vielleicht hast du es schon einmal gesehen.«

»Nein, bestimmt nicht. Ich habe keine Zeit für Spaziergänge im Hafen. Ich muss arbeiten. Aber den Steiger D, den kenne ich. Hab da auch mal ein Boot liegen gehabt«, erklärte Donhäuser leutselig und schob die Brille auf seiner Nase zurecht.

»Tatsächlich«, sagte Reiners und tat erstaunt. »Dann kennst du sicher auch die Martina von der *Voyager*.«

»Klar kenne ich die. Immer auf Männerfang und ein bisschen geschwätzig, soweit ich mich erinnere.« Donhäuser grinste breit über das vom Wetter gegerbte Gesicht. »Und? Hat sie dich auch schon angebaggert?«

»Kann man so sehen. Sag mal, bist du der Uwe, der mit dem Toten von unserem Steg Streit hatte? Ich habe da so etwas läuten hören.«

»Ach, kursieren diese Gerüchte immer noch?« Donhäuser war erstaunt. »Ich habe gedacht, über die Sache wäre längst Gras gewachsen. Aber was soll's. Bevor du diese ollen Geschichten noch glaubst, erzähle ich dir lieber mal, was damals wirklich war.«

»Dann mal los. Ich bin ganz Ohr.«

»Es ist sowieso Zeit für eine Pause.« Uwe Donhäuser legte das Schleifpapier zur Seite und stieg vom Dach ins Bootsinnere. »Möchtest du auch ein Wasser?«

»Gerne«, antwortete Reiners. Er war mit der gelungenen Kontaktaufnahme überaus zufrieden.

»Ulrich Mellwig und ich waren beide im Speditionsgewerbe tätig«, begann Donhäuser und trank einen großen Schluck. »Während Mellwig Mittel- und Südeuropa befuhr, habe ich mich auf Fahrten in den Ostblock spezialisiert. Das war zwar nicht ungefährlich, aber unheimlich lukrativ. Ich habe gutes Geld verdient.«

»Was ist passiert?«

»Mein Steuerberater hat mich ruiniert. Auf sein Anraten hin habe ich vor Jahren ein Dutzend Eigentumswohnungen gekauft. Drüben, in den neuen Bundesländern. Es handelte sich um Abschreibungsmodelle, die gewinnmindernd mit Bankkrediten finanziert wurden. Ich war solvent, das war nicht das Problem.«

»Du hast diese heruntergekommenen Immobilien gekauft, von denen man in der Zeitung gelesen hat?«

»Ja, leider. Mein Steuerberater hat von den Abschreibungsmöglichkeiten geschwärmt. Immer wieder hat er davon gesprochen, wie viele Steuern ich sparen könnte und wie riesig die Rendite wäre. Schlussendlich habe ich dort investiert. Doch die Realität hat anders ausgesehen. Die Wohnungen waren unvermietbar, regelrecht abbruchreif. Vor allem aber waren sie nicht wieder verkäuflich. Als dann auch noch die Immobilienblase geplatzt ist, war alles zu spät. Ich habe jeden Monat rund 15 000 Euro Verlust gemacht, und das war mehr, als ich verkraften konnte. Selbst das Geld aus dem Verkauf der Firma und des Bootes hat nicht gereicht. Wie du dir sicher vorstellen kannst, hat die Bank auf Tilgung bestanden, obwohl sie gewusst hat, was für ein Mist mir da mit ihrer Hilfe angedreht worden ist.«

»Hast du dir die Wohnungen denn nicht vorher angesehen?«, meinte Reiners.

»Ich hatte wenig Zeit und mein Steuerberater hat gemeint, das brauche ich nicht. Alles wäre in Ordnung, denn unsere Regierung würde das Geschäft ja sogar subventionieren. Doch irgendwann stand der Gerichtsvollzieher auf der Matte.« Donhäuser machte eine kurze Pause und starrte ins Wasser unter sich. »Ich hätte mich dumm und dämlich verdienen können, wenn ich nicht so blöd gewesen wäre, auf meinen Steuerberater zu hören. Ich lebe jetzt am Existenzminimum, aber er hat seine Kanzlei immer noch. Ist das gerecht?«

»Konnte man ihn denn nicht wegen falscher Beratung belangen?«

»Das habe ich ja versucht, aber nicht beweisen können. Er hat seine Hände in Unschuld gewaschen und gesagt, dass er nach reinstem Wissen und Gewissen gehandelt habe. Außerdem hat er sich mit der staatlichen Förderung herausgeredet.«

Reiners nickte. »Was hat Mellwig damit zu tun?«

»Ach der, der hat dann schließlich meine Firma gekauft. Zuerst hatte ich gehofft, dass er bei mir einsteigen würde. Aber die Verbindlichkeiten sind ihm zu hoch gewesen. Er hat abgewartet, bis ich keine andere Wahl mehr hatte, und dann zugeschlagen.«

»Deshalb bist du zu ihm hin und hast ihm deine Meinung gesagt.«

»Genau. Ich hatte getrunken, mich selbst bemitleidet und meinem schönen Boot hinterhergetrauert, das ich ebenso wie mein Haus verkaufen musste. Mellwig hatte seins ja noch. Aber was ich genau gesagt habe, weiß ich nicht mehr. Dazu war ich damals einfach zu betrunken.«

Reiners nickte. »Ich kann verstehen, dass du deinen Frust rauslassen musstest.«

»Wenn ich ehrlich bin, hätte ich an Mellwigs Stelle auch nicht anders gehandelt.« Donhäuser nahm tief Luft und sagte dann: »Heute weiß ich, dass er nichts für mein Desaster kann. Aber damals brauchte ich einen Sündenbock, und er kam mir da gerade recht. Ich habe ihm damals nach der Vertragsunterzeichnung sogar den Füller entgegengepfeffert. Doch inzwischen bin ich mit mir im Reinen. Ich bin seit einem guten Jahr in der Privatinsolvenz. In sechs Jahren habe ich es geschafft. Dann bin ich schuldenfrei. Auf diesen Tag freue ich mich schon jetzt. Vielleicht habe ich demnächst sogar wieder einen festen Job.«

»Man munkelt, so wie Mellwig ums Leben kam – du hättest da deine Finger mit im Spiel.«

»Wer sagt das?«, fragte Donhäuser und fuhr wie von einer Tarantel gestochen herum. Er sah Reiners direkt in die Augen. »Das kann nur von diesem Rechtsverdreher kommen. Ich erinnere mich schwach, dass der bei meinem »Auftritt« damals auch dabei war. Aber glaub mir, da gibt es ganz andere, die ein Motiv hätten.«

»Aha«, sagte Reiners und wurde hellhörig. »Wen meinst du?«

»Es gab jemanden, der sich bei Mellwig einkaufen wollte, als der einen Teilhaber gesucht hat. Mellwig hat ihn jedoch zurückgewiesen und stattdessen diesen Sachs vorgezogen. Die gebotene Summe war ihm wohl nicht hoch genug, und auch menschlich hat es zwischen den beiden nicht gestimmt. Er muss regelrecht randaliert haben, als Sachs Teilhaber geworden ist. Dabei war ohnehin klar, dass er nicht in Frage kam.«

»Woher weißt du das?«

»Mellwig hat meine Fahrer übernommen, und die haben mir das erzählt. Ich habe noch immer einen guten Draht zu ihnen. Von meinen Fahrern weiß ich auch, dass es in der Firma Unregelmäßigkeiten gegeben hat«, sagte Donhäuser und raunte: »Diebstähle.«

»Woher wissen die Fahrer von der Randale des abgewiesenen Interessenten?«

»Na, weil es ein Kollege war, der sich einkaufen wollte. Die Absage hat sich wie ein Lauffeuer rumgesprochen. Zudem muss Mellwig ihn wegen der Diebstähle auf dem Kieker gehabt und mehr Führungsqualität von ihm gefordert haben.«

»Von wem sprichst du eigentlich?«, fragte Reiners. Karsten Wischnewski schoss ihm durch den Kopf. Nach Humps Beschreibung könnte er zu einem cholerischen Tobsuchtsanfall durchaus fähig sein. Doch Donhäuser überraschte Reiners mit seiner Antwort:

»Ach, hab ich das nicht erwähnt? Ich spreche von Steffen Koch, Mellwigs Werkstattleiter.«

24

»Du musst die Segel und den Windanzeiger an der Mastspitze immer im Auge haben, sonst wird das nichts«, lachte Martina Zielger ihren Schüler an. »Halte das Steuerrad gut fest und achte auf das Focksegel! Gleich wenden wir. Genau so, wie wir es vorhin geübt haben.«

»… das machen wir«, antwortete ihr Segelschüler zögerlich. Das Segelboot durchpflügte den See mit ordentlicher Krängung, und Konrad Reiners, etwas blass um die Nase, sah aus, als fürchtete er über Bord zu gehen, sobald er das Steuerrad loslassen würde. Martina Zielger dagegen liebte rasante Fahrten hoch am Wind. Je schräger die Lage und je schneller die Fahrt, desto wohler fühlte sie sich. Segeln war ihre Passion.

Sie nickte ihm aufmunternd zu. Das Manöver konnte beginnen.

»Alles klar zur Wende?«, rief Rudergänger Reiners daraufhin seemännisch das erste Kommando.

Martina Zielger stand neben ihm im Cockpit, löste an Backbord die Vorschotleine und antwortete deutlich: »Klar.«

»Ree«, gab Reiners das nächste Kommando und griff weit ausholend in die Sprossen des großen Steuerrades.

»Schneller, schneller. Das muss zackiger gehen. Wir sind hier nicht im Mädchenpensionat.«

Die Bugspitze des Seglers drehte langsam und elegant, bis der Luftstrom sich wieder in Fock- und Großsegel fing und es in windschnittige Schräglage drückte. Sofort nahm das Boot Fahrt auf.

Martina Zielger befestigte die Vorschotleine an der Steuerbordklampe und klopfte Reiners auf die Schulter.

»Das hast du gut gemacht!«, lobte sie ihn. »Das war gar nicht schlecht!« Sie hatte seine Unsicherheit auf schwankenden Planken schon bemerkt, aber noch nie so deutlich wie bei diesem Segeltörn.

»Die Geschichte mit der Ostsee, die stimmt nicht«, hatte sie sich schon vor einigen Tagen gesagt. Denn immer wenn er zu ihr an Bord kam oder ging, suchte er krampfhaft nach Halt, als befürchtete er, ins Wasser zu fallen, was bei diesen warmen Temperaturen schon fast keine Erfrischung mehr war.

Von jemandem, der die Ostsee befahren hatte, auch wenn es nur mit einem kleinen Motorbötchen gewesen war, erwartete sie schlichtweg ein anderes Verhalten. Souveräner, standfester. Konrad dagegen verhielt sich wie ein grüner Schiffsjunge, der bestenfalls mit einem Schlauchboot auf einem Gartenteich gerudert war.

Seit ihr das aufgefallen war, und das war gleich nach seinem zweiten Besuch, fragte sie sich, warum er die Geschichte von der Ostsee aufrechterhielt. Mehrfach hatte sie versucht herauszufinden, was es mit ihm und der Ostsee auf sich hatte. Irgendetwas verheimlichte er ihr. Aber was?

»Er weicht mir aus und wechselt das Thema, wenn ich auf diese Zeit zu sprechen komme«, hatte sie oft überlegt. Er machte ein Geheimnis aus seinem Leben, aber gerade das machte diesen stattlichen Mann unheimlich sexy und attraktiv. Sie wollte unbedingt mehr über ihn erfahren.

Hinzu kam, dass ihre Segelschülerin Hella standfest behauptete, ihn zu kennen. Sie hatte ihn während des Auslaufens aus dem Hafen durch das Fernglas beobachtet. Die Crew hatte ihn gerufen, und er hatte zurückgewunken. Dabei hatte sie sein Gesicht gesehen und sofort behauptet: *Den kenne ich. Den habe ich schon mal gesehen.* Allerdings wusste sie nicht mehr, woher sie ihn kannte. Nur eines wusste sie definitiv: Es hatte nichts mit der Ostsee zu tun. Wie konnte Hella ihn kennen, wo er doch gerade erst hierher gezogen war?

Inzwischen hatte Martina Zielger wieder das Ruder übernommen und lief in den Hafen ein. Routiniert steuerte sie die Box der VOYAGER an.

»Das war ein toller Ausflug, Martina, danke«, sagte Reiners beim Abschied und sah ihr tief in die Augen. »Kommst du heute Abend rüber zu mir? Ich habe noch eine gute Flasche Rotwein.«

Sie nickte und sah ihm grübelnd nach, während er

auf sein Boot zuging. Konrad hatte geschäftlich zu tun. Seine Firma brauchte mal wieder seine Hilfe. Das hatte er ihr bereits vor dem Auslaufen gesagt.

Ihr Handy klingelte und lenkte sie von ihren Überlegungen ab. Sie meldete sich.

»Ich bin's«, hörte sie, »wie sieht es aus? Können wir uns sehen?«

»Natürlich.«

»Gleiche Stelle, gleiche Zeit?«

»In Ordnung. Ich komme«, antwortete sie und legte auf. Gleich darauf klingelte ihr Handy erneut.

»Ah, Martina, gut, dass du da bist. Ich bin's, Hella. Es ist mir wieder eingefallen.«

»Was meinst du?«

»Na, woher ich ihn kenne!«

»Du meinst …?«

»Genau. Der Typ, den wir durchs Fernglas beobachtet haben, heißt tatsächlich Konrad Reiners.«

»Das ist gut, aber das ist nichts Neues.«

»Das weiß ich. Was du aber sicher nicht weißt, ist, dass er gar kein Unternehmer im Ruhestand ist, wie du vermutet hast. Er ist Kommissar und hat vor einiger Zeit sogar diesen Mordfall am Untersee gelöst. War groß in allen Zeitungen. Aber das ist noch nicht alles, meine Liebe! Stell dir vor, der Mann ist glücklich verheiratet!«

25

»Endlich!«, grunzte Konrad Reiners erleichtert und ließ sich samt einer Flasche Schwarzbier im Salon der Avalon auf dem Klappstuhl nieder. Den informellen Blick in das regionale *Abendblatt* verschob er auf später. Der Tag war anstrengend gewesen; nicht nur wegen des nervenaufreibenden Segeltörns mit Martina.

Der Fernseher war eingeschaltet, die Gemütlichkeit konnte kommen. Die SoKo Leipzig verhaftete gerade den Täter, und Reiners quittierte ihren Ermittlungserfolg innerhalb von fünfundvierzig TV-gerechten Minuten mit einem zynischen: »Mein Gott, ist das realitätsfremd.«

Dann endlich war es Zeit für die Nachrichten, und einem entspannten Abend stand nichts mehr im Weg. Reiners hatte sogar ein Paar Scheiben Toastbrot bereit gelegt für den Fall, dass die Nilgans seiner Einladung vom Nachmittag folgen würde.

»Guten Abend, meine Damen und Herren.« Klaus Kleber begrüßte gerade die Zuschauer des *heute-journals*, als Reiners ein heiseres Schnattern hinter sich vernahm.

»Oh, du bist ja tatsächlich gekommen. Sogar pünktlich zu den Nachrichten«, begrüßte er den gefiederten

Neuankömmling freudig. »Eine Scheibe Toast gefällig?« Er nahm das Brot, zerpflückte es und reichte die Krumen an die Gans auf dem Fingersteg weiter. Sie packte zu, als wäre Schmalhans wochenlang ihr Küchenmeister gewesen.

»Na, na, nicht so hast …« weiter kam er nicht, denn Klaus Klebers neueste Meldung erforderte Reiners' volle Aufmerksamkeit.

»… kommen wir nun zu einem spektakulären Vorfall in einer mysteriösen Mordserie«, hörte Reiners den Nachrichtensprecher sagen. »Offenbar ist der kürzlich am Obersee tot aufgefundene Spediteur Ulrich Mellwig ein weiteres Opfer einer internationalen Verbrecherbande geworden. Das Projektil aus dem Körper des Spediteurs, ein Kaliber 7,65 mm, deutet auf diese Verbindung hin. Mit genau dieser Waffe wurden bereits sieben Männer in Polen, Litauen und der Ukraine erschossen. Sie alle werden dem ›Organisierten Verbrechen‹ zugerechnet. Die Polizei und Interpol tappen bezüglich des Tatmotivs noch völlig im Dunkeln. Ob und wie der bisher unbescholtene Spediteur Mellwig mit der Russenmafia in Verbindung gestanden hat, steht noch nicht fest. In einer Stellungnahme sagte der leitende Staatsanwalt Neuner: ›Ich werde alles in meiner Macht Stehende tun, um diese scheußliche Verbrechensserie aufzuklären. Das hat Vorrang vor allem.‹«

»Dieser Neuner!«, echauffierte Reiners sich, »weiß nichts, tut nichts und gibt Interviews!« Er schüttelte den Kopf. »Was hältst du von diesem eingebildeten Schnösel«, fragte er seinen gefiederten Gast, der inzwischen hinter ihm auf dem Steg Platz genommen hatte und mit langausgestrecktem Hals auf den Fernseher starrte. »Der kümmert sich doch nur persönlich um die Angelegenheit, weil Mellwigs Leiche zufällig am Wasser gefunden worden ist.«

Die Nilgans schnatterte und Reiners deutete das als Zustimmung. »Habe ich es doch gewusst. Du bist der gleichen Meinung!«, konstatierte Reiners und trank einen großen Schluck Bier.

Wieder schnatterte die Gans, doch dieses Mal verpasste sie Reiners einen Schnabelstüber, was ihn prompt nach der nächsten Scheibe Toastbrot greifen ließ.

»Kannst du mir mal sagen, wieso der Kleber davon weiß und ich noch nicht?!«, brummte Reiners und verfütterte den Toast. Dann griff er nach seinem Handy, das genau in dem Moment klingelte.

»Ich bin's, Peter«, hörte Reiners ohne große Einleitung. »Ich wollte dich nur kurz auf den Stand bringen.«

»Ich weiß es schon«, unterbrach er seinen Kollegen. »Mein neuer inoffizieller Mitarbeiter Klaus Kleber hat mich gerade ausführlich informiert. Ich könnte aus der Haut fahren, Peter. Es gibt Dinge, die muss ich vor ihm wissen. Ist das klar?« Reiners sprach eindringlich und hütete sich gleichzeitig, zu laut zu sprechen. Dieses Gespräch war nicht für die Bootsnachbarschaft gedacht.

»Das war Neuner, dieser TV-geile Mistkerl«, verteidigte Hump sich prompt. »Die Ballistik hat ihm vorab die Untersuchungsergebnisse zugespielt und mich mal wieder übergangen!« Hump war aufgebracht und schimpfte weiter. »Er hat sich gleich an die Presse gewandt. Für mich sieht das so aus, als habe er ohne Not die Flucht nach vorn angetreten, denn belastbare Spuren oder Hinweise haben wir nicht. Wenn die Mafia hinter unserem Mord steckt, dann prost Mahlzeit; dann sollten wir das BKA hinzuziehen.«

»Bist du verrückt? Das BKA? Warum nicht gleich die Bundespolizei oder die GSG9?!«, warf Reiners ein, und auch die Gans schnatterte ihre Meinung dazu. Gedämpft sprach der Kommissar weiter: »Erst einmal brauche *ich* sämtliche Informationen, Peter. *Du* beschaffst sie mir. Ich will wissen, was dieser Kleber weiß, und noch mehr. Hier im Hafen bin ich taub und blind. Das muss sich ändern. Sonst lösen wir diesen Fall nie. Organisierte Kriminalität, Peter, hier bei uns auf dem platten Land? Hast du so etwas Bescheuertes schon mal gehört?«

»Ich tue, was ich kann, Konrad. Ich besorge dir die Informationen. Aber das kann dauern. Ich habe jetzt auch noch die Frauenleiche am Hals. Und Neuner nicht zu vergessen, der mich sabotiert, wo er nur kann.«

»Nun beruhige dich, Peter.«

»Auch wenn Neuner mich so hinstellt, als würde ich nichts auf die Reihe bekommen«, verteidigte Hump sich, »war ich nicht untätig. Ich habe Sachs' Alibi checken lassen. Seine Angaben stimmen. Sein Name steht auf der Passagierliste, und das Flugzeug ist pünktlich gelandet.« Hump nahm tief Luft und berichtete weiter: »Außerdem habe ich die Öffentlichkeitsfahndung wegen unserer Wasserleiche eingeleitet. Die Medien sind informiert, ein Aufruf ist auf Facebook platziert, und das Abendblatt wollte es gleich heute bringen. Apropos Wasserleiche. Doc Fischer hat *mir* den Autopsiebericht zukommen lassen. *Mir,* verstehst du?! Der Doc ist ein guter Mann!«

»Aha, und was steht im Bericht?«

»Multiple Knochenbrüche, einige älteren und einige mittleren Datums. Ebenso unzählige Hämatome, einige davon frisch, dazu eine Platzwunde am Kopf, die von einem stumpfen Gegenstand herrührt. Fischer vermutet etwas Rohrähnliches. Außerdem hat sie eine Bisswunde auf der Zunge, die sie sich selbst beigebracht hat. Der genaue Tathergang ist noch ungeklärt, aber vieles deutet auf häusliche Gewalt hin. Allerdings weist Doc Fischer darauf hin, dass sie noch alle Zähne und einen intakten Kiefer hat. Weiter vermerkt er, dass sie kein Hörgerät hatte. Verstehst du, was er damit sagen will?«

»Er schließt damit häusliche Gewalt faktisch aus. Denn wenn jemand häuslicher Gewalt ausgesetzt ist, treffen ihn meist auch Schläge am Kopf. Das Trommelfell platzt, der Kiefer bricht, oder Zähne werden ausgeschlagen. Nur wenige Schläger achten darauf, wohin sie prügeln.«

»Ich verstehe. Trotzdem, vielleicht hat er sich bisher nur zurückgehalten. Die vielen alten Brüche und Hämatome sprechen eine andere Sprache, oder etwa nicht? Dieses Mal ist er allem Anschein nach echt ausgerastet und zu weit gegangen.«

Im Hintergrund bedankte Klaus Kleber sich bei den Zuschauern und gab an die Wetterfee ab.

»Apropos«, setzte Hump noch einmal an. »Bei mir hat sich ein Mitarbeiter der Spedition gemeldet. Ein gewisser Paolo Toni, ich bin ihm einmal kurz auf dem Speditionsgelände begegnet. Er hat gesagt, er habe wichtige Informationen und wolle mich noch heute Abend treffen.«

»Gut, mach das. Hast du sonst noch was für mich?«

»Ja, ich habe die Wasserschutzpolizei informiert. Die Suche nach dem Plattbodenschiff ist raus. Bisher keinerlei Rückmeldungen, alles negativ. Das war alles. Hast du noch etwas für mich?«

»Allerdings. Ich war heute Abend noch schnell im Büro und habe meine Mails gecheckt. Anschließend bin ich extra in den Nachbarort gefahren, wo mich niemand kennt, um mit meiner Frau essen zu gehen«, sagte Reiners und schob gedanklich ein *Nicht, dass sie noch auf falsche Gedanken kommt* nach. »Und, was meinst du, wen ich dort gesehen habe?«

»Keine Ahnung. Sag du es mir.«

»Ich habe einen verwegen aussehenden Mann mit längeren Haaren und einer Jacke, auf der *Mellwig und Sachs* stand, beobachtet. Deiner Beschreibung nach könnte es dieser Wischnewski gewesen sein. Er hat mit einer Frau in einem Café gesessen und ihr einen braunen Umschlag übergeben. Das sah ganz nach einer Geldübergabe aus.«

»Wem hat er denn den Umschlag …?«

Reiners hörte Humps Frage nicht mehr ganz, denn plötzlich schnatterte die Nilgans auf und flüchtete mit einem lauten Platsch ins Wasser. Gleich danach tauchte auch schon Martina Zielger auf; diese Verabredung hatte er vor lauter Mord und Totschlag total vergessen.

»Geldübergabe?«, fragte sie neugierig. »Von welcher Geldübergabe sprichst du?«

»Von deiner.«

26

»Tja, Frau Zielger«, begann Hump die Vernehmung und ließ die Beschuldigte nicht aus den Augen. »Ich habe einige Fragen an Sie.« Er hatte Martina Zielger gleich nach seinem Telefonat mit Reiners auf der Avalon abgeholt und zum Kommissariat gebracht. Nun saßen sie im Vernehmungsraum.

»Ich belehre Sie jetzt über Ihre Rechte. Sie können sich zu den erhobenen Vorwürfen äußern oder nicht zur Sache aussagen. Möchten Sie einen Anwalt zu diesem Verhör hinzuziehen?«

»Verhör? Soll das etwa heißen, dass ich festgenommen bin?« Martina Zielger schnaubte und starrte Hump wütend an. »Das ist eine Frechheit. Ich habe nichts verbrochen. Das habe ich nur diesem, diesem falschen Fuffziger zu verdanken. Los, raus mit der Sprache. Welche Lügen hat dieser *Undercover-Kommissar* denn über mich verbreitet?«

»Nun mal sachte, Frau Zielger. Er hat nur seine Arbeit gemacht. Es gibt Fälle, da muss die Polizei eben ungewöhnliche Wege beschreiten. Beruhigen Sie sich!«

»Beruhigen? Sie sind gut. Ich frage Sie noch einmal: Welche Lügen hat dieser »Privatier« über mich verbreitet?«

»Lügen? Wir sprechen hier von Fakten. Ein Fakt ist zum Beispiel Karsten Wischnewski. Was haben Sie mit ihm zu schaffen?«

»Karsten Wischnewski? Wer ist denn das?«

»Tun Sie doch nicht so. Sie kennen ihn. Groß, langes Haar. Sie haben sich mit ihm getroffen. Ziemlich subversiv, wenn Sie mich fragen.«

»Na und? Ich bin Single und treffe mich gelegentlich mit Männern. Ist das jetzt neuerdings verboten?«

»Nein, das sicher nicht. Aber wenn Sie sich mit einem Mitarbeiter Ihres ermordeten Stegnachbarn treffen und von ihm einen braunen Umschlag entgegennehmen, zieht man als Kommissar schon mal so seine Schlüsse.«

»Egal, welche Schlüsse Sie ziehen – sie sind falsch.« Martina Zielger sah Hump angriffslustig an.

»Ich sage Ihnen mal, was mir so durch den Kopf geht, Frau Zielger. Auf der einen Seite gibt es Karsten Wischnewski, der in einem direkten Bezug zu unserem Opfer steht. Sie leben in unmittelbarer Nähe von Ulrich Mellwig, treffen sich ausgerechnet mit diesem Karsten Wischnewski und nehmen offenbar Geld von ihm an. Für mich sieht das nicht nach einem Zufall aus. Eher wie die Bezahlung einer Auftragsmörderin.«

»Was?!«, kreischte Martina Zielger auf. »Ich soll Ulrich ermordet haben? Wie kommen Sie denn auf die Schnapsidee? Ich hatte nichts mit ihm zu tun. Wir waren Stegnachbarn, mehr nicht.«

»Frau Zielger. Irgendjemand hat Ulrich Mellwig nach dem Leben getrachtet, irgendjemand hat ihn umgebracht. Ich glaube zum Beispiel, dass *Sie* Ulrich Mellwig umgebracht haben. Ihr Alibi, alleine in Ihrer Koje geschlafen zu haben, ist ja nun mehr als dürftig, oder?«

»Wenn ich gewusst hätte, dass ich für diesen Abend ein Alibi brauchen würde, hätte ich mich zu einem Date verabredet. Ich bin bei genügend Partnerbörsen angemeldet, da hätte sich schon jemand gefunden.«

»Sie haben aber kein Alibi. Das ist ebenfalls Fakt. Niemand kann bestätigen, dass Sie den Schlaf der Gerechten geschlafen haben. Deshalb kommen Sie für uns als Täterin in Frage.«

»Ich war es aber nicht! Wie oft soll ich Ihnen das denn noch sagen?«

»Sie sind für die Schmutzarbeit engagiert worden. Als Stegnachbarin ist es für Sie einfach gewesen, nahe an Mellwig heranzukommen.«

»Warum sollte ich einen Menschen wegen ein paar Euros umbringen? So dreckig kann es mir gar nicht gehen, als dass ich so etwas mache. Und eine Pistole besitze ich nicht.«

Hump schwieg einen Moment. Während er nachdachte, beobachtete er sein Gegenüber weiterhin intensiv. »Möglicherweise«, begann er und formulierte seine neuen Überlegungen. »Möglicherweise haben Sie doch ein eigenes Motiv verfolgt. Sie sind offenbar auf der

Suche nach einem neuen Partner. Ulrich Mellwig war alleinstehend. Vielleicht hat er Sie abgewiesen, und Sie haben das nicht verkraftet.«

Martina Zielger schnappte hörbar nach Luft. »Ich habe schnell gemerkt, dass er nicht mein Typ ist.«

»Dann geben Sie also zu, dass Sie ihn näher kennenlernen wollten.«

»Er war allein. Ich auch. Da kann man es doch wohl mal versuchen, oder? Wir haben uns einmal getroffen, aber Ulrich war nicht wirklich interessiert. Er war abgelenkt, war in Gedanken ständig bei seiner Firma und schwärmte mir dauernd von seinem Papagei vor.«

»Kakadu, Frau Zielger. Der Papagei ist ein Kakadu.«

»Und wenn schon. Macht das einen Unterschied?«

»Er hat Sie also abblitzen lassen. Das hat Ihr Ego nicht ertragen. Sie haben ihn dann aus Rache erschossen. Als Strafe für sein Desinteresse, stimmt's?«

»Jetzt geht die Phantasie aber mit Ihnen durch, Herr Kommissar!«

»Sie glauben gar nicht, wie einfallsreich manche Leute sind, um ihre Taten zu rechtfertigen. Aber kommen wir doch noch einmal auf Ihre Aussage von vorhin zurück. Sie haben gesagt, dass es Ihnen gar nicht so dreckig gehen kann, als dass Sie Blutgeld kassieren würden. Warum sonst, frage ich Sie, hat Karsten Wischnewski Ihnen einen braunen Umschlag gegeben? Sie haben hineingeschaut und nachgezählt. Kommissar Reiners hat es beobachtet. Hat Wischnewski Sie für den Mord an Ulrich Mellwig bezahlt? Ist er Ihr Auftraggeber?«

Martina Zielger funkelte Hump böse an, blieb aber stumm.

»Und was haben Sie mit der Russen-Mafia zu tun?«, fragte Hump und erhöhte den Druck. »Schmuggeln Sie unter dem Deckmäntelchen Ihrer Segelschule für die Russen? Ihre Segelschule wirft keine Reichtümer ab. Sie leben am Existenzminimum und müssen andere Einnahmequellen auftun.«

»Jetzt habe ich aber genug. Sie mit Ihren wirren Spekulationen! Erst soll ich Ulrich umgebracht haben, und nun arbeite ich für irgendwelche Russen? Wissen Sie überhaupt, was Sie wollen? Sie fischen doch im Trüben! Aber«, sagte Martina Zielger und machte eine nachdenkliche Miene, »ich glaube, ich weiß jetzt, wen Sie meinen. Großer Typ, langes Haar, ja? Dass der Wischnewski heißt, hatte ich total vergessen. Das war das einzige Treffen mit ihm. Alles war völlig harmlos. Er hat bei mir einen Segelkursus für seine Frau gebucht, ein Geschenk für ihren Geburtstag. Es soll eine Überraschung sein.«

»Warum sagen Sie das erst jetzt?«, fragte Hump. »Warum hat er Ihnen den Kursusbeitrag in einem Umschlag übergeben? Er hätte Ihnen das Geld doch auch überweisen können. Sie hätten sich dann weder konspirativ treffen müssen, noch wäre Wischnewski in Erklärungsnot geraten.«

»Seine Frau arbeitet bei seiner Bank. Sie hat die Kontrolle über die Konten und sieht jede Überweisung sofort.« Martina Zielgers Augen blitzten triumphierend. »Sie sehen also, alles hat eine ganz einfache Erklärung.«

»Ich werde das prüfen«, sagte Hump und notierte sich einige Eckdaten. *Warum hat sie das nicht gleich gesagt?*, überlegte er. *Warum zaubert sie eine solche Geschichte erst so spät im Verhör aus dem Hut? Das hätte sie doch auch gleich sagen können.* Die ganze Erklärung war einfach nicht überzeugend. Diese Zielger hatte etwas zu verbergen.

Er war sich zwar über ihr genaues Motiv noch im Unklaren, aber eines wusste er. Sie hatte etwas mit Mellwigs Ermordung zu tun.

»Vielleicht ist Wischnewski ja auch nur ein Strohmann und wurde zur Geldübergabe geschickt. Nun zeigen Sie sich doch endlich kooperativ. Es ist nur eine Frage der Zeit, bis ich Ihnen all das nachweisen kann.«

Martina Zielger blieb gelassen. »Herr Hump, ich sage nur: Se – gel – kur – sus!«

»Nun denn, dann bleiben Sie vorerst unser Gast. Ich sage nur: Flucht – ge – fahr. Morgen früh werden Sie dem Haftrichter vorgeführt. Er wird über die Fortdauer Ihres Aufenthaltes hier entscheiden.«

»Haftrichter? Gefängnis?!« Martina Zielger war außer sich. »Rufen Sie diesen Wischnewski sofort an. Er wird Ihnen alles bestätigen. Ich will jetzt gehen. Ich bin müde und will in meine Koje.«

»Daraus wird nichts.« Hump rief einen Bereitschaftspolizisten und meinte dann: »Abführen. Die Dame hat Vollpension gebucht.« An Martina Zielger gewandt sagte er: »Dann stehen Sie der Spurensicherung morgen früh auch nicht im Weg, wenn die Ihr Boot auf der Suche nach der Tatwaffe auf den Kopf stellt.«

27

»Was habe ich nur getan? Was habe ich nur getan?«, wiederholte Gunnar Schneider fassungslos. Der Morgenhimmel färbte sich bonbonfarben, und es versprach wieder ein schöner warmer Tag zu werden. Doch Schneider hatte keinen Sinn dafür. Er saß auf der Bugspitze seiner BALTRUM, hatte den Kopf in die Hände gestützt und starrte auf das grüne Seewasser. Schlafen konnte er schon seit Tagen nicht mehr. Er fror, doch er hatte keine Kraft, hinunter in den Bootsbauch zu steigen, um sich einen Pullover zu holen.

Jenny war fort. Für immer.

Und nun musste er auch noch samt Boot in Deckung gehen, was mit einem Boot von der Größe der BALTRUM gar nicht so einfach war.

Das Plattbodenschiff war lang und alt, älter als er selbst. Aber was war für ein Schiff schon alt? Hier und da mal schweißen, etwas schleifen und streichen, und schon war es wieder wie neu, jedenfalls wenn man genug Geld für den Unterhalt hatte.

Nun saß er hier fest. Er war nachts unter Volldampf aus dem Hafen gerauscht, ohne Lebensmittel und Wasser zu bunkern. Für solche Nebensächlichkeiten hatte er keine Zeit gehabt. Er hatte handeln müssen.

Der Wasserhahn spuckte inzwischen mehr Luft als Wasser aus. Für eine Kanne Kaffee und eine Katzenwäsche würde es wohl noch reichen. Aber dann würde er endgültig auf dem Trockenen sitzen.

Schon seit Tagen traute er sich nicht aus seinem Versteck heraus. Er hatte eine kleine seichte Bucht angesteuert. Sie war durch dichte Sträucher und Gräser geschützt und von der Seeseite her nicht einsehbar. Besucher erwartete er nicht, die meisten Boote hatten zu viel Tiefgang.

Ein Fernglas, das zur Bootsgrundausstattung zählte, hielt ihn auf dem Laufenden und war sein einziger Kontakt zur Außenwelt. Abgeschnitten von jeglicher Zivilisation beobachtete er die Vorgänge auf dem See, auch die Flusseinfahrt hatte er im Auge. Mitten in der Woche war nicht viel los. Die meisten Freizeitkapitäne gingen ihrer Arbeit nach; am Wochenende würde es hier anders aussehen.

Hin und wieder entdeckte er durch das Glas die Wasserschutzpolizei, die sich in den letzten Tagen, entgegen ihrer Gewohnheit, auffällig oft hier zeigte. Ihnen wollte er auf keinen Fall in die Hände fallen. Also verhielt er sich ruhig und wartete ab, bis das große blaue Boot mit dem weißen Aufbau wieder abdrehte.

Ob die den Toten schon gefunden haben und nun nach dem Mörder suchen? Schneider grübelte. *Höchstwahrscheinlich. Von Jenny können die jedenfalls nichts wissen.*

Nein, nein, die suchen niemanden, beruhigte er sich

selbst, *suchen sieht anders aus. Die verrichten nur ihren Dienst.*

Wesentlich mehr Furcht als die Wasserschutzpolizei jagte ihm allerdings ein anderes Boot ein. Es tauchte auf, kontrollierte akribisch die Ufer des Sees und verschwand dann wieder. Jeden verdammten Tag, den er hier festsaß. Der Skipper stand stets am Steuerstand und suchte mit dem Fernglas aufmerksam die Umgebung ab. Er fuhr langsam. Schon beim ersten Kontrollblick durch seinen eigenen Feldstecher hatte Schneider gewusst: *Der sucht mich! Der hat es auf mich abgesehen.* Er kannte den Mann und wusste, was ihm blühte, wenn er ihn finden würde.

Um sich nicht selbst zu verraten, ließ Schneider weder Motor noch Generator laufen. Deshalb gab es weder Strom noch Heizung. Das konnte er verschmerzen, doch bald würde ihn ein dringenderes Problem aus dem Versteck treiben.

Wassermangel.

Auf das Seewasser konnte er jedenfalls nicht zurückgreifen, auch wenn das naheliegend gewesen wäre. In den letzten Tagen hatte sich das Wasser, wie so oft in den vergangenen Sommern, bei warmem Wetter in eine neongrüne giftige Suppe verwandelt.

Die Blaualgen hatten Blütezeit.

28

»Reichst du mir bitte mal die Kabelbinder«, hörte Hump seinen Kollegen Reiners sagen. Reiners stand auf einer Leiter und half beim Aufbau. »Wenn ich die Lichterkette befestigt habe, sind wir fertig. Dann kann's losgehen.«

Es war früher Samstagnachmittag. In einer halben Stunde sollte das Hafenfest eröffnet werden. Der große Parkplatz in der Nähe des Hafenmeistergebäudes war zum Festplatz umfunktioniert worden. Freiwillige Helfer hatten ein großes Zelt aufgebaut, der überdachte Bierstand war zwar noch nicht ganz fertig, lockte aber schon erste Gäste an. Unter dem wagenradgroßen Schwenkgrill glühte Kohle, und auch das heiße Frittenfett im Imbisswagen wartete auf seinen Einsatz. Ein Shanty-Chor in Kapitänsuniform, von Gitarre und Schifferklavier begleitet, sang sich stimmgewaltig für das anstehende Konzert ein. Nach und nach füllte der Platz sich. Nicht nur für die Bootsbesitzer, sondern auch für die Dörfler der Umgebung war das Hafenfest ein beliebtes Ziel.

Hump grüßte seinen Kollegen im Vorbeigehen genauso wie andere Anwesende, und ließ sich nicht anmerken, dass er ihn gut kannte. Hump war im Hafen inzwischen gut bekannt. Einige Grüppchen steckten spontan ihre Köpfe zusammen, als sie ihn entdeckten. Er wusste nur zu genau, worüber sie lästerten. Die Spurensicherung an Bord der VOYAGER war definitiv niemandem entgangen. Martina Zielger schmorte noch auf Staatskosten. Obwohl Hump um die Dürftigkeit seiner Beweise wusste, hoffte er auf den Weitblick des Haftrichters.

»Gratuliere, Herr Kommissar, Sie haben Ulrichs Mörderin gefasst«, sprach Pit Becker ihn an. Der Hafenmeister kam schwungvoll auf Hump zu und begrüßte ihn. Becker hatte gerade sein Boot am Gästesteiger überprüft, mit dem er den Festgästen am Nachmittag kurze Rundfahrten anbieten würde. »Das ging aber schnell«, sagte er und schüttelte dann den Kopf. »Aber die Martina, das hätte ich nie gedacht.«

»Wir haben erste Verdachtsmomente, mehr nicht«, lautete Humps kurze Antwort. »Ich bin hier, um noch ein paar Informationen einzuholen. Ich habe ja noch nicht mit allen Bootseignern sprechen können.«

»Das können Sie heute bestimmt nachholen. Unser Hafenfest ist der Höhepunkt der Saison. Prima Stimmung und eine gute Kombüse locken immer. Das will niemand verpassen.«

Der Platz füllte sich weiterhin, und Hump entdeckte bald bekannte Gesichter. Gabi und Lukas Westhof von der LUCKY warteten auf die ersten Steaks vom Schwenkgrill. Rechtsanwalt Strohn, seit einem Tag Strohwitwer, stand an der Sektbar und flirtete heftigst mit der blutjungen Bedienung. »… wir könnten mit meinem Segelboot rausfahren«, hörte Hump ihn säuseln. »Du bist eingeladen. Ich kenne da ein lauschiges Plätzchen, an dem wir ungestört sind.«

Sogar eine Nilgans war unter den Festgästen. Sie stand in der Nähe der Würstchenbude und hypnotisierte die Brötchen in der Auslage.

Bei seinem Rundgang entdeckte er eine junge blonde Frau, die er nie und nimmer beim Hafenfest vermutet hätte. Er ging auf sie zu und sprach sie an. »Guten Tag Frau Mellwig.«

»Oh, hallo Herr Kommissar. Sie auch hier?«

»Ich bin noch immer auf der Suche nach dem Mörder Ihres Bruders.«

»Wie das?« Pia Mellwig war erstaunt. »Ich habe doch gehört, dass Sie eine eifersüchtige Stegnachbarin verhaftet haben. Stimmt das denn nicht?«

»Nicht ganz«, antwortete Hump. »Wir haben eine Verdächtige vorläufig festgenommen und prüfen nun die Beweislage. Aus ermittlungstaktischen Gründen kann ich Ihnen dazu nicht mehr sagen. Aber was machen Sie denn hier? Haben Sie das Boot Ihres Bruder übernommen?«

»Nein, das kann ich nicht. Ich habe keine Ahnung von Booten und werde es wohl verkaufen.« Pia Mellwig sah traurig aus. »Ich bin wegen Lora hier«, fuhr sie fort. »Sie ist bisher noch nicht wieder aufgetaucht. Sie muss furchtbar hungrig sein. Ich habe im Hafen einige Suchplakate aufgehängt und auch eine kleine Belohnung versprochen. Außerdem habe ich ihr ein paar Leckereien auf das Vorschiff gelegt. Vielleicht gelingt es mir so, sie einzufangen.«

»Ich verstehe«, meinte Hump. Reiners war mit seinen Hilfsarbeiten fertig und nickte ihm unauffällig zu. Als ein sportlicher Mann mit Nickelbrille auf Pia Mellwig zutrat, nutzte Hump die Gelegenheit, sich zu verabschieden. »Sie entschuldigen mich. Die Arbeit ruft«, sagte er und steuerte auf Reiners zu. Beide begrüßten sich, als würden sie sich erst seit kurzem kennen.

»Wie war dein Verhör mit Martina?«, raunte Reiners und tat so, als würde er Hump Rede und Antwort stehen.

»Frag nicht. Sie ist total wütend. Wenn die dich in die Finger kriegt, macht sie Fischfutter aus dir. Ich hoffe nur, dass uns der Haftrichter keinen Strich durch die Rechnung macht, und uns Zeit gibt, bis wir unsere Ermittlungen abgeschlossen haben. Nicht auszudenken, wenn die hier auftaucht und auf dich trifft.«

»Da hast du recht. Hoffen wir, dass es nicht so weit kommt. Wie war es denn gestern Abend? Du hast dich doch mit diesem Speditionsmitarbeiter getroffen«, hakte Reiners nach. »Was hat er gesagt?«

»Das war ein Schuss in den Ofen. Ich bin gleich nach dem Verhör mit Martina Zielger los und habe es gerade noch rechtzeitig zum Treffpunkt geschafft. Aber er ist nicht gekommen. Ich habe mir zwei Stunden lang die Beine in den Bauch gestanden und bin dann nach Hause gefahren. Telefonisch erreiche ich ihn nicht, es meldet sich nur die Mailbox.« Hump dachte für einen Moment nach. »Ich habe mir gestern Abend schon gedacht, dass er kalte Füße bekommen hat und abgetaucht ist. Aber ich bleibe an ihm dran. Spätestens Montagfrüh stehe ich in der Spedition bei ihm auf der Matte. Und? Wie sieht's bei dir aus?«

»Meine Tarnung steht noch. Ich bin integriert. Die Leute sind offen und freundlich.«

»Stell dir vor, ich habe gerade Pia Mellwig getroffen. Sie ist hier, um den Kakadu ihres Bruders einzufangen.« Hump sah sich um und deutete mit der Hand auf die junge Frau, die noch immer mit dem bebrillten Mann sprach. Die beiden hatten sich in Bewegung gesetzt und gingen langsam in Richtung der parkenden Autos.

»Das ist Pia Mellwig?«, fragte Reiners. »Was hat die denn mit Uwe Donhäuser zu tun?«

»Wie Donhäuser? Der Mann dort, das ist Donhäuser?«

Reiners nickte. »Das müssen wir klären, bevor die sich aus dem Staub machen. Ich will wissen, was ausgerechnet die beiden sich zu erzählen haben.«

Doch bevor Hump den beiden folgen konnte, fiel sein Blick auf eine dunkelhaarige Frau, die sich wie eine Lokomotive energisch einen Weg durch die Besucher bahnte.

Hump boxte Reiners leicht in die Rippen und lenkte seine Aufmerksamkeit auf die Person. »Konrad, ›the worst case‹ ist gerade eingetroffen.«

Als Reiners sie sah, duckte er sich blitzschnell und murmelte: »Martina! So ein Mist! Wie konnte das denn passieren?«

»Was weiß ich?«

»Dann finde es heraus! Ich muss hier weg. Sonst wird man sich noch über Jahre hinaus an dieses Hafenfest erinnern. *Du* kümmerst dich um Martina. Lenk sie ab, halte sie auf – was auch immer. *Ich* kümmere mich derweil um Mellwigs Schwester.«

Hump nickte, und Reiners machte sich, noch immer geduckt, davon. Er schlug einen weiten Bogen um die Seglerin und folgte Pia Mellwig und Uwe Donhäuser. Wenig später verlor Hump sie in der Menschenmenge aus den Augen. Er wunderte sich über das seltsame Paar. Wollte Donhäuser doch noch späte Rache? Und Pia Mellwig an das Erbe? Hatte sich da ein Pärchen gefunden, das Ulrich Mellwig tot sehen wollte? Aber warum gingen sie das Risiko ein, sich nach dessen Tod öffentlich zu treffen? Was hatte das zu bedeuten?

Martina Zielger war inzwischen bei einem Festbesucher stehen geblieben und unterhielt sich. Offenbar hatte sie sich etwas beruhigt.

»Hallo, Herr Sachs«, Hump war auf den Mann zugeschlendert und sprach ihn jetzt an. »Was machen Sie denn hier?«

»Welche Frage!« Sachs schien amüsiert. »Sie müssten doch anhand der Eignerlisten wissen, dass ich ein Boot hier liegen habe.«

Der ein Boot? Hat denn hier jeder ein Boot?? Verdammter Mist! Hump fluchte innerlich. Während er sich fragte, wie ihm das nur hatte entgehen können, stammelte er: »Aber ja doch, weiß ich. Natürlich. Ich dachte nur, die Spedition ließe Ihnen keine Zeit, hierherzukommen. Die ganze Arbeit und Verantwortung liegt ja nun auf Ihren Schultern. Welches Boot gehört Ihnen denn?«

»Das ist die *SUNDANCER*. Ein richtiges Geschoss«, mischte Martina Zielger sich ein. »2 × 250 PS. Die gehen ganz schön ab. Da komme ich mit meiner *VOYAGER* natürlich nicht mit.«

»Und wie kommt es, dass *Sie* hier sind?«, wandte Hump sich betont freundlich an die Seglerin. Simon Sachs verabschiedete sich und Hump konnte sich des Verdachts nicht erwehren, dass Sachs froh war, Martina Zielgers Fängen entkommen zu sein.

»Tja, mit mir haben Sie wohl nicht gerechnet, oder, Herr Kommissar? Staatsanwalt Neuner hat sich sehr gewundert, wieso ich bei der jämmerlichen Beweislage überhaupt festgehalten worden bin. Er hat sich mehrfach für das unprofessionelle Verhalten seines leitenden Kommissars bei mir entschuldigt«, sagte sie und fügte dann mit deutlicher Genugtuung hinzu: »Damit meinte er wohl Sie! Er hat heute Morgen mit Herrn

Wischnewski telefoniert, und der hat meine Angaben bestätigt. Genau so, wie ich es Ihnen bereits gestern Abend gesagt habe.«

Neuner, der schon wieder! Weiß der denn nicht, was er anrichtet? Hump kochte.

»Sie wissen nicht zufällig, wo Konrad ist?«, fragte Martina Zielger zuckersüß und reckte suchend den Hals. Hump hatte ihre Botschaft verstanden und antwortete entsprechend: »Tut mir leid, Frau Zielger, das weiß ich wirklich nicht.« *Und wenn ich es wüsste, würde ich es dir nicht sagen.*

Ohrenbetäubendes Gekreisch, das sogar die kräftigen Stimmen des Shanty-Chores übertönte, ließ die Köpfe der Besucher plötzlich herumfahren. Ein rosafarbener Kakadu kreiste mit lautem Geschrei über dem Festplatz, gefolgt von einer heiser schnatternden Nilgans. Beide schienen sehr aufgeregt zu sein. Als sein Handy vibrierte, verlor Hump die beiden Vögel aus den Augen.

»Hallo? Sind Sie Kriminaloberkommissar Hump?«, hörte er eine zögerliche Stimme.

»Ja, ganz recht, der bin ich«, antwortete er. »Was kann ich für Sie tun?«

»Hier ist Schwester Nina vom Sankt Elisabeth-Krankenhaus. Wir haben heute früh einen Notfall hereinbekommen. Ein Mann ist bewusstlos geschlagen worden. Er hatte keine Papiere bei sich, dafür steckte aber Ihre Visitenkarte in seiner Tasche.«

»Aha«, sagte Hump. »Kennen Sie denn seinen Namen, Schwester Nina?«

»Nein, mir ist weder der Name noch der Mann bekannt. Aber so wie es scheint, ist er Südländer; etwa vierzig Jahre alt. Er hat gelocktes Haar und ist von Statur eher klein und schmächtig.«

Hump wusste sofort, wen die Schwester da beschrieb.

Paolo Toni.

29

»Tom! Das ist er! Das ist er!« Vectra kreischte aufgeregt.

»Wen meinst du?«, rief Tom, während er mit schnellem Flügelschlag hinter Vectra herhetzte. Vor Hektik wunderte er sich nicht einmal darüber, dass Vectra ihre Stimme wiedergefunden hatte.

Tom hatte nach ihr Ausschau gehalten und war nach ergebnisloser Suche ausgehungert auf dem Hafenfest erschienen. Die Flügellosen dort hatten sich als spendabel erwiesen und ihm ein opulentes Mahl zukommen lassen. Als sein bis zum Bersten gefüllter Magen so sehr drückte, dass er eine Ahnung davon bekam, wie sich eine gefüllte Weihnachtsgans anfühlen musste, hatte er sich zum See aufgemacht. Er hatte ein paar Schlückchen getrunken und ein wohltuendes Bad genommen, als er Vectra mit einem Mal auf der White Beauty entdeckte. Sie hatte auf der Reling des Vorschiffs gesessen und mit einem Fuß etwas Fressbares gehalten, an dem sie mit Wonne knabberte.

»Vectra, da bist du ja«, hatte er ihr zugerufen. »Ich habe dich überall gesucht.« Toms Herz hatte einen kleinen Hüpfer gemacht. Er war begeistert von ihrem Anblick. Ein Traum in Rosa. Sie war einfach einzigartig.

Vectra hatte ihn nicht kommen sehen und war nervös zusammengezuckt, als er sie angesprochen hatte. Panisch hatte sie die Federhaube aufgestellt und vor Schreck ihr Futter fallen lassen.

»Wie geht es dir? Hast du deine Stimme inzwischen wiedergefunden?«

Vectra hatte die Flügel hängen lassen und mit dem Kopf geschüttelt.

»Schade, du könntest mir sicher einiges über den Tod deines Besitzers sagen.«

Vectra hatte genickt und ihre Federhaube spielen lassen.

Plötzlich kamen Kinder über den Steg gelaufen. »Da ist ja der Kakadu!«, riefen sie. »Jetzt bekommen wir die Belohnung.« Vectra war geflüchtet, noch bevor die Kinder den Kopfsteg betreten konnten. Sie war eine große Schleife um das Boot geflogen. Die Kinder hatten mit Toastbrot gewinkt, doch Vectra wollte alles andere, als von weichem Futter geködert zu werden. Tom dagegen paddelte wie magisch angezogen auf die Kinder und ihr Lockmittel zu. Nur noch wenige Paddeltritte, und er wäre am Ziel gewesen, voller Magen hin oder her …

Doch da kreischte Vectra abermals und holte ihn aus seinen Gedanken: »Tom, da ist er!«

Tom drehte ergeben ab und seufzte. Für so ein tolles, hilfsbedürftiges Weibchen wie Vectra verzichtete er sogar auf seine Lieblingsspeise. Nie hätte er das je für möglich gehalten. Er öffnete die Flügel, machte einen

Hüpfer und erhob sich von der Wasseroberfläche. Er folgte Vectra, die derart aufgeregt über dem Festplatz kreischte, dass sogar die Flügellosen die Köpfe nach ihr verrenkten.

»Wen meinst du? Hast du etwa den Mörder erkannt?«

»Ja!«, krächzte sie schrill. »Da unten. Das ist er.«

»Sag schon! Wer von denen ist es?«, fragte Tom atemlos, der in der Menge unzählige bekannte Flügellose ausmachte. Rechtsanwalt Strohn war ohne seine toastbrotspendable Frau dort. Er hatte sich gerade von der Sektbar verabschiedet und verließ das Hafenfest. Gabi und Lukas Westhof, immer für ein paar Happen gut, waren ebenso anwesend, wie der Hafenmeister.

Hump, der bei Martina Zielger und dem Spediteur Sachs stand, hatte er genauso entdeckt wie Kommissar Reiners, der sich tief geduckt an die Fersen von Pia Mellwig und Donhäuser geheftet hatte.

Uwe Donhäuser, bei dem noch nie ein Gefiederter einen Krumen hatte abstauben können, kannte er von Reiners' verkleideter Undercover-Befragung. Dieses Gespräch hatte er sich natürlich nicht entgehen lassen und es unter dem Steg treibend verfolgt.

Weit mehr Flügellose waren ihm jedoch unbekannt. Wen von all den Anwesenden meinte Vectra nur? Wer von ihnen war Ulrich Mellwigs Mörder?

»Er hat geschossen, es war so schrecklich! Hast du ihn gesehen?« Vectra schrie Zeter und Mordio.

Tom schüttelte sich, denn Vectras Stimme randalierte mächtig in den Ohren. »Wen meinst du? Dort unten sind so viele Flügellose.«

»Ich habe versucht, ihn zu markieren, aber es ist … danebengegangen.« Vectra war enttäuscht und Tom ratlos. Die Kakadudame redete wie ein Wasserfall, eigentlich kreischte sie unaufhörlich, und doch wusste Tom nicht, wen sie meinte. Zitternd vor Aufregung nahm Vectra wieder auf der Reling der WHITE BEAUTY Platz. Fahrig plusterte sie sich auf. Sie schlug ungehalten mit den Flügeln und machte Tom dann unmissverständlich deutlich, dass sie sich aus Furcht kein weiteres Mal in die Nähe des Mörders wagen würde. »Vielleicht vollendet er ja dann sein Vorhaben und bringt mich doch noch um.«

»Vectra, beruhige dich. Atme tief durch. Wenigstens hast du jetzt deine Stimme wiedergefunden. Alles wird gut«, sagte Tom und dachte gleichzeitig: *Wo ist nur der Knopf, um dieses Krakeelen abzustellen?*

»Alles wird gut? Ich habe ihn gesehen. Ich weiß, was er letzte Montagnacht getan hat. Aber verdammt, mir fällt sein Name nicht ein.« Vectra ließ die Flügel wieder hängen, ihre Federhaube morste unverständliches Zeugs.

Sie war verzweifelt und brauchte Hilfe, keine Frage. Doch von ihrer Anziehungskraft war binnen weniger Sätze nicht mehr viel übriggeblieben. Der Traum von einer gemeinsamen Zukunft war von Vectras unkontrollierbarer und hysterischer Stimme niedergeschrien worden. So etwas hielt selbst ein Dauergeschnatter gewöhnter Ganter nicht lange aus. Tom war schnell wieder in der Realität angekommen.

»Dann erzähl mir doch das, an was du dich erinnerst. Vielleicht fällt dir dann nach und nach alles wieder ein.« Tom, nun wieder ganz Ermittler, hoffte, dass dieses Rezept funktionieren würde.

»Ich erinnere mich an diesen fürchterlichen Abend. Ich habe auf dem Steuerrad gesessen«, begann sie mit nach innen gekehrtem Blick. »Uli, mein flügelloser Gefährte, hatte mir gerade ein paar frische Datteln serviert, als plötzlich jemand die Heckleiter hinaufkletterte. *Wir müssen reden*, hat er gesagt, und Uli hat ihm einen Stuhl auf dem Achterdeck angeboten. *Dann schieß mal los*, hat Uli geantwortet, nachdem er zwei Gläser und eine Flasche Wein aus dem Salon geholt hatte. Sie haben über die Diebstähle in der Spedition gesprochen und dass Uli den Verdacht hatte, sein Besucher sei nicht nur darin verwickelt, sondern der Kopf der Diebesbande.«

»Aha, und wer ist das?« Tom hoffte, dass Vectra den Namen, ohne lange nachzudenken, ausspucken könnte.

»Ich weiß es nicht. Ich habe ihn dir doch gezeigt. Wenn das mit der Markierung doch nur geklappt hätte.«

»Wie ist das Gespräch dann weiterverlaufen?«

»Zuerst haben sie gestritten. Nicht sehr laut, beide wollten nicht, dass die Bootsnachbarn etwas von der heiklen Besprechung mitbekamen. Später sah es so aus, als würden sie sich wieder versöhnen. Sie haben darüber verhandelt, wie der Schaden wiedergutzumachen sei, und dass er sich der Polizei stellen müsse. Aber das wollte der Besucher nicht. Er hat Uli Geld angeboten, wenn er von einer Anzeige absehen würde, doch Uli ist hart geblieben. Dann ist alles ganz schnell gegangen. Während mein Gefährte arglos am Tisch gesessen hat, ist der Besucher plötzlich aufgestanden. Er hatte eine Waffe in der Hand und hat sofort abgedrückt. Uli hat nicht einmal reagieren können.«

»Du warst bei dem Mord dabei? Ein Glück, dass dir nichts passiert ist.«

»Das kann man wohl sagen. Nachdem ich vor Schreck aufgeschrien habe, hat er versucht, auch mich zu töten. Obwohl ich vom Boot flüchten konnte, hat er noch auf mich geschossen. Ich bin dann eine Zeitlang umhergeflogen und habe mich dann oben auf die Querstange am Segelmast der LUCKY gesetzt und ihn weiter beobachtet.«

»Und, was hat der Mörder gemacht?«

»Er hat die Gläser und den Wein in die Pantry gebracht, gespült und alles wieder an seinen Platz gestellt. Ich habe ihn durch die erleuchteten Bullaugen dabei beobachten können. Anschließend hat er das Achterdeck gesäubert und den Tisch abgewischt. Währenddessen ist die BALTRUM abgedampft.«

»Die BALTRUM? Du hast gesehen, wie die BAL-

TRUM ausgelaufen ist? Dann hat wohl doch jemand die Schüsse gehört.«

»Da war ein Scheppern, kurz bevor der Mörder auf mich geschossen hat. Ich glaube, das kam von der BALTRUM«, sagte Vectra und dachte nach. »Während ich kopflos umhergeflogen bin und nicht wusste, was ich machen soll, habe ich Gunnar über das Boot kriechen und die Leinen lösen sehen. Sehr, sehr seltsam, das Ganze. Aber was ging mich das an, was dieser Flügellose da mitten in der Nacht so trieb. Ich hatte schließlich ganz andere Sorgen.«

»Du hattest von dort oben einen guten Überblick. Du hast bestimmt noch mehr gesehen, stimmt's?«

»Ja, natürlich. Ich musste mit ansehen, wie der Mann Uli unter Ächzen und Stöhnen in den Tender der LUCKY verfrachtet hat. Du musst wissen, das Schlauchboot liegt immer locker vertäut vor ihrem Bug, quasi zur freien Benutzung. Es war ein Montag, an Bord der LUCKY war niemand, und die BALTRUM war fort. Deshalb hat niemand etwas bemerkt. Ich habe mich währenddessen ganz ruhig verhalten, damit er nicht auf mich aufmerksam wird. Ich wollte kein Risiko eingehen.«

»Gut gemacht«, lobte Tom. »Da hast du ja einiges erlebt!«

»Das kannst du laut sagen«, kreischte Vectra. »Als das Beiboot abgelegt hat, bin ich ihnen unbemerkt gefolgt. Unterwegs hat der Mörder die Waffe dann in den

See geworfen. Im Schilf, drüben am Westufer, hat er meinen Gefährten aus dem Boot gezerrt, abgelegt und anschließend den Strand mit einem Schöpfeimer aus dem Beiboot geflutet.«

»So hat er seine Spuren beseitigt. Das deutet auf jeden Fall auf jemanden hin, der weiß, was er tut. Aber woher weißt du das alles? Der Mörder hätte dich doch sehen müssen.«

»Na, was denkst du? Ich habe still und leise auf demselben Baum gesessen, von dem aus auch du der Polizei bei ihrer Arbeit zugesehen hast.«

»Dann warst du das also? *Du* hast mich beobachtet?«, fragte Tom rein rhetorisch. Er erinnerte sich nur zu gut an den Moment, als er auf dem Damm gestanden und Neuners Zeugenbefragung belauscht hatte. Das seltsame Gefühl in seinem Nacken hatte nun eine Erklärung gefunden.

»Ich habe gehört, du hattest des Öfteren Besucher an Bord, wenn dein Gefährte in der Spedition war. Kannst du mir etwas über die Treffen sagen?«

»Ich, Besucher?« Vectras Federhaube spreizte sich und signalisierte Erstaunen. »Ich habe nie Besucher gehabt. Meine Gesellschaft hat ausschließlich aus Köchen bestanden, dabei sehe ich doch viel lieber Telenovelas. Da passiert wenigstens etwas. Schmachtende Liebe, teuflische Intrigen, manchmal auch ein kleiner Mordanschlag. Was denkst denn du, woher ich sonst gewusst hätte, was eine Waffe ist?«

»Vielleicht von der Mafia?«

»Mafia?«, echote Vectra.

»Hunter und Stella haben verdächtige Äußerungen gehört. Du hast in der Flügellosensprache Sachen gesagt wie *da haben wir den Salat* – oder *den grillen wir*. Was hast du damit gemeint?«

»Das ist doch klar wie Kloßbrühe!«, giggelte Vectra. »Mafia …? Ich verstehe gar nicht, wie diese dummen Hafengänse das missverstehen konnten. Tim Melzer macht hervorragende Salate, genauso wie Johann Lafer. Und gegrillt haben wir meistens Lachs, ab und an natürlich auch einen Barsch.«

Nun musste auch Tom schmunzeln. Diese gut informierten Hafengänse, also wirklich!

»Wenn mir doch nur sein Name wieder einfallen würde«, posaunte Vectra deprimiert, aber scharf. »Weißt du, was man dagegen machen kann?«

»Nein«, antwortete Tom und wünschte sich Ohrstöpsel. »Gegen so einen Gedächtnisverlust habe ich kein Geheimrezept.«

»Geheimrezept?«, Vectra horchte auf. »*Ich* habe ein Geheimrezept!« Sie legte eine künstliche Pause ein und warf Tom einen verschmitzten Blick zu. »Lachs an feinem Spinat im Blätterteigmantel.«

»Ach, Vectra, was soll denn das? Das geht nicht.« Tom konnte mit dieser Einlassung gar nichts anfangen.

»Das geht nicht?«, sagte Vectra enttäuscht, hatte aber

gleich Plan B parat. »Dann eben ein bisschen Pfeffer und Salz drauf – das geht immer.«

»Wie kommst du denn da drauf?« Tom plusterte sich auf. Nicht nur, dass sich eine arbeitende Kreissäge im Vergleich zu ihrer Stimme wie liebliche Kammermusik anhörte, nun hatte sie anscheinend auch noch eigenartige Visionen. Ihr Schock musste tiefer sitzen, als er vermutet hatte.

»Lafer, Lichter und Melzer, die sagen das.« Als Vectra Toms fragendes Gesicht sah, fügte sie erläuternd hinzu: »Das sind Köche aus dem Fernsehen. Uli hat in seiner Freizeit immer Kochshows gesehen. Kochen war doch sein Hobby. Und wenn er in die Spedition gefahren ist, hat er mir, damit ich mich nicht so allein fühle, den Fernseher eingeschaltet. Daher kenne ich viele Geheimrezepte. Möchtest du ein paar hören?«

»Danke, Vectra«, wiegelte Tom ab und wechselte schnell das Thema. »Du hast vorhin gesagt, du weißt, wo der Mörder die Waffe ins Wasser geworfen hat. Findest du die Stelle wieder?«

»Na klar. Ich bin ein Kakadu und keine Hafengans!«

»Wir müssen sie finden. Nur sie kann uns zum Mörder führen, Vectra.«

»Wir beide sollen die Waffe auf dem Seegrund finden? Denkst du vielleicht, ich bin ein Fisch?«

»Aber nein, Vectra. Ich habe einen Freund, der ist fast so etwas Ähnliches. Du zeigst ihm die Stelle, und er wird sie für uns rausholen.«

30

»*Du* bist ein Kommissar?! Erst einen auf gut Freund machen und mich dann auf perfide Art aushorchen, das ist eine richtige Schweinerei. Das sind ja Methoden wie beim Geheimdienst«, empörte Donhäuser sich.

Reiners war es gelungen, Pia Mellwig und den Ex-Spediteur zu verfolgen, ohne dabei von Martina Zielger entdeckt zu werden. Er hatte die beiden einmal in der Menschenmenge kurz aus den Augen verloren, aber dann doch am Parkplatz einholen können. Dort hatte er kurzerhand seinen Dienstausweis gezückt und die beiden zu einem Gespräch ins Kommissariat geladen.

Reiners befragte sie getrennt voneinander. Da Hump noch auf dem Hafenfest recherchierte, war Dennis Schuster der zweite Mann bei der Befragung. Er kümmerte sich ums Protokoll.

»Ich habe es dir doch schon gesagt. Ich habe mit dem Tod von Ulrich nichts zu tun. Er hat meine Firma gekauft. Fertig.«

»Der Kauf ist das eine, Herr Donhäuser«, antwortete Reiners. »Aber was haben Sie mit Pia Mellwig zu tun?« Reiners war von dem vertraulichen *du* beim ersten Gespräch zum förmlichen *Sie* gewechselt. »Haben Sie gemeinsame Sache mit ihr gemacht? Zusammen mit ihr den Tod von Ulrich Mellwig sozusagen als verspätete Rache geplant?«

»Konrad«, antwortete Donhäuser und korrigierte sich nach einem deutlichen Räuspern von Reiners. »Herr Kommissar, es ist nicht so, wie Sie denken.«

»Wie ist es dann? Erklären Sie es mir.«

»Das kann ich nicht. Nicht jetzt. Nicht zu diesem Zeitpunkt. Dafür ist es noch zu früh.«

»Sie stehen unter dringendem Mordverdacht, Herr Donhäuser. Was kann da zu früh sein? Trotzdem muss ich Sie darauf hinweisen, dass Sie keinerlei Angaben zur Sache machen müssen. Aber ich rate Ihnen dennoch dazu. Sie können mir alles sagen, Herr Donhäuser. Ich habe schon in Abgründe geschaut, die tiefer als der Grand Canyon waren. Reden Sie. Es wird Ihnen guttun.«

Donhäuser schüttelte den Kopf und rang sichtlich mit sich. »Also gut«, gab er seine Zurückhaltung auf. »Wir haben Stillschweigen vereinbart.«

»Pia und Sie?«

»Ja. Niemand sollte von unserem Kontakt wissen. Nicht, bevor nicht alles in trockenen Tüchern ist.«

»Was meinen Sie damit?«

»Pia und ich werden zusammenarbeiten. Sie hat zwar jetzt fünfundsiebzig Prozent der Firma, aber sie kann die Spedition nicht leiten.«

»Ist das der Job, von dem Sie bei unserer Unterhaltung am Steg gesprochen haben?«

»Ja, Pia und ich haben zu diesem Zeitpunkt schon in Kontakt gestanden und hatten die Eckdaten unserer Zusammenarbeit bereits ausgehandelt. Wir waren uns im Großen und Ganzen einig. Nur ein paar Details mussten noch geklärt werden. Auf dem Hafenfest haben wir uns allerdings tatsächlich nur zufällig getroffen. Pia ist wegen des Kakadus dort gewesen.«

»Weiß Simon Sachs von Ihrer neuen Tätigkeit?«

»Nein, Pia hat ihm noch nichts gesagt.«

»Wie kommt sie ausgerechnet auf Sie?«

»Weil ich gut bin«, antwortete Donhäuser selbstsicher. »Meine Bruchlandung hatte ja nun wirklich nichts mit dem Tagesgeschäft einer Spedition zu tun. Das habe ich immer im Griff gehabt, meine Fahrer und ich waren immer ein gutes Team, sonst hätten wir bis heute keinen so guten Kontakt. Pia hat den Verkauf meiner Firma damals mitverfolgt; ihr Bruder hielt sie während der Abwicklung auf dem Laufenden. Ulrich hat mich trotz allem für einen guten Spediteur gehalten, und Pia hat das gewusst. Ulrich hat ihr erzählt, dass ich den Verlust meiner Firma eigentlich meinem Steuerberater zu verdanken habe. Deshalb hat sie mich kontaktiert. Verstehen Sie, *sie* hat mich angesprochen – und nicht umgekehrt.«

»Sie hat doch einen Geschäftsführer. Warum übergibt sie Sachs nicht die komplette Führung?«

»Das habe ich sie auch gefragt, aber sie braucht jemanden, dem sie vertrauen kann, der ihre Interessen uneingeschränkt vertritt. Pia ist doch für alle im Betrieb nur die »kleine Schwester«. Sie glaubt, dass Sachs über ihren Kopf hinweg entscheidet, sobald er die Kontrolle über die gesamte Spedition hat. Sie braucht einen Verbündeten.«

»Und den hat sie in Ihnen gefunden?«

»Aber ja. Pia tritt in wenigen Tagen ihre Stelle im Vogelpark an. Dann beginnt auch meine Arbeit in der Spedition. Sie will Sachs erst kurz vorher darüber informieren, damit er nicht komplett aus allen Wolken fällt, wenn ich plötzlich auf der Matte stehe. Er wird toben, keine Frage. Er hat sich Hoffnungen auf Pias Anteile gemacht, aber er kann an ihrer Entscheidung nichts ändern. Weder mit Worten noch gerichtlich. Dazu fehlt ihm die Majorität. Er wird mit mir zusammenarbeiten müssen, ob es ihm passt oder nicht.«

»Das hört sich nach einer zwar nicht ganz sorgenfreien, aber insgesamt guten Zukunft für Sie an. Es geht bergauf, nicht wahr?«

»Ja, das geht es. Ich stehe bereits mit den Banken in Verhandlung, um meine Schulden schneller abzubezahlen und aus der Privatinsolvenz herauszukommen. Sie haben mir bereits ihr Entgegenkommen signalisiert. So traurig Ulrichs Tod auch ist – für mich ist er auch eine Chance.«

»Eine letzte Frage habe ich noch. Wo waren Sie in der fraglichen Nacht, also von Montag auf Dienstag der vergangenen Woche?«

»Ich habe mir gedacht, dass die Polizei mich irgendwann danach fragt. Glücklicherweise ist mein Alibi hieb- und stichfest. Ich bin oben an der Küste in einer Werft gewesen. Dort habe ich für mein Schätzchen einen Impeller bekommen. Ein altes Original, ein Einzelstück, sonst hätte ich einen ganz neuen Motor kaufen müssen, und das hätte meine derzeitigen Finanzen bei weitem überschritten.«

»Dann haben Sie sicher eine Quittung. Die brauche ich, genauso wie die Adresse der Werft. Wir werden das prüfen.«

Pia Mellwig machte wenig später eine ähnliche Aussage und bestätigte damit Donhäusers Angaben. Ihr Alibi war eine Freundin, mit der sie ausgegangen war. Auch dies galt es noch zu prüfen.

Reiners ließ die beiden nach Unterzeichnung der Protokolle gehen. Anschließend rief er Hump an und informierte ihn über die Aussagen von Donhäuser und Mellwig. Von ihm erfuhr er im Gegenzug, dass Martina Zielger das Fest verlassen hatte. Die VOYAGER war mit einer neuen Segelcrew zu einem Übungstörn aufgebrochen.

Seiner Rückkehr zum Fest stand demnach nichts mehr im Weg.

31

Wenig später hatten Tom und Vectra ihre Freunde gefunden. Tom brachte seinen Assistenten Rio auf den neuesten Stand. »… dann hat Reiners seine Mails gecheckt und später Martina Zielger bei einer Geldübergabe beobachtet.«

»Mails gecheckt?«, fragte Rio und warf Tom einen betrübten Blick zu. »Fängst du jetzt schon wieder damit an? Du hast bei unserem letzten Fall schon ein Wissen an den Tag gelegt, da kann sich ein gemeiner Kormoran wie ich es bin, einfach nur wundern. Woher weißt du das denn alles? Ich habe gedacht, damit wären wir durch.«

»Auf einem Campingplatz hört man so manches«, mischte Princess sich ein, die sich wie schon so oft in Rio und Lutras Gesellschaft befand. »Mails, das sind kleine wichtige Nachrichten, die man auf einem Computer verschicken kann. Du weißt doch, was ein Computer ist, oder Rio?«

»Ehm, klar, weiß ich das«, sagte Rio, in einem Ton, der eher das Gegenteil ahnen ließ.

»… außerdem hat Vectra ihre Stimme wiedergefunden«, lenkte Tom das Gespräch schnell wieder in die richtige Richtung. Er hatte nun wirklich keine Lust,

Rio von seinen Fernsehabenden bei Ede oder anderen Flügellosen zu berichten und damit sein Geheimnis preiszugeben. Keiner seiner Artgenossen wusste von seiner heimlichen Leidenschaft. Sie alle vermuteten, seine Vorliebe für Toastbrot sei der Grund für die häufigen Besuche im Hafen oder auf dem Campingplatz.

»... und sie hat den Mörder ihres Gefährten identifiziert.«

»Ja und? Wer ist es?« Sechs neugierige Augen fixierten Vectra.

»Sie weiß den Namen nicht mehr«, antwortete Tom, bevor Vectra etwas sagen konnte. »Ich denke, sie leidet an partieller Amnesie. Aber sie weiß, wo der Mörder die Waffe in den See geworfen hat. Deshalb wollten wir euch bitten, nach der Waffe zu tauchen. Ich möchte sie den Kommissaren geben, damit sie in dem Fall endlich weiterkommen. Die beiden treten ja mächtig auf der Stelle, und so, wie ich das sehe, haben sie keinen vernünftigen Plan. Sie brauchen dringend tatkräftige Unterstützung. Würdet ihr uns helfen?«

»Ist das aufregend. Natürlich helfen wir, nicht wahr, mein Schatz!«, rief Lutra und flatterte mit den Flügeln. »Komm, Vectra, dann zeig uns mal die Stelle, wo wir tauchen sollen.«

Vectra führte ihre neuen Freunde zu dem Platz, an dem der Mörder die Waffe aus dem fahrenden Boot ins Wasser geworfen hatte. Während Rio und Lutra sofort abtauchten, ließ sie sich auf einer Markierungsboje nieder. »Wieso finden die die Waffe nicht?«, krächzte sie schrill und ungeduldig, obwohl die beiden Kormorane gerade erst abgetaucht waren. »Das kann doch nicht so schwer sein, dieses Ding da unten zu finden.«

»Bist du dir sicher, meine Liebe, dass dies hier der richtige Ort ist?«, fragte Lutra sie vorsichtig, nachdem sie ohne Fund wieder aufgetaucht war.

»Zweifelst du etwa an meinen Angaben?«, antwortete Vectra spitz. »Natürlich ist es hier.«

»Da unten ist nichts als Schlamm, Sand und Steine.«

»Dann musst du eben besser suchen. Wenn ich dir sage, dass die Stelle hier ist, dann ist die Stelle auch hier.«

»Komm, mein Schatz«, lenkte Rio ein. Er hatte Vectras Gezeter anscheinend sogar unter Wasser gehört. »Wir versuchen es noch einmal. Vielleicht ist dieses Schrotding ja von der Strömung mitgerissen worden.«

»Ja, oder von einem großen Wels verschluckt worden!« Lutra war genervt und schien ihren Einsatz schon zu bereuen. »Ich suche freiwillig, lasse massenhaft Futterfische an mir vorbeiziehen und werde dann von so einem *Nichtschwimmer* der Unfähigkeit bezichtigt! Alles hat seine Grenzen!« Sie warf Vectra einen bösen Blick zu und tauchte ab.

»Du meine Güte, ist die aber empfindlich!« Während Vectra dies in ihrer unnachahmlichen Art kreischte, war Tom unter jedem ihrer scharfen Worte zusammengezuckt. Er hätte ein ganzes Toastbrot dafür gegeben, hätte er wie Rio und Lutra abtauchen können.

Dann, nach einer endlos erscheinenden Weile, stieß Rios Kopf wieder durch die Wasseroberfläche. Mit der Waffe im Schnabel.

»Wow, du bist echt ein toller Hecht, Rio. Du hast sie gefunden!« Lutras grüne Augen blitzten vor Stolz. »Du bist mein Held!«

»Pass auf, dass du nicht an den Abzug kommst und sich ein Schuss löst«, warnte ihn Princess. Sie hatte als jagdbares Wild eine gewisse Erfahrung mit Schusswaffen.

»Na endlich! Das hat ja ewig gedauert!«, kommentierte Vectra dagegen den Fund.

Tom schüttelte den Kopf. Er wunderte sich über ihr Verhalten. »Vectra, wir können froh sein, dass unsere Freunde für uns nach ihr gesucht haben. Wir beide hätten das nicht geschafft.«

Vectra sah ihn von der Seite an und stellte ihre Federhaube demonstrativ hoch. Ungehalten schlug sie mit ihren Flügeln. »Dafür sind Freunde doch da, oder etwa nicht?«

Das war in der Tat eine ungeheuerliche Definition von Freundschaft. Wie hatte er sich nur so irren können? Baja und auch die Hafengänse hatten genügend Andeutungen über Vectras Charakter gemacht, aber irgendwie war es den rosa Federn gelungen, sein Gehirn zu vernebeln. Doch der Nebel hatte sich jetzt gewaltig gelichtet. Vectra war inzwischen kaum noch zu ertragen, und Tom wünschte sie beinah zurück auf ihre Papageienstange.

»Ist das der korrekte Schroter? Sieh ihn dir mal an, Vectra. Nicht, dass hier noch mehr von den Dingern entsorgt worden sind«, fragte Rio. Er ruderte zur Markierungsboje und ließ Vectra einen Blick darauf werfen.

»Aber ja, das ist er. Als der Schuss losgegangen ist, hat sich … hat sich … verflixt, ich komme einfach nicht auf seinen Namen!« Vectra dachte angestrengt nach. Man konnte es ihr ansehen. »Jedenfalls hat sich der Mörder an der Hand verletzt. *Scheiß Schlitten!* hat er geflucht und sich die Hand gehalten. Ich glaube sogar, er hat geblutet.«

»Blut?! Dann kann man möglicherweise DNA isolieren und den Schützen identifizieren«, bemerkte Princess. »Was meinst du, Tom?«

Tom nickte zustimmend. Er wunderte sich, denn ihm war das Gleiche durch den Kopf gegangen, kaum dass Vectra es ausgesprochen hatte. Allerdings hatte er ein solches Wissen bei keinem anderen Anwesenden hier vermutet. Diese stille Gans hatte eine größere Tiefe, als er gedacht hatte.

Nach der Identifizierung der Waffe durch Vectra machten sich die Freunde zum Hafen auf, um sie Kommissar Reiners zu übergeben. Er brauchte dieses Beweisstück dringend.

Rio, an schwere Ladung gewöhnt, schwamm voraus. Niemand hielt Vectra auf, als sie davonflog, um auf der WHITE BEAUTY ein paar Leckereien zu naschen und dort auf ihre Ankunft zu warten. Die vier Freunde atmeten erleichtert auf, als sich ihr Kreischen mehr und mehr entfernte.

Der Morgen graute bereits, als sie den Hafen erreichten und in die breite Boxenzufahrt einbogen. Eine feine Öl- und Dieselspur verfärbte die Seeoberfläche regenbogenartig. Eine solche Spur deutete immer auf Probleme hin. Toms Blick folgte ihr und stieß auf die überaus hecklastige AVALON, die führerlos außerhalb ihrer Box dümpelte. Er wusste sofort, hier stimmte etwas nicht!

»Das Boot geht unter«, schnatterte er aufgeregt. »Der Kommissar schläft bestimmt noch. Wir müssen Alarm schlagen und ihn wecken!«

»Holt mich hier raus!«, hörte da Tom eine wohlbekannte Stimme schreien, kaum dass er zu Ende gesprochen hatte. »Holt mich hier raus!«

Vectra. Sie forderte Hilfe. Tom entdeckte sie auf dem Vorschiff der WHITE BEAUTY. Sie war in einem großen Papageienkäfig gefangen.

»Das geht jetzt nicht, Vectra. Der Kommissar ist in Gefahr. Bleib ruhig. Wir müssen zuerst dem Kommissar helfen. Dann kommen wir zu dir. Versprochen. Halte noch ein wenig durch.«

»Wie kann man nur einem Flügellosen den Vorzug

geben?«, zeterte Vectra. Tom und seine Freunde beachteten sie nicht weiter und schwammen zielstrebig auf die AVALON zu. Vectra drohte schließlich nicht zu ertrinken.

»Diesem Kommissar muss man ja ständig unter die unterentwickelten Flügelfortsätze greifen«, murrte Rio mit vollem Schnabel, noch bevor sie das Boot erreicht hatten. »Erst beschaffen wir ihm dieses Schrotdings, damit er in seinem Fall einen Schritt weiterkommt, und nun müssen wir ihm auch noch das Leben retten! Ich frage mich schon länger, wie Flügellose ohne gefiederte Unterstützung überhaupt existieren können.«

Rio flatterte heftig mit den Flügeln und versuchte aufzufliegen. »Ich muss jetzt erst mal sehen, dass ich dieses Dings hier loswerde«, presste er zwischen Schnabelhälfte und Waffe hindurch. »Dann helfe ich euch.«

»He, Kommissar, aufstehen!«, rief Tom. Auch Lutra und Princess gaben sich alle Mühe, den schlafenden Reiners aufzuwecken.

Rio hatte unterdessen nach mehreren Startversuchen nass und schwer beladen abheben können. Er flog dicht über die Wasseroberfläche und landete schließlich auf dem Fingersteg, der zur AVALONbox gehörte. Dort legte er die Waffe ab.

»Du kannst ja fliegen, auch wenn du nass bist«, wunderte Tom sich für einen Moment. Oft genug war das nasse Gefieder der Grund dafür, warum der allzeit hilfsbereite Kormoran nicht einsatzfähig war.

»Na klar«, zwinkerte Rio verschmitzt. »Wenn ich will, kann ich alles!«

Dank Rios starker Stimme verstärkte sich das alarmierende Geschnatter.

32

»Was ist denn das für ein Geschrei?«, fragte Reiners sich schlaftrunken. Er war müde und warf einen Blick auf seine Uhr. Es war kurz nach fünf, und es dämmerte bereits, wie er mit einem flüchtigen Blick durchs Bullauge seiner Koje feststellen konnte. Er hatte schlecht geschlafen und ständig das Gefühl gehabt, dass irgendetwas mit seiner Koje nicht stimmte. Sein Kopf brummte, und dieses furchtbare Geschnatter neben dem Boot ging ihm auf die Nerven. Das waren eindeutig Nachwirkungen des feuchtfröhlichen Hafenfestes. Das Auslaufen der VOYAGER hatte ihm die Rückkehr zum Hafenfest ermöglicht, wo er letztendlich versackt war.

Nun brummte ihm der Schädel, und das Geschnatter draußen auf dem See nahm einfach kein Ende. Schlaftrunken rollte er sich aus der Koje und verlor prompt das Gleichgewicht, als das Schiff sich unter der Gewichtsverlagerung bewegte. Er stürzte. Ohne Chance, sich irgendwo festzuhalten, landete er zwischen Koje und Bordwand. Reiners wurde nass. In der Achterkabine stand Wasser! Das war kein Traum und auch keine Nachwirkung des Hafenfestes. Das Heck der AVALON hatte sich derart gesenkt, dass man inzwischen durch das halbe Bullauge sogar Fischchen hätte schwimmen sehen können. Langsam, aber stetig stieg das Wasser in der Kabine.

»Wasser! Scheiße!«, fluchte Reiners. »Verdammt, wie kommt denn Wasser in das Boot?« Er hatte keine Erklärung dafür. Als er sich bewegte, sackte das Heck weiter ab.

»Scheiße!«, fluchte er nochmals und kämpfte sich hoch. Je mehr er sich jedoch bewegte, desto mehr Wasser schien in die Achterkabine zu quellen. Der Bug stach inzwischen aus dem Wasser.

Unter größter Anstrengung kämpfte er sich zur Kabinentür. Er war völlig durchnässt, der Pyjama vollgesogen, kalt und schwer.

»Verdammte Scheiße, hoffentlich ist das nur ein Albtraum!«, fluchte Reiners und sagte sich: »Ich muss nur wach werden!« Er stieß sich die nackten Zehen an der Treppe und jaulte vor Schmerz auf. Er war wach! Der vermeintliche Albtraum war Realität!

Obwohl es eigentlich schon warm war, bibberte er vor Kälte. Verzweifelt versuchte er, aus der Schlafkabine zu entkommen. Immer wieder rutschte er ab, seine schmerzenden Füße fanden auf den schräggeneigten Stufen kaum Halt. Seine stattliche Figur behinderte ihn massiv in dem engen Raum. Das ganze Boot rollte während seines verbissenen Überlebenskampfes bedrohlich hin und her.

Prustend und schnaufend zog er sich schließlich am

Handlauf die Stufen empor und erreichte den schiefstehenden Salon. Hier war es wenigstens trocken. Noch.

Nervös und mit klammen Fingern öffnete er den Persenning-Reißverschluss. Er hatte nur ein Ziel: runter von dem sinkenden Boot. Gerade noch konnte er einen weiten, rettenden Schritt auf den vermeintlich nahen Fingersteg verhindern. Mit Schrecken stellte er fest, dass das Boot aus der Box getrieben und der Steg etliche Meter entfernt war.

»Wie kann das denn passieren?«, wunderte er sich. Er hatte jedoch weder Zeit, um seinen nächsten Schritt zu überdenken, noch hatte er eine Wahl. Mit einem mächtigen Sprung rettete er sich ins Hafenbecken. Er war sich sicher, so betrunken konnte er nicht gewesen sein, als dass er die Leinen der AVALON gelöst hätte.

Er schluckte Wasser, hustete und prustete, als er wieder auftauchte. Die sinkende AVALON lag hinter ihm und schwankte in den Wellen.

Ein paar Minuten später, und ich wäre elendig ersoffen, dachte Reiners, der sich mit einem Mal über die Stille wunderte. Das Gekreische der Wasservögel hatte aufgehört. Zwei Nilgänse und zwei Kormorane schwammen ein paar Meter neben ihm und schienen den havarierten Flügellosen interessiert zu beobachten.

Der Sprung ins kalte Wasser hatte Reiners schlagartig wach und nüchtern gemacht. Er schwamm ans Ufer und kletterte erschöpft an Land. Niemand sonst hatte seinen Überlebenskampf bemerkt. Wäre da nicht dieses höllische Geschnatter gewesen, er hätte sich selbst nicht mehr retten können.

Völlig durchnässt und auf nackten Füßen machte er sich zur LUCKY auf. Mit Gabi und Lukas Westhof hatte er bis spät in die Nacht zusammengesessen und nach der alten Seemannsweisheit *Rum muss, Zucker kann, Wasser braucht nicht* gefeiert. Er würde sie wohl oder übel zu so unchristlicher Zeit aus der Koje werfen müssen.

»Ahoi, alter Freund, was machst du denn schon so früh auf den Beinen?« Lukas Westhof sah verschlafen aus und musterte Reiners. »Wie siehst du denn aus? Hast du etwa deine Koje nicht gefunden und bist ins Hafenbecken gefallen?« Er lachte schadenfroh.

»Nein, ich bin beinah mit der AVALON abgesoffen.«

»Der Konrad … hast aber schnell dazugelernt. Erzählst jetzt schon Seemannsgarn wie ein alter Pirat.« Das Lachen verging Lukas Westhof, als Reiners auf die vor ihrer Box treibende AVALON zeigte. Es sah nicht gut aus für das Boot.

Zehn Minuten später war die Feuerwehr vor Ort und leitete Rettungsmaßnahmen ein. Sie fing das Boot ein und sicherte es am Steg. Dann wurde das Wasser aus dem Bootskörper gepumpt.

Während die Arbeiten und das Pumpgeräusch mehr und mehr verschlafene Eigner aus ihren Kojen holte, trocknete Reiners, in Decken gewickelt und mit heißem Tee versorgt, bei Gabi und Lukas Westhof.

Hump erschien wenig später mit frischer Kleidung. Reiners hatte ihn gleich nach der Feuerwehr informiert. »Ich habe deine Frau nur mit Mühe davon abhalten können, mit hierherzufahren. Sie macht sich große Sorgen. Du möchtest sie gleich mal anrufen«, sagte Hump zum Erstaunen der Westhofs, denen Reiners am Vorabend bei Grog und Rum noch von seiner Scheidung berichtet hatte. »... und Neuner, den musste ich natürlich auch informieren.«

Nachdem Reiners seine Kleidung gewechselt hatte, machte er sich zusammen mit Hump auf den Weg zur Bergung. Die Arbeiten der Feuerwehr waren fast abgeschlossen.

»Ich weiß nicht, wie das passieren konnte«, stammelte Reiners.

»Möglicherweise haben Sie ein Ventil geöffnet, das unter der Wasserlinie liegt, Herr Kommissar«, hörte Reiners eine Stimme. Uwe Donhäuser hatte den Verdacht geäußert. Er stand unter den Schaulustigen.

»Ich habe kein Ventil geöffnet. Ich wüsste ja noch nicht einmal, wo eines ist.« Reiners war dermaßen neben der Spur, dass er Donhäuser nicht einmal strafend ansehen konnte, weil dieser gerade seine Tarnung hatte auffliegen lassen.

Die Pumpen der Feuerwehr arbeiteten unter Hochdruck. Das Heck der AVALON hob sich langsam, aber sicher. Ein Feuerwehrmann war in das Boot geklettert und suchte nach der Schadensursache.

Während Reiners ihn durch die Seitenfenster der AVALON beobachtete, hörte er eine aufgebrachte Stimme näher kommen: »Wie um alles in der Welt erkläre ich das nur meinem Freund, Herr Reiners?« Staatsanwalt Neuner war angesichts der in den Seilen hängenden AVALON fassungslos. »Der kündigt mir die Freundschaft! Wissen Sie eigentlich, was Sie da gemacht haben, Reiners? Sie haben da gerade Ihr Jahresgehalt versenkt!« Neuner war außer sich. »Für diesen Schaden werden Sie geradestehen, Reiners, so wahr ich Neuner heiße!«

Der Feuerwehrmann hatte seine Untersuchung im Boot abgeschlossen und stand inzwischen wieder auf dem Fingersteg. Er hatte etwas entdeckt und hob es auf. »Das hier könnte Sie interessieren!«, rief er.

»Das ist eine Walther PPK«, sagte Neuner fachmännisch, als der Feuerwehrmann das Fundstück präsentierte. »Lassen Sie mich mal sehen.« Neuner kramte ein Paar Latexhandschuhe aus seiner Jackentasche, streifte sie über und untersuchte die Waffe. »Das ist eine 7,65 mm. Mit dem Kaliber ist Ulrich Mellwig doch erschossen worden.«

»Und auch die sieben Männer im Ostblock«, gab Hump zu bedenken. »Die Waffe muss sofort in die Kriminaltechnik und anschließend zu den Ballistikern.«

»Ich habe bei der Überprüfung der Schadensursache übrigens etwas festgestellt«, mischte der Feuerwehrmann sich in die Unterhaltung ein.

»Sie wissen, wie das Wasser in das Boot kommen konnte?«, fragte Reiners.

»Ja. Im Motorraum, unterhalb des Salons, verlaufen Schläuche. Einer dieser Schläuche versorgt den Motor mit Kühlwasser, das durch einen Einlass im Rumpf unterhalb der Wasserlinie eingesogen wird. Und dieser Schlauch hat ein Loch.«

»Ein Loch?«, fragte Neuner, der die Tragweite dieser Aussage einschätzen konnte. »Ein Materialfehler?«

»Nein, kein Materialfehler. Da ist ein Stückchen herausgeschnitten worden. Das hier«, sagte der Feuerwehrmann und deutete auf die wassertriefende AVALON, »das hier war Absicht. Ich würde sogar noch einen Schritt weitergehen. Sie sollten sterben, Herr Kommissar. Das war ein Mordanschlag!«

33

»Wasser! Scheiße!«, war es klar und deutlich aus der AVALON zu hören gewesen. Kommissar Reiners hatte erst wie ein Rohrspatz gewettert und doch sich irgendwann unter Stöhnen und Fluchen aus dem Boot herausgekämpft und sich mit einem plumpen Sprung ins Wasser gerettet. Er war ungelenk ans Ufer geschwommen und wie ein müder Seehund an Land gerobbt. Der Kommissar war in Sicherheit, die Mission gelungen.

»Du entschuldigst uns«, sagte Lutra und funkelte Rio strahlend an. »Mein Held hier und ich haben noch etwas vor.«

»Ja, aber klar«, antwortete Tom. »Vielen Dank für eure tolle Hilfe. Ohne euch hätten wir die Waffe nicht finden und vor allem den Kommissar nicht retten können.«

»Keine Ursache, Tom«, sagte Rio und grinste. »Und wenn du noch einmal Hilfe brauchst … dann melde dich nicht. Wir haben zu tun.«

Ganz gleich, was Rio gesagt hatte, Tom wusste genau, wie er das meinte. Rio würde immer da sein, wenn Tom ihn wirklich bräuchte.

»Ja, ich habe auch noch zu tun. Ich muss mich um Vectra kümmern. Aber das schaffe ich schon alleine.«

Während die Kormorane davonflogen, machte Tom sich auf den Weg zur WHITE BEAUTY. Vectra saß dort schließlich noch in ihrem Käfig fest. Sie ihrem Schicksal zu überlassen war verlockend. Doch sie brauchte Hilfe, und er konnte und wollte sie ihr einfach nicht verweigern. Egal, welchen Charakter sie an den Tag gelegt hatte.

Als er die LUCKY erreicht hatte, hörte er Vectra panisch kreischen. »Nein! Nein! Tu das nicht!«

O je, Vectra war in Gefahr!

Hatte Ulrich Mellwigs Mörder den Käfig aufgestellt? War Vectra ihm in die Falle gegangen? Wollte er den einzigen Zeugen seiner Bluttat nun endgültig beseitigen?

Tom musste einschreiten. Vectra war in ihrem Käfig wehrlos. Er konnte nicht zulassen, dass sie in dieser Situation allein auf sich gestellt war. Zu gerne hätte er nun doch Rio an seiner Seite gehabt, dessen Entschlossenheit ihm hätte helfen können.

Ein paar Flügelschläge später hatte Tom die WHITE BEAUTY erreicht. Vectra schrie noch immer. »Nein, nein, das darfst du nicht. Ich will hier raus!«

»Vectra, ich komme und rette dich«, schnatterte Tom so laut er konnte. Vectra sollte wissen, dass Rettung nahte.

»Tom! Endlich! Nun mach schon. Hilf mir! Sie kommt!«

Tom umflog die WHITE BEAUTY und erkannte Pia

Mellwig auf dem Vorschiff. Sie war im Schlafanzug und hatte den Käfig mit Vectra in der Hand. »Bin ich froh, dass ich dich gesund und munter wiederhabe, Lora!«, hörte er Pia Mellwig mit Vectra sprechen. »Das war doch eine gute Idee von mir, hier zu übernachten, nicht wahr, meine Liebe? Wir fahren jetzt nach Hause, und dann bekommst du ein schönes Frühstück. Was hältst du davon?«

»Tom! Hilf mir. Ich kann nicht mehr in den Käfig zurück. Ich will fliegen, ich will frei sein.« Vectra randalierte in ihrem Käfig, während Pia Mellwig auf das Achterdeck zuging und dort nach einem Tuch griff.

Tom kreiste ratlos über dem Boot. »Vectra, ich weiß nicht, wie ich dir helfen kann. Ich würde ja gerne, aber ich kann dich nicht in Gefahr bringen. Wenn ich die Flügellose attackiere, lässt sie wohlmöglich den Käfig mit dir ins Wasser fallen. Das Risiko kann ich nicht eingehen.«

Vectra antwortete nicht mehr. Pia Mellwig hatte das Tuch über den Käfig geworfen und den Kakadu damit zum Schweigen gebracht. Wenig später hatte Pia Mellwig sich angekleidet und das Boot samt Käfig verlassen.

»Sie ist so schön«, sagte Princess, die Tom gefolgt war und nun am Heck der WHITE BEAUTY schwamm. »Schade, dass sie so eingebildet und hochnäsig ist.«

»Ja, das stimmt.« Tom paddelte nun neben ihr und dachte einen Moment nach. »Woher wusstest du das mit der DNA?«, fragte er Princess geradeheraus. Diese Frage beschäftigte ihn schon eine ganze Weile.

»Ach, weißt du, das habe ich mal bei den Flügellosen auf einem Campingplatz aufgeschnappt. Da hört man so manches. Vielleicht solltest du dich auch mal dort aufhalten.«

Ups, so einen Spruch hatte er Rio auch schon einmal reingedrückt.

Vectra hatte er nicht helfen können. Trotz allem würde sie das Leben eines verwöhnten Kakadus führen. Und Reiners?

Tom und Princess paddelten zurück zur AVALON. Eine Traube Flügellose hatte sich inzwischen auf dem Steg eingefunden. Als er eintraf, übergab ein Feuerwehrmann Neuner gerade die Waffe.

Gut gemacht, Rio, dachte Tom. *Das hast du wirklich gut gemacht. Die Flügellosen haben die Waffe tatsächlich gefunden.*

Reiners stand ebenfalls dort auf dem Steg. Zusammen mit Hump und dem Staatsanwalt. Eingehend diskutierten sie über die Waffe. Hier war erst einmal alles in Ordnung.

»Du entschuldigst mich, Princess. Ich habe noch etwas Wichtiges zu erledigen«, sagte Tom und flog davon.

Es wurde höchste Zeit, nach dem fliegenden Edelstein zu suchen.

34

Ein Eisvogel sollte Tom im Fall Klipper weiterhelfen können. Denn mit dem »fliegenden Edelstein« hatte Luffe, der Taubenhahn, diesen scheuen Vogel gemeint. Weil ihr türkis- und orangefarbenes Gefieder aber wie Juwelen in der Sonne schillerte, waren diese Winzlinge ausgesprochene Tarnungsexperten. Sie verharrten meist unbeweglich auf Sträuchern, deren Äste dicht über Wasseroberflächen gewachsen waren, und jagten von dort aus nach Fischchen, Kaulquappen oder Wasserinsekten. Einzig ihre Reviertreue war ein kleiner Lichtblick.

Nicht nur aus diesem Grund flog Tom noch einmal zu der Stelle, an der Klipper nach Bajas Beschreibung verschwunden war, und an dem es, laut Aussage von Luffe, möglicherweise doch einen Augenzeugen des hinterhältigen Katzenangriffs gegeben hatte. Ebenjenen Eisvogel.

Es war ohnehin unerlässlich, eine so wichtige Lokalität wie einen Verschwindeort mehrfach in Augenschein zu nehmen, da beim ersten Besuch meist so viele Eindrücke zu verarbeiten waren, dass einem möglicherweise einige Details abhandenkamen. Das ging nicht nur gänsischen Ermittlern so.

Tom landete am Naturstrand und stakste über Sand, Kieselsteine und feuchte Mauserfedern, aber auch über angeschwemmte Plastikflaschen, abgerissene Taue und Angelschnüre. Während der Strand mit Büschen, kleinen Bäumen und Gräsern bewachsen war und Deckung bot, war die sandige Uferwand steil, kahl und löchrig. Uferschwalben verwandelten solche weichen Wände mit ihren Röhrennestern immer wieder in einen Schweizer Käse, aber auch Eisvögel hatten diese Angewohnheit. Daher war die Chance, hier auf einen fliegenden Edelstein zu treffen, tatsächlich groß.

Die Uferschwalben waren noch immer eifrig mit der Fütterung ihrer Jungen beschäftigt und nahmen von Tom keinerlei Notiz. Eisvögel waren dagegen nirgendwo zu sehen.

Inzwischen war es später Vormittag geworden. In Toms Magen rumorte ein Wolf. Vor lauter Waffensuche und Kommissarenrettung war er wieder einmal nicht zum Frühstücken gekommen. Leckeres Toastbrot war weit und breit nicht in Sicht, deshalb blieb ihm nichts anderes übrig, als auf Kräuter und Gras zurückzugreifen. Während er lustlos auf Stängeln und Blättchen kaute, betrachtete er das Gelände um sich herum. Nun aber mit anderen Augen, den neuen Fakten angepasst.

Basisarbeit. Was sonst?

CSI'ler arbeiteten so.

»Deckungsmöglichkeiten gibt es reichlich«, murmelte Tom mit vollem Schnabel. Eine versierte Katze hätte hier leichtes Spiel. Ein schneller, leiser Spurt … Unachtsame Küken verloren leicht ihr Leben.

Da hörte Tom ein Pfeifen. Ein, zwei kurze Sequenzen; eindeutig ein Eisvogel im Flug.

»He, hallo! Eisvogel, bleib hier«, rief Tom rasch. »Bitte, ich brauche deine Hilfe. Ich muss dich etwas fragen.«

»Nun mach mal nicht so einen Wind, Tom«, antwortete eine kecke Stimme irgendwo am Ufer.

»Du kennst meinen Namen?« Tom war erstaunt und flog auf die Stimme zu. Das Frühstück musste wieder einmal warten.

»Es gibt nur einen Nilganter, der ständig Fragen stellt oder etwas wissen will. Du bist doch inzwischen bekannt wie eine bunte Krähe. Wer von dir bisher noch nichts gehört hat, der muss tatsächlich Muscheln in den Ohren haben – oder intellektuell minimalkonfiguriert sein«, antwortete die Stimme. Sein amüsiertes Pfeifen erinnerte Tom an einen Lachenden Hans.

»Komm, zeig dich«, forderte er den humorigen Pieper auf. Doch statt einer Antwort hörte er nur ein leises Plopp. Kreisrunde Wellen breiteten sich unter einem Ast ganz in seiner Nähe aus. Nur wenige Augenblicke später stieß ein blauschillerndes Federknäuel von unten durch die Wasseroberfläche. Es setzte sich auf den Ast darüber und schüttelte wohlig Wasserperlen aus dem Gefieder. In seinem langen, kräftigen Schnabel trug er ein heftig zappelndes Fischchen, beinahe so groß wie er selbst. Mit einer kurzen Kopfbewegung klatschte er seine Mahlzeit gegen den Ast, drehte es blitzschnell und ließ es mit dem Kopf voran in seinem kleinen Schlund verschwinden.

»Mmmh, lecker!«, schmatzte der Eisvogel zufrieden, putzte ausgiebig mit dem Schnabel durchs Gefieder und starrte wieder auf die Wasseroberfläche. »Bin ich nicht ein Bild von einem Eisvogel?«, fragte er Tom, ohne den Blick von seinem Spiegelbild zu nehmen. »Es gibt niemanden mit ähnlichem Glamfactor hier am See, stimmt's?«

»Ehm, also, ich kenne da ein Kakaduweibchen …«, begann Tom und brach mitten im Satz ab. Der Eisvogel bewegte seinen Kopf nach Vogelart hin und her, so dass er sich auf der wieder glatten Wasseroberfläche von allen Seiten gut betrachten konnte. Ganz gleich, was Tom auch gesagt hätte, der Eisvogel hätte es nicht gehört. Luffe hatte recht gehabt: Dieser Vogel war nur mit sich beschäftigt.

»Wie heißt du denn?«, musste Tom dreimal fragen, bevor der Eisvogel sich rührte.

»Oh, du meinst mich«, antwortete er verwundert. »Ich heiße Cobalt.« Er flatterte mit seinen kurzen Flügeln, die metallisch in der Sonne blitzten.

»Ich möchte dich wirklich nicht lange stören, Cobalt. Es geht um Klipper, ein Stockentenjunges, das im vorigen Sommer hier am Ufer verschwunden ist. Er ist von einer Katze attackiert worden, und ich wollte wissen, ob du den Angriff gesehen hast.«

»Ich?! Einen Mäusemörderangriff?« Cobalt kreischte übertrieben und plusterte sich hektisch auf. Der Ast wippte heftig mit. »Beim Riffler, nein! So was habe ich hier nicht gesehen.« Cobalt beruhigte sich jedoch rasch und starrte bald wieder verliebt auf seinen wässrigen Zwilling. »Ich bin wirklich schön, nicht wahr?«, sagte er begeistert und hielt dann aber inne. »Du hast Stockentenküken gesagt?! Du meinst eines dieser unauffälligen, gewöhnlichen Geschöpfe, die so hässlich sind, dass nur eine Mutter sie lieben kann?«

Tom schnappte nach Luft. Eine solch abfällige Meinung über paddelfüßige Artgenossen hatte er noch nie gehört. Doch Cobalt sprach weiter. »Mir ist da gerade etwas eingefallen. Ich hatte es schon fast vergessen.«

»Na, dann raus mit der Sprache. Ich bin ganz Ohr.«

»Ich habe mich im vorigen Sommer hin und wieder auch auf dem Campingplatz am Krähennest aufgehalten. Da gibt es einen Tümpel mit extraordinären Kiementieren darin, die meiner würdig sind. *Gold*fische. Von Silberfischchen halte ich dagegen gar nichts!«

»Was haben denn Goldfische mit meiner Frage nach Klipper zu tun?« Hörte sich dieser Schimmerling etwa genauso gerne reden, wie er sein Spiegelbild ansah? Waren das seine fünf Minuten Wichtigkeit?

»Nichts. Ich habe von meiner Sitzwarte aus einen der Goldkarpfen anvisiert, als eine große schwarze Katze hinter dem Geräteschuppen aufgetaucht und auf den Wohnwagen zugetrabt ist.«

»Sag bloß, die Katze hatte ein Entenküken im Maul!« Tom war ein Vollblutermittler und hatte den wahren Kern der Aussage gleich erfasst.

»Genau! Dieser Dachhase hat häufiger Mäuse oder kleine Ratten für die Flügellosen mitgebracht.«

»Für die Flügellosen mitgebracht? Nicht für ihre Jungen?«

»Nein, für die Flügellosen. Sie hielt sie anscheinend für miserable Jäger. Junge hatte sie nicht, da bin ich mir sicher.«

»Uff«, quakte Tom und war froh darüber, dass Klipper kein Katzenwelpenspielzeug geworden war!

»Zuerst haben die Flügellosen gar nicht bemerkt, was diese Catwoman für Arme ihnen da mitgebracht hatte«, sagte Cobalt und vertiefte sich wieder in seinem Spiegelbild.

»Und dann?«

»Ehm«, Cobalt riss sich mit einem tiefen Seufzer von seinem Anblick los. »Sie hat das unansehnliche Ding vor dem Wohnwagen abgelegt und sich daneben gesetzt. Es sah ganz so aus, als wartete sie auf einen Dank für die Futterlieferung.«

»War das Küken … tot?«

»Es war feucht vor lauter Katzensabber, und die hat es auch nicht gerade aufgehübscht. Es sah eher wie Katzengewölle aus, hat ganz verdreht dagelegen und sich nicht mehr bewegt. Ein Flügelchen sah ziemlich gebrochen aus.«

»O je!«, entfuhr es Tom. »Was ist dann passiert? Was haben die Flügellosen gemacht?«

»Als sie das Küken entdeckt haben, haben sie mit der Katze geschimpft. *Was hast du denn nun schon wieder gemacht, du böse, böse Katze.* Dann hat sich dieses wenig stylische Plattfüßchen plötzlich bewegt. Die Katze hat reflexartig danach geschnappt und ist mit der Beute geflüchtet. Das Köpfchen und auch die kleinen Paddel guckten währenddessen aus dem Katzenmaul heraus und schlingerten nur so hin und her. Ich habe in dem Moment gedacht, wenn das Kleine bis dahin noch nicht tot war, dann spätestens jetzt – Genickbruch. Die Flügellosen haben unter großem Geschrei versucht, die Katze einzufangen. Irgendwann ist es einem von ihnen gelungen, sie am Schwanz zu packen. Die Vogelfängerin ist augenblicklich ausgetickt und zur Kampfkatze mutiert. Sie hat die Krallen ausgefahren und den Flügellosen blutig gekratzt. Sie hat wild gefaucht, und dabei ist ihr das hässliche Entchen aus dem Maul gefallen.«

»Haben die Flügellosen das gesehen?«

»Aber ja, während ein großer Flügelloser die Katze in den Geräteschuppen gesperrt hat, hat ein Flügellosenjunges das unscheinbare Ding vorsichtig aufgehoben und in den Wohnwagen gebracht. Er hat um diese Hässlichkeit gejammert, und Wasser ist aus seinen Augen gelaufen.«

»Hat Klipper da noch gelebt?«

»Was weiß denn ich?? Ich konnte meinen Goldfisch doch nicht aus den Augen lassen! Und außerdem, wie hätte ich sehen können, was *in* dem Wohnwagen vorgegangen ist? Das kann dir nur der Knastbruder sagen, der auch in dem Wohnwagen lebt. Das heißt: wenn er sich noch an den Vorfall erinnert. Du weißt ja, diese gelben Sänger sind nicht schön, und die Hellsten sind sie schon gar nicht.«

35

»Dass dieser Hafen lebensgefährlich ist, hätte ich nun wirklich nicht gedacht«, sagte Reiners leise, wie zu sich selbst. Er saß auf dem Beifahrersitz, starrte fast unbeweglich durch die Frontscheibe und hatte die Arme fest um sich geschlungen.

»Ich fahre dich jetzt nach Hause, Konrad. Deine Frau wartet schon. Mit ihrer Hilfe und ein paar Gesprächen beim Polizeipsychologischen Dienst wirst du die Sache bald vergessen haben«, munterte Hump seinen Kollegen auf, der auf die Nachricht, dass es sich keineswegs um einen Unfall, sondern um einen Anschlag gehandelt hatte, geschockter reagiert hatte, als er zugeben mochte.

»Dazu habe ich keine Zeit, Peter. Ich … pardon, wir müssen Mellwigs Mörder finden.«

»Ich bin an der Sache dran. Mach ein paar Tage frei, dann sehen wir weiter«, antwortete Hump, als er vor Reiners' Haustür anhielt. »Ich halte dich auf dem Laufenden, versprochen«, log er zur Beruhigung seines Kollegen, denn er wollte Reiners in den nächsten Tagen auf keinen Fall belästigen. »Ich fahre jetzt in die Klinik. Paolo Toni ist vernehmungsfähig. Mach's gut, Konrad.«

»Hast du dir eigentlich mal Gedanken darüber gemacht, wie diese Waffe auf den Steg gekommen ist?«, fragte Reiners, bevor er ausstieg.

»Meines Erachtens gibt es nur zwei Möglichkeiten.«

»Und die wären?«

»Mellwigs Mörder, der mit einer Walther PPK bewaffnet ist, könnte dir einen Besuch abgestattet haben und dabei gestört worden sein, bevor er auf dich schießen konnte. Auf der Flucht hat er die Waffe dann verloren.«

»Das klingt gar nicht gut, das wäre dann ja der zweite Mordanschlag an diesem Tag.«

»Meine andere Theorie ist auch nicht besser. Hast du die Nilgänse und Kormorane gesehen, die so unauffällig auffällig um das Boot herumgeschwommen sind, und ihre Hälse neugierig gereckt haben? Und wenn *die* die Waffe gefunden und auf dem Steg abgelegt haben? Ich meine ja nur. Wir haben ja mit solchen Kandidaten Erfahrung – ich sage nur »Campingplatz am Untersee!««

»Erinnere mich nur nicht daran, Peter. Aber wer hat dann den Schlauch angeschnitten?«

Die Beifahrertür fiel ins Schloss und Hump beobachtete, wie Reiners mit hängenden Schultern auf sein Haus zu trottete und von seiner Frau in Empfang genommen wurde.

Das ist eine wirklich gute Frage, dachte Hump. Ein Mörder mit einer Waffe in der Hand hatte vorher sicherlich nicht auch noch einen Schlauch durchlöchert.

Wer also kam für die Tat in Frage? Wer hatte ungehinderten Zugang zur AVALON und die notwendigen Kenntnisse, einen solchen Anschlag auszuführen? Die Antwort war einfach:

Jeder Bootseigner.

Wenig später parkte Hump vor dem Elisabeth-Krankenhaus und suchte die »HNO« auf der vierten Etage auf. Schwester Nina, eine zierliche Frau mit langem, geflochtenem Zopf, klärte ihn auf dem Weg zum Krankenzimmer über den Gesundheitszustand von Paolo Toni auf.

»Der Patient ist übel zugerichtet worden. Er kann froh sein, dass ihn ein junges Pärchen in den frühen Morgenstunden gefunden hat. Er hat mehrere Platzwunden an Kopf und Körper. Ein Jochbein, ein Schienbein und die Nase sind gebrochen, zwei Schneidezähne fehlen. Desweiteren ist ein Trommelfell gerissen. Sein ganzer Körper ist von Hämatomen nur so übersät. Man hat ihn regelrecht zusammengetreten. Ein Wunder, dass er überlebt hat.«

»Hat er sich zum Überfall geäußert?«

»Nein. Dazu hat er viel zu viel Angst. Er hat sich erst etwas beruhigt, als er gehört hat, dass Sie auf dem Weg hierher sind. Er wartet auf Sie.« Schwester Nina öffnete die Zimmertür und sagte: »Ich kann Ihnen nur ein paar Minuten zugestehen. Er ist schwer verletzt und braucht dringend Ruhe.«

Hump nickte, doch er war sich sicher, sämtliche notwendigen Informationen aus Paolo Toni herausholen zu können.

Als er das Einzelzimmer betrat und Toni in seinem Krankenbett erblickte, erschrak er für einen Moment. Der schmächtige Mann sah erbärmlich aus. Die schwarzen Locken, feucht und verklebt, standen in alle Himmelsrichtungen ab. Das Gesicht war aufgedunsen, ein Auge war zugeschwollen und mit Spezialfolie verklebt. Die Haut war von Faustschlägen voller Schürfwunden und rotgereizt. Frische Hämatome zeigten sich. Die Nase war operiert und wurde mit Spezialtapes an Ort und Stelle gehalten, zwei blutdurchtränkte Tamponaden steckten in den Nasenlöchern. Mühsam öffnete Toni das nicht verklebte Auge, als die Zimmertür wieder geschlossen wurde. Er schloss das Lid, zum Zeichen, dass er Hump erkannt hatte.

Hump zog einen Besucherstuhl an das Krankenbett und tätschelte vorsichtig Tonis Arm, in den ein Zugang gelegt worden war. Ein »Galgen«, an dem verschiedene Flaschen angehängt waren, stand neben den Überwachungsgeräten, die Herzschlag, Blutdruck und Sauerstoffversorgung anzeigten und leise vor sich hin piepsten.

»Hallo, Herr Toni. Wie geht es Ihnen?«

Toni beobachtete Hump mit seinem funktionstüchtigen Auge und schloss es wieder. Mühsam sagte er: »Grazie, cosi cosa, es geht so.«

»Was ist passiert?«

»Isch war an vereinbarten Treffpunkt«, sagte Toni, dem das Sprechen sichtlich schwerfiel. »Plötzlich sind tre uomini – drei Männer – gekommen. Sie 'atten Kaputzenshirts an – isch 'abe ihre Gesichter nicht erkannte. Sie 'aben misch erst geschubste und geschlagen, dann getrete.« Erschöpft schloss Toni das Auge und atmete schwer. Diese Aussage kostete ihn offenbar nicht nur körperliche Kraft. »Sie sind erst geflohen, als Sie mit Ihrem Auto gekommen sind. Isch 'abe Sie gesehen, Kommissario, wie Sie auf misch gewartet 'aben. Isch 'abe versucht, auf Sie zuzukriechen. Aber isch 'abe es nischt geschafft. Isch bin immer wieder *inconscio*, ehm … bewusstlos geworden. *Mi scusi*, mein schlechtes Deutsch, Kommissario.«

»Sie haben mich gesehen? Als ich auf Sie gewartet habe? Ich habe nach Ihnen Ausschau gehalten, Herr Toni. Wo waren Sie?«, fragte Hump, der sich wunderte, dass Paolo Toni wesentlich besser deutsch sprach, als er angenommen hatte.

»Nischt weit von Ihnen, Kommissario, in einer Ecke. Irgendwann bin isch wach geworden, aber Sie waren nischt mehr da.«

»Dann ist der Notarzt gekommen und hat Sie ins Krankenhaus gebracht.«

»Sì – später.«

»Es tut mir leid, Herr Toni, was Ihnen passiert ist, wirklich leid. Ich bedaure sehr, dass ich nicht intensiver nach Ihnen gesucht habe – aber … sorry, Herr Toni, ich habe auch gedacht, Sie hätten kalte Füße bekommen und wollten sich nicht mehr mit mir treffen.«

»Doch, doch. Es ist wichtig, Kommissario. Es geht um Signore Mellwig. Sie suchen seinen Assassino – seinen Mörder.«

»Ja, das stimmt. Wissen Sie, wer es war?«

Toni deutete ein Nein an, indem er den Kopf leicht hin und her bewegte. Nach einer kleinen Erholungspause sprach er weiter und erzählte, wie er eines Tages früher als gewöhnlich an seinem Arbeitsplatz gewesen war. Dabei hatte er zufällig ein Gespräch belauscht, bei dem es um Diebstähle in großem Rahmen gegangen war. Er hatte sich aus Furcht, entdeckt zu werden, hinter einem Schrank versteckt und alles mitangehört. Spät am Abend hatte er Ulrich Mellwig auf dem Speditionsgelände abgefangen und ihm davon berichtet. Mellwig war über diese ersten Anhaltspunkte sehr erfreut gewesen, obwohl Toni keine Beweise liefern und nur vom »Hörensagen« berichten konnte. Zwei Tage später war Ulrich Mellwig tot.

»Isch ’abe Ihre Visitenkarte aus der Werkstatt genommen und Sie angerufen, Kommissario. Die Männer sind senza scrupoli … skrupellos, die ’ätten misch umgebracht, wenn Sie nischt gekommen wären.«

»Ist Ihnen an den Angreifern etwas aufgefallen?«

»Isch bin mir sicher, es waren Kollegas, Kommissario. Meine eigenen Kollegas. Genau die, die isch bei dem Gespräch belauscht ’abe. Isch ’abe ihre Gesichter zwar nischt gesehen, aber isch ’abe sie trotzdem erkannt. Schließlich arbeite isch schon seit Jahren mit ihnen zusammen.«

»Aber dann kennen Sie ja die Namen!«, rief Hump lauter als gewollt.

»Sì, Kommissario, sicher kenne isch die. Vassili Below, Andi Tess und Karsten Wischnewski.«

»Karsten Wischnewski?!«, fragte Hump erstaunt, obwohl er gerade diesem verwegen aussehenden Hünen so einiges zutraute.

Paolo Toni nickte zustimmend. »Die Kollegas sagen immer ›mit einem Wisch ist alles weg!‹« Toni versuchte zu lachen und legte eine lückenhafte Zahnreihe frei. Das Lachen erstarb in einem Gurgeln, das ihm wegen seiner Schmerzen in der Kehle steckenblieb.

»Ich kenne einen Vassili. Er arbeitet an der Waschstraße und spricht kaum Deutsch. Meinen Sie den?«

»Sì, Vassili. Aber er ist ein Fahrer. Er wäscht seinen Truck manchmal selbst, das stimmt. Aber er kann Deutsch, Kommissario, sehr gut sogar. Der tut nur manchmal so, als verstehe er nix – so, wie isch. Dann ’at man weniger Ärger.«

»Und Andi ist Ihr Kollege aus der Werkstatt, stimmt’s. Dieser Schlaksige mit der Brille.«

»Sì. Sie ’aben ihn kennengelernt. Aber da war noch jemand …, der *Don* der Truppe. Sie ’aben von ihm gesprochen, aber seinen Namen nix genannt.«

»Don? Meinen Sie Don, wie Donhäuser?«

»Vielleicht, isch weiß nix.«

»Oder haben Ihre Kollegen etwa Steffen Koch gemeint.«

»Der Werkstattleiter? Nein, dazu ist der nix fähig. Er 'at nix genug Autorität. Er weiß gar nix, was in seiner Werkstatt abgeht.«

»Das alles haben Sie Ulrich Mellwig erzählt.«

»Sì.«

»Und zwei Tage später war er tot.«

»Sì.«

Das konnte nur heißen, dass Ulrich Mellwig die Konfrontation gesucht hatte, dass er in einem tödlichen Sumpf gestochert hatte. Hump dachte nach und stand von seinem Stuhl auf.

»Sie haben mir sehr geholfen, Herr Toni. Ich danke Ihnen für Ihre Aussage. Es tut mir wirklich leid, dass ich Ihnen nicht helfen konnte. Erholen Sie sich, und wenn es Ihnen besser geht, besuche ich Sie noch einmal. Auf Wiedersehen und alles Gute.«

Noch auf dem Flur rief er Staatsanwalt Neuner an, um ihm zu berichten.

»Ich schicke sofort eine Streife in die Spedition und lasse die Männer vorführen«, bestimmte Neuner. »Außerdem werde ich Durchsuchungsbeschlüsse für die Wohnungen der Verdächtigen und die Spedition beantragen. Das wird ein Fest! Gut gemacht, Hump.«

Huch!, ein Kompliment aus dem Munde des Staatsanwaltes? *Ist der krank?*, fragte Hump sich, sagte aber: »Danke, Herr Neuner.«

»Haben Sie denn eine Vermutung, wer der Boss der Truppe ist?«

»Ich denke Donhäuser, weil Paolo Toni von einem »Don« gesprochen hat. Die Vernehmungen von Wischnewski, Tess und Below werden uns aber sicher weiterhelfen. Die werden den Namen schon alleine deshalb ausspucken, weil sie ihre eigene Haut retten wollen.«

»Möglich«, antwortete Neuner. »Wir werden es erfahren. Ich sehe Sie dann im Kommissariat, Herr Hump. Weiter so!«

Das Gespräch war kaum beendet, als Humps Telefon klingelte.

»Hallo Peter, hier ist Polizeimeister Dennis Schuster«, hörte er eine gutgelaunte Stimme.

»Dennis, hallo. Sag bloß, es gibt schon wieder einen Mord. Immer wenn du anrufst, habe ich einen neuen Fall auf dem Tisch.«

»Dieses Mal nicht, keine Sorge. Es geht um die Alibis. Ich wollte dich nur kurz darüber informieren, dass die von Donhäuser und Pia Mellwig wasserdicht sind.« Schuster atmete tief ein und fuhr dann fort: »Außerdem hattest du mich doch gebeten, das Alibi von diesem Sachs zu überprüfen. Sein Name hat tatsächlich auf der Passagierliste gestanden. Um aber ganz sicher zu gehen, habe ich mir die Liste faxen lassen, und siehe da, der Name ist gestrichen worden.«

»Aha.«

»Das habe ich mir auch gedacht. Deshalb habe ich mit unseren finnischen Kollegen gesprochen. Die haben sich die Überwachungsbänder vom Flughafen angesehen. Sachs taucht dort tatsächlich erst gegen Mittag auf. Er ist zwar am richtigen Tag dort eingetroffen, jedoch nicht kurz nach Mitternacht, sondern erst rund zwölf Stunden später.«

»Das ist ja interessant. Das heißt nichts anderes …«

»Als dass sein Alibi gerade geplatzt ist«, ergänzte Dennis Schuster den Satz. »Außerdem habe ich Erkundigungen über seinen Geschäftspartner Korhonen eingeholt, der ihm das Alibi ja gegeben hat.«

»Gut gemacht, Dennis.«

»Das finde ich auch. Ich habe mir auch schon selbst auf die Schulter geklopft, das macht ja hier sonst niemand. Es hat sich herausgestellt, dass dieser Korhonen nicht ganz koscher ist. Die Finnen halten ihn für einen aalglatten Hehler. Die Kollegen dort haben ihn schon lange auf dem Radar und sammeln Beweise gegen ihn. Aber der ist dermaßen teflonbeschichtet, an dem bleibt einfach nichts hängen.«

»Das ist aber hochinteressant.«

»Stimmt. Aber ich habe da noch etwas, Peter. Unsere Wasserleiche ist identifiziert worden. Es handelt sich um eine gewisse Jenny Schneider. Ehefrau von Gunnar Schneider, wohnhaft auf dem Plattbodenschiff BALTRUM im Hafen Krähennest. Sagt dir das etwas, Peter?

Ich meine ja nur, weil du doch in dem Hafen ermittelst.«

»Und ob mir das etwas sagt! Ruf die Wasserschutzpolizei an, Dennis. Die müssen die Suche nach der BALTRUM intensivieren. Wir suchen jetzt nicht mehr nach einem Zeugen. Wir suchen jetzt einen Mörder!«

36

Ein Kanarienvogel auf dem Campingplatz! Toms Hinterteil wackelte nicht ohne Grund nervös. Das war die andere, die dunkle Seite des Campingplatzes. Neben reichlich Toastbrot für großfüßige Gefiederte, gab es dort nämlich auch Gefangene. Wellensittiche, Finken und auch Kanarienvögel. Er selbst hatte sie schon oft herzzerreißend jammern hören, während die Flügellosen ihren Klagegesang oft genug mit »Oh, wie schön«, kommentierten.

Cobalt, der Eisvogel, saß noch immer unbeweglich auf seinem Ast und himmelte sein Spiegelbild an. Er merkte nicht einmal, dass Tom davonflog.

Er landete auf einer Blumenwiese in der Nähe des Hafenmeistergebäudes. Auf dem Weg zum Campingplatz, der kleiner war als der am Untersee, fiel er hungrig über die Gänseblümchen her und rupfte ihnen die Köpfe ab. Sie schmeckten gut, sogar erstklassig, wenn man sie nicht gerade mit seiner Lieblingsspeise verglich. Während er die Blüten zermalmte, kitzelte mit einem Mal feines Brotaroma seine Schnabelbohne. Sofort lief ihm das Wasser im Schnabel zusammen. Er ließ Gänseblümchen Gänseblümchen sein und folgte wie magisch angezogen der feinen Weizenfährte.

Es war Sonntagmittag. Die ersten verkaterten Hafenfestbesucher waren gerade erst aus ihren Wohnwagen gekrochen und frühstückten bei schönem Wetter draußen.

Welch gute Idee, dem Campingplatz einen Besuch abzustatten, dachte Tom, der seit seiner Ankunft am Obersee noch keine Zeit gehabt hatte, mit den dortigen Bewohnern Kontakt aufzunehmen. Er hatte festgestellt, dass Flügellose besonders spendierfreudig waren, wenn man ihnen bekannt war.

Er folgte dem Hauptweg, vorbei an typisch idyllischen Wohnwagenplätzen mit Grillstelle und Baldachin-Überdachungen. Während seine Schnabelbohne den Weg vorgab, achtete er gleichzeitig auf einen goldfischbesetzten Gartenteich, wie Cobalt ihn beschrieben hatte.

In einem offenen Wohnwagenvorzelt stieß er auf die ersten Inhaftierten. Ein Wellensittichpaar.

»Du suchst einen Kanariengirlitz?«, fragte das blaunasige Männchen, nachdem Tom ihnen sein Anliegen vorgetragen hatte. Es hatte grüngelbes Gefieder und turtelte mit einer blauweiß-gescheckten Partnerin. »Da gibt es nur einen hier auf dem Platz. Fittipaldi. Er sitzt den ganzen Tag allein hinter Gittern und ist schon ganz klaustrophobisch.«

»Er hat noch nicht einmal einen Spiegel. Von einem echten Partner ganz zu schweigen«, mischte das Weibchen sich ein. »Da haben wir es viel besser. Da! Hörst du ihn? Er hat gerade angefangen, sich seinen Frust vom Herzen zu pfeifen.«

Tom bedankte sich bei den beiden Australiern und folgte nun der akustischen Spur. Sie führte ihn geradewegs zu einem geräumigen Wohnwagen mit Vorzelt, Gerätehäuschen und kleinem Teich. Hier war er richtig. Vorsichtig näherte er sich. Die Wohnwagentür stand offen, Geplauder und Kinderlachen drangen hinaus.

»Guten Morgen«, grüßte Tom, auch wenn er niemandem direkt in die Augen sehen konnte. »Ich suche Fittipaldi. Er kann mir eventuell etwas über ein Stockentenküken sagen, das im letzten Sommer von einer Katze attackiert worden ist. Bin ich hier richtig?«

Der Gesang brach ab. »War der Name des Kleinen *Klipper*?«, kam prompt die Gegenfrage aus dem Wohnwagen.

»Genau! Den meine ich«, rief Tom. Also doch! Hier war jemand, der das Entenjunge wirklich kannte. »Dann bist du Fittipaldi, stimmt's? Cobalt, der Eisvogel, hat mich an dich verwiesen. Ich bin auf der Suche nach Klipper.« Tom war aufgeregt. Sein Hinterteil wackelte vor Anspannung. Endlich ein kleiner Durchbruch. »Kannst du mir sagen, was mit ihm passiert ist? Dass ein Flügellosenjunges ihn zu dir in den Wohnwagen gebracht hat, das weiß ich bereits. Aber was ist mit ihm geschehen? Ist er … tot?«

»Cobalt hat dich geschickt? Dieser selbstfixierte

Narziss? Mich wundert es, dass der überhaupt etwas mitbekommen hat.«

Tom klärte Fittipaldi über seinen Auftrag auf und stellte dabei fest, dass dieser Kanarienvogel weitaus heller war, als Cobalt es sich hätte vorstellen können.

»Ich kann mich gut an diesen Tag erinnern. Das war einer der ereignisreichsten in meinem tristen Käfigleben. Ich sitze hier schon so lange hinter Gittern, kann nicht machen, wonach mir der Schnabel steht. Nicht so wie du, Tom«, sagte Fittipaldi traurig. »Aber mit dem Moment, als Felix das halbtote Küken auf den Wohnwagentisch gelegt hat, kam Leben in die Bude. Die großen Flügellosen haben mit Felix um den Tisch herum zusammengestanden und waren zuerst ziemlich ratlos. Klipper hat sich nur noch schwach bewegt. Felix hat geweint und mit dem Küken gelitten. Aber dann hatte er die rettende Idee.«

»Los, nun sag schon!«, forderte Tom den Sänger im gelben Kleid auf. Dass seine Zeugen aber auch immer so ausholend berichteten!

»Eins nach dem anderen, Tom. Felix wollte Klipper zu einem befreundeten Bauern bringen. Der hatte bereits Enten und Gänse. Deshalb hat Felix gemeint, dass dieser Bauer wissen müsse, was in einem solchen Fall zu tun sei. Die Flügellosen haben einen Moment beratschlagt, Klipper in ein Tuch gewickelt und ihre sieben Sachen gepackt. Das Wochenende war sowieso schon fast vorbei. Zum Schluss haben sie meinen Käfig in den Kofferraum gesteckt, und los ging es.«

»Ihr seid zu diesem Bauernhof gefahren, und dann?«

»Die Flügellosen sind auf dem Bauernhof zusammen mit Klipper in das Haus gegangen und eine ganze Weile später ohne ihn wieder herausgekommen.«

»Dann ist Klipper wohl tot.«

»Nein – wie kommst du denn da drauf? Er lebt. Ich weiß es. Es geht ihm gut«, antwortete der Kanarienvogel mit fester Stimme.

»Woher weißt du das? Und woher kennst du eigentlich Klippers Namen?«

»Seinen Namen weiß ich, weil er auf der Fahrt zum Bauernhof zu sich gekommen ist, und nach seiner Mama gequakt hat. Da habe ich ihn gefragt, wie er heißt. Der arme Kleine hat es so bereut, dass er nicht auf seine Mama gehört hat.«

»Und woher weißt du, dass es ihm gutgeht?«

»Weil wir ihn schon ein paar Mal besucht haben. Felix wollte wissen, wie es ihm geht. Deshalb sind die Flügellosen auf dem Weg hierher zum Campingplatz schon einige Male vorher beim Bauernhof vorbeigefahren. Ich musste zwar im Kofferraum bleiben, aber ich habe immer gehört, wie begeistert Felix von Klippers Genesungsfortschritten war.«

»Das sind ja gute Nachrichten. Danke Fittipaldi, vielen Dank für deine Hilfe.« Tom war hochgestimmt und flatterte erleichtert mit den Flügeln auf. Endlich ein Ergebnis. Ein Ergebnis, mit dem er nach dem bisherigen Stand seiner Ermittlungen gar nicht mehr gerechnet hatte.

»Guck mal, Mama, eine Gans. Hast du mal ’ne Scheibe Brot für mich?« Felix war offensichtlich durch Toms Geschnatter auf ihn aufmerksam geworden und lugte durch die offene Tür. Schon bald landeten die ersten Weißbrotflocken vor seinen Paddeln im Gras. Während Tom sich genüsslich seiner Lieblingsspeise hingab und Felix eine weitere Scheibe Brot organisierte, beschrieb Fittipaldi ihm den Weg zum Bauernhof. Er kannte ihn genau, er war oft genug dort gewesen.

»Sind wir bald da?«, fragte Baja ungeduldig. Nach dem Besuch bei Fittipaldi hatte er Baja über dessen Aussage informiert. Die Entenmutter hatte keinen Moment gezögert. Sie hatte ihr Gelege rasch, aber sorgsam, mit wärmenden Daunen abgedeckt und sich dann aufgemacht. Eine kurze Quaksequenz, und die ganze Entenfamilie hatte abgehoben. »Tom, du fliegst voran!«

Tom flog den von Fittipaldi beschriebenen Weg und erreichte bald einen einsam gelegenen Bauernhof. Er erkannte beim Überflug einen großen Garten, der in Gemüsegarten und Rasenfläche aufgeteilt war. Auf dem Rasen standen Tisch und Stühle, ein aufblasbares Planschbecken war mit Wasser gefüllt. Futtersilos standen hinter dem Gehöft, Milchvieh graste auf Weideflächen. Dazwischen tummelten sich Hühner, Enten, Gänse, dazu unzählige Küken und Gössel.

»Da unten, Baja, siehst du?«

Baja hatte die Gefiederten bereits entdeckt und den Landeanflug eingeleitet. Eigentlich konnte man kaum noch von einem Landeanflug sprechen, es war eher ein kaum kontrollierter Sturzflug.

»Klipper! Mama ist gleich bei dir!«, quakte sie schrill, obwohl sie ihren Sohn aus dieser Höhe ganz sicher nicht ausmachen konnte. »Klipper, wo bist du?«

Die Hofgefiederten wunderten sich über die plötzliche Enteninvasion. So einen Überfall hatten sie noch nie erlebt, noch nicht einmal von ausgehungerten Zugvögeln.

»Mama?«, hörten Tom und Baja bald eine verwunderte Stimme. Ein stattlicher Stockentenerpel mit einem herunterhängenden Flügel kam auf sie zugewatschelt.

»Klipper!« Baja war völlig aus dem Häuschen und quakte nur noch unverständliches Zeug.

Umringt von seinen Geschwistern, Halb- und Stiefgeschwistern erzählte Klipper seine Geschichte.

»Es ist so, wie Tom es herausgefunden hat. Die Katze hat mich geschnappt und zu Felix gebracht. Er und die Bäuerin haben mein Leben gerettet. Sie hat mich tagelang in ihrer Schürze mit sich herumgetragen, mich gefüttert und mühsam aufgepäppelt. Als ich wieder fit war, hat sie mich zu den anderen Enten und Gänsen gegeben. Die sind seitdem meine Familie.«

»Du hast eine neue Familie?«, fragte Baja mit belegter Stimme.

»Ja«, antwortete Klipper mit Stolz. »Die Hälfte der Küken hier, das sind meine! Ich wäre gerne zu euch zurückgekommen, aber mein Flügel ist nicht mehr richtig zusammengewachsen. Ich bin kein Flieger mehr, ich bin jetzt eher ein *Watschler.*«

Baja war angesichts des Wiedersehens und der vielen Kindeskinder gerührt. Sie schnatterte unentwegt, sagte etwas von »ich könnte nach der Brutzeit hierher zu dir ziehen«, oder »wir kommen dich oft besuchen«. Anscheinend konnte sie vor Freude kaum noch klar denken.

Tom verabschiedete sich und überließ Klipper der Familie. Er hatte diesen Fall zu einem glücklichen Ende führen können, doch ein anderer Fall war noch nicht geklärt.

Ulrich Mellwigs Mörder lief noch immer frei herum.

37

Tom war nach der glücklichen Familienzusammenführung wieder in den Hafen zurückgekehrt. Es war Nachmittag, und der Hunger lähmte ihn fast. Das Frühstück war Reiners' Rettung zum Opfer gefallen, das traditionelle zweite Frühstück hatte er wegen der Befragung des pompösen Cobalt zurückgestellt. Der üblicherweise opulente Mittagsimbiss war während Fittipaldis Aussage eher dürftig ausgefallen und machte die versäumten Mahlzeiten bei weitem nicht wett. Selbst auf dem Bauernhof, der so vielen Enten und Gänsen Unterkunft und Speise bot, hatte er für die gewohnte nachmittägliche Jause keine Zeit gehabt.

Crash-Diät, würden die Flügellosen sagen.

Nun paddelte er in einem Teppich von Entengrütze, der zwar nach eingeschlafenen Schwimmhäuten und Fischsuppe schmeckte, den Magen aber einigermaßen ruhig stellte. Eigentlich stand ihm der Sinn nach etwas Federfestem, nach Toastbrot. Er hätte sogar altes, trockenes Schwarzbrot gefuttert, wenn er es ohne großen Aufwand bekommen hätte, doch in der Not …

Während sein Schnabel die faden Schwimmlinsen von der Wasseroberfläche siebte, fiel sein Blick auf die AVALON. Sie lag wieder fest vertäut in ihrer Box und sah aus, als hätte es nie einen Anschlag auf Reiners gegeben.

»Der Kommissar war nicht wieder an Bord«, hörte er Princess' Stimme. Sie hatte ihn entdeckt und war langsam auf ihn zu geschwommen.

»Seine Tarnung ist aufgeflogen, das Boot ist innen feucht – was soll er noch hier?«, antwortete Tom und dachte: *Wo soll ich denn jetzt bloß Fernsehen?*

»Die Ermittlungen sind aber doch noch gar nicht abgeschlossen«, sagte Princess entrüstet. »Der wird doch wohl nicht aufgeben?! Wenn ich die Flügellosen richtig verstanden habe, ist der Mörder von Vectras Gefährten noch immer auf freiem Paddel.«

»Daran wird sich auch nichts ändern, wenn es nicht noch eine sensationelle Wendung gibt. Wir haben den Kommissaren geholfen, wo wir nur konnten. Wir haben die Waffe gefunden und sie ihnen zugespielt. Mehr Hilfe geht nicht. Nun ist es an den Kommissaren, das Beste daraus zu machen.«

»Das scheint ihnen aber nicht leichtzufallen, stimmt's? Du hattest auch bei der Lösung ihres letzten Falls die Fingerfedern mit im Spiel, habe ich gehört.«

»Ich konnte sie doch nicht im Dunklen tappen lassen«, antwortete Tom bescheiden. Er haschte noch einmal in die Wasserlinsen und meinte: »Ich hoffe, dass die Flügellosen an der Waffe Hautpartikel des Mörders finden. Vectra hat ja von einer Verletzung des Schützen gesprochen.« Er dachte einen Moment nach. »Allerdings hat die Waffe einige Tage im Wasser gelegen. Blut und Fingerabdrücke wird man da nicht mehr finden – und ob die DNA möglicher Hautpartikel noch verwendet werden kann, das weiß ich nicht. Ich bin schließlich kein Kriminalbiologe wie Mark Benecke!«

»Nein, das bist du nicht, Tom, aber du bist mindestens so gut wie Gil Grissom.«

»Oh, woher kennst du den denn?«

»Habe ich nicht erwähnt, dass ich mich hin und wieder auf dem Campingplatz bei den Flügellosen herumtreibe? Da kriegt man mehr mit als Toastbrot! Jedenfalls, wenn man will.«

Krass, durchfuhr es Tom. *Und ich dachte immer, ich wäre die einzige Gans mit Fernsehfimmel!*

Langsam ließen sich die beiden durch den Hafen treiben und besprachen dabei den Fall Mellwig. Princess war eine aufmerksame und kompetente Zuhörerin. Unweit der beiden turtelten Rio und Lutra auf einem Baum. Ihre Balz hatte gerade begonnen, und Lutra hatte einen Zweig als Brautgeschenk erhalten.

»Die beiden mögen sich«, meinte Tom, der die Geste beobachtet hatte. Er freute sich für seinen Freund, dessen Angebetete ihn erhört hatte. Rio schien für den Fortbestand seiner Art sorgen zu wollen und hatte nur noch Augen für Lutra. Klipper? Mellwig? Rio erweckte den Eindruck, sich nur noch für einen Fall, den Fall »Nestbau«, zu interessieren.

Fröhliches Lachen lenkte Tom ab. Die ersten männlichen Flügellosen gingen an diesem Tag bereits einer schier zwanghaften und unkontrollierbaren Tätigkeit nach. Sie putzten und polierten ihre Boote, als gelte es, stündlich einen Wettbewerb zu gewinnen.

Auch Simon Sachs war schon auf den Beinen. Tom entdeckte ihn mit einer Sporttasche in der Hand eilig über die Stege gehen.

»Den kenne ich«, sagte Tom zu seiner Begleiterin. Er ließ den Flügellosen nicht aus den Augen und änderte den Kurs auf den Liegeplatz der SUNDANCER zu. »Das ist der Geschäftspartner von Vectras Gefährten. Ich habe ihn auf dem Hafenfest gesehen und gehört, wie Kommissar Hump mit ihm gesprochen hat.«

Tom und Princess hatten die Box des gelben Sportflitzers noch vor Sachs erreicht. Neugierig beobachteten sie, wie er die Tasche mit Schwung auf einen Sitz warf, die Leinen löste und in das Boot sprang.

»Hast du die beiden verkrusteten Streifen auf seiner rechten Hand gesehen, Princess?«, fragte Tom.

»Wo?« Princess reckte den Hals.

»Na da, an der rechten Hand. Zwischen Daumen und Zeigefinger.«

»Du hast recht, Tom. Du hast Augen wie ein Adler!«

Tom paddelte unauffällig näher ans Boot heran, reckte seinen Hals und ließ Sachs nicht aus den Augen. Diese parallelen Streifen waren schon eigenartig. Der Schorf war bereits teilweise abgefallen. Die Verletzungen mussten tief gewesen sein.

»*Scheiß Schlitten!*«, hörte Tom Vectra mit einem Mal in seinem Kopf kreischen.

»Princess, das ist er! Das ist Mellwigs Mörder! Der Schlitten der Waffe hat seine Hand verletzt.« Tom schnatterte aufgeregt und flatterte mit den Flügeln. Sein Hinterteil schlug aus wie eine Wünschelrute, die ihr Ziel gefunden hatte.

»Dämliches Gänsevieh!«, brummte Sachs und warf Tom und Princess einen mürrischen Blick zu.

»Der haut ab!«, stellte Princess sachlich fest, als Sachs die vorgeschriebenen Kordeln der Motor-Notstoppschalter ums Handgelenk streifte und gleich darauf beide Bootsmotoren startete.

»Wir müssen ihn aufhalten. Er darf uns nicht durch die Lappen gehen. Wir müssen ihn festsetzen und den Kommissaren übergeben.«

»Das ist leichter gesagt als getan, Tom. Wie willst du die Kommissare über deine Entdeckung informieren? Du hast zwar den Fall gelöst – aber sie werden es nicht erfahren!«

Mit PS-gewaltigen, tiefbrummenden Motoren fuhr Sachs langsam aus der Box in die breite Zufahrt, an Tom und Princess vorbei, die seine Fahrbahn rasch freimachten, um nicht eiskalt überfahren zu werden.

»Ob der kalte Füße bekommen hat und sich jetzt klammheimlich absetzt? Die Feuerwehraktion und der Waffenfund haben sich im Hafen rumgesprochen. Er wird davon gehört haben.«

Sachs hatte den Hafen verlassen. Langsame Fahrt war nicht mehr nötig. Als er Gas gab, löste das Gebrüll seiner aufheulenden Motoren im ganzen Hafen Kopfschütteln aus.

»Wir müssen hinterher, Princess.«

»Du hast recht, wir müssen ihn aufhalten. Doch alleine schaffen wir das nicht, Tom. Wir brauchen Verstärkung.«

»Rio!« Niemand anderes kam dafür in Frage.

»Genau – und Lutra. Zu viert schaffen wir es vielleicht, ihn aufzuhalten. Kennst du Hitchcocks Vögel?«

Tom grinste breit. »Aber klar kenne ich die!«

Lutra war gar nicht erfreut, dass Tom und Princess in ihre Balzzeremonie platzten. Rio dagegen wusste sofort: Wenn Tom derart störte, war es wirklich dringend.

»Ich glaub, die brauchen mich jetzt da draußen. Die Situation scheint brenzlig zu werden. Lass uns später weiterreden …«, und mit mehreren heftigen Flügelschlägen schmetterte er ihr entgegen:

»Ich muss nur noch kurz die Welt retten – danach flieg ich zu dir.

Ich weiß, du kannst mich hier grad nicht entbehrn, doch keine Angst, ich bleib nicht allzu lange fern –

Muss nur noch kurz die Mails checken, danach flieg ich zu dir …«

»Was soll denn dieser Unsinn, Rio?«, sagte Lutra nüchtern. »Ohne mich rettest du gar nichts! Los Leute, Abflug!«, rief sie, und damit hob das FEK, das Fliegende Einsatzkommando, ab zu einem neuen Einsatz.

Bevor Tom den Flügelschlag erhöhte, warf er noch einen kurzen Blick über den Hafen. Dort war inzwischen Hektik ausgebrochen. Er erkannte Reiners und Hump, die so schnell sie konnten über die Stege in Richtung Sachs' Liegeplatz rannten. Verschiedene Flügellose wiesen mit weit ausgestreckten Armen auf die Hafenausfahrt. Und schon sah Tom Hump mit einem großen Satz in ein kleineres, offenes Motorboot springen. Reiners kletterte vorsichtig nach. »Aussteigen! Das ist eine Polizeiaktion!«, hörte Tom Hump dem verblüfften Eigner zurufen. Kaum hatte der das Boot verlassen, gab Hump Gas.

»Tom, wo bleibst du denn? Wenn wir uns nicht beeilen, holen wir ihn nicht mehr ein«, rief Princess.

Tom schloss auf. Das Quartett düste nur so über den See und heftete sich an Sachs' Schwell. Das aufgewühlte Wasser zeigte ihnen die genaue Route.

Weit abgeschlagen und nur schwach motorisiert, folgten ihnen Hump und Reiners.

38

»Ich habe es zu Hause nicht ausgehalten, Peter«, raunte Reiners seinem Kollegen zu. Die beiden Kommissare standen vor dem Venezianischen Spiegel und starrten in den Verhörraum. Dort saß Karsten Wischnewski äußerst lässig an einem Tisch, auf dem ein Mikrophon stand. Videokameras funkten aus dem Raum unablässig Daten an einen Kollegen, der neben den Kommissaren vor einer Bildschirmwand saß, und auf jedes noch so kleine Detail in Wischnewskis Mimik achtete.

Hump hatte eine taktische Verhörpause eingelegt, nachdem Reiners an die Tür geklopft hatte. Nach dem Russen und dem jungen Tess war Wischnewski das dritte anstrengende Verhör an diesem Sonntagnachmittag.

»Was haben sie ausgesagt?«, fragte Reiners. Seine Augen klebten auf dem Disponenten.

»Im Gegensatz zu den anderen hat der Junge zugegeben, an dem Überfall auf Paolo Toni beteiligt gewesen zu sein. Er hat den Russen und Wischnewski schwer belastet, doch die bestreiten ihre Mittäterschaft.«

»Hat er denn wenigstens gesagt, warum Toni überfallen worden ist?«

»Ja, das hat er. Toni ist dabei beobachtet worden, als

er meine Visitenkarte aus der Werkstatt heimlich an sich genommen hat. Die drei haben geahnt, dass er irgendetwas mitbekommen haben musste, und nun plaudern wollte. Das haben sie natürlich nicht zulassen können und haben ihm deshalb kurzerhand »das Maul gestopft«. Ansonsten halten die drei dicht wie Austern. Tess hat Angst. Er fährt lieber in den Knast ein, als einen seiner Kumpels oder den Kopf der Bande zu verraten. Der Russe Vassili Below heißt übrigens Juri Mabrasow. Seine Fingerabdrücke waren ein Treffer. Interpol sucht ihn wegen diverser Tötungsdelikte. Wir haben da einen richtig dicken Fisch an Land gezogen. Eine Interpol-Sondereinheit wird noch heute Nachmittag eintreffen und ihn befragen.« Hump seufzte genervt und sagte dann: »Neuner ist ganz aus dem Häuschen. Seit Interpol mit ihm gesprochen hat, stolziert er rum wie ein aufgeblasener Gockel. Dabei hat der doch am wenigsten zu Mabrasows Verhaftung beigetragen.« Hump wünschte sich schon seit langem ein eigens für diesen Staatsanwalt geschaffenes Ressort: *Neuners Ein-Mann-Spezialermittlungsservice für große und kleine Wassersportdelikte* zum Beispiel. Möglicherweise hatte er sich aber mit diesem Ermittlungserfolg selbst empfohlen und weit weggelobt.

»Haben die drei etwas über den »Don« oder die Diebstähle gesagt?«, fragte Reiners.

»Nein, still ruht der See. Mabrasow will sich selbst nicht noch mehr belasten, als wir ohnehin schon wissen, und verweigert die Aussage. Er ist ein ganz gewiefter Hund und kennt seine Rechte. Die Liste seiner Vorstrafen ist so lang wie eine Rolle Toilettenpapier.«

»Hat er etwas zu dem Überfall auf Paolo Toni gesagt?«

»Er hat die typischen Schlagverletzungen auf den Mittelhandknochen. Ich habe die Wunden abtupfen und ins Labor bringen lassen. Wir werden bald wissen, ob Tonis DNA sich auf ihn übertragen hat. Er war dabei, ich weiß es, aber er schweigt dazu genauso wie zu den Diebstählen in der Spedition. Von einer Walther PPK, Kaliber 7,65 mm, hat er natürlich auch noch nie was gehört.«

»Und er hier?«, fragte Reiners und wies durch den halbdurchlässigen Spiegel.

»Hör mir bloß mit dem auf. Arrogant, selbstsicher. Sieh ihn dir an. Er denkt, ihm kann niemand etwas anhaben. Auf den sogenannten »Don« angesprochen, ist Wischnewski allerdings etwas kleinlaut geworden. Für einen Moment habe ich tatsächlich gedacht, dass auch er Angst vor diesem »Don« hat. Seine Augen haben kurz aufgeblitzt. Ich bleibe an ihm dran.«

»Mach Druck! Wir haben aber nicht ewig Zeit, auf sein Geständnis zu warten. Der Haftrichter wird ihn gehen lassen, wenn wir nicht bald etwas Belastbares vorweisen können. Wir müssen einen Zahn zulegen, Peter, sonst geht uns der Mörder noch durch die Lappen!«

»Ich weiß«, verteidigte Hump sich. »Ich überlege

schon seit Stunden, vor wem die drei eine solche Angst haben könnten, dass sie lieber in den Knast gehen, als ihn zu verraten. Gleichzeitig muss er nahe genug an Mellwig herangekommen sein, dass er ihn ohne Gegenwehr erschießen konnte.«

»Vielleicht hilft uns ja die Kriminaltechnik weiter«, überlegte Reiners laut.

»Möglich. Ich hoffe es, denn die hat an der Walther sowohl Fischschuppen als auch Hautzellen gefunden. Die Hautzellen haben sich an der Unterseite des Schlittens befunden. Allerdings dauert es noch, bis die Analyseergebnisse vorliegen.«

»Fischschuppen?«, wunderte Reiners sich und sagte dann: »Hautspuren unten am Schlitten bedeutet »kleine Waffe in großer Hand«. Denn das reißt zwei lange, parallele Kratzer zwischen Daumen und Zeigefinger. Der Schütze hat nicht gewusst, dass er den Schaft weiter unten halten muss, um dem Schlitten beim Hülsenauswurf Raum zu geben.«

»Entweder hat er noch nie zuvor mit dieser Waffe geschossen, oder er war dermaßen hektisch, dass er das total vergessen hat«, überlegte Hump. »Aber warte mal, das Verletzungsmuster, das sagt mir etwas.« Hump dachte nach. »Ich habe es schon einmal gesehen. Das ist noch nicht allzu lange her.«

»Los, denk nach. Dann brauchen wir nicht auf das Ergebnis der DNA-Analyse zu warten.«

»Sachs! Der ist es!«, rief Hump aus. »Bei unserer ersten Begegnung hatte er an der rechten Hand ein Pflaster, exakt zwischen Daumen und Zeigefinger. Er hat die Verletzung mit seinem Aufenthalt in der finnischen Wildnis erklärt. Auf dem Hafenfest habe ich ihn kurz gesprochen, da war die Wunde verschorft, aber ich habe mir nichts dabei gedacht.«

»Er passt ins Profil, Peter. Er steht über Wischnewski, Tess und diesem Mabrasow, und er kam ohne weiteres nahe an Mellwig ran.«

Im Hafen angekommen – freundliche Nachbarn hatten Sachs' Aufenthalt verraten –, hetzten Hump und sein Kollege über die Stege. Steiger B, das hatte er in den Unterlagen nachgeschlagen. Unter ihrem Gewicht gaben die Stege leicht nach und schwankten. Ein Cocktail aus Stresshormonen im Blut ersetzte Neuners Ingwertee und verschaffte genügend Ausgleich. Diesmal wurde Hump nicht seekrank.

Von weitem hörte er einen starken Motor aufdrehen. *Mindestens acht Zylinder*, schätzte Hump anerkennend.

»Polizei!«, rief er den Steg entlang. »Die SUNDANCER – wo ist sie?«

»Die ist gerade eben rausgefahren. Man kann sie noch hören. Der Sachs gibt mal wieder mächtig Gas!«, antworteten die Stegbewohner und zeigten mit ausgestreckten Armen auf die Hafenausfahrt.

Hump und Reiners rannten zum Kopfsteg und orteten das Motorengeräusch. Als Hump den kleinen Flitzer mit dem Namen SCHNECKE vor sich liegen sah, kam ihm eine Idee. Der Außenbordmotor blubberte vor sich hin; der Eigner hatte gerade die Leinen gelöst und war für eine Fahrt bereit.

»Aussteigen! Los raus! Das ist eine Polizeiaktion!«, kommandierte Hump den Mann aus seinem Fahrzeug. Reiners kletterte vorsichtig hinterher. Im Fernsehen hatte Hump mal gesehen, wie ein Boot gesteuert wurde. Er schob den Gashebel vor, das Boot machte einen Satz und fuhr los.

»Das habe ich schon immer mal machen wollen, Konrad. So wie bei Miami Vice, du weißt schon, Sonny Crockett!« Hump freute sich über die unkonventionelle Lösung des Verfolgungsproblems.

Reiners war beim ruckartigen Anfahren des Bootes in den Sitz gedrückt worden und bewegte sich nicht mehr. Angststarre hatte ihn überfallen, Hump sah es ihm an. Reiners war leicht grün im Gesicht. Sein Bedarf an Boot und Wasser war seit seinem letzten Aufenthalt auf der AVALON sichtlich gedeckt. Hump, der ewig Seekranke, blühte dagegen richtig auf.

Kaum hatte er den Hafen verlassen, drückte er den Gashebel weiter vor, die SCHNECKE schoss nach vorn, der Bug hob sich und schlug klatschend auf die Wellen. So mussten Sonny Crockett und Ricardo Tubbs sich bei ihren Verfolgungsjagden auf dem Wasser gefühlt haben. Genau so! Yeah!!!

Von Sachs selbst war nur noch die aufgewühlte Wasserspur zu sehen. Anders als bei Crockett und Tubbs ließ die Motorisierung des beschlagnahmten Bootes jedoch reichlich zu wünschen übrig. Im Gegensatz zu seinen Vorbildern hatte Hump in der Eile nicht darauf geachtet. Einmotorig, und nur mit 50 PS, wie er nun mit einem bedauernden Blick erkannte, lief die Verfolgung wesentlich weniger beeindruckend ab, als er es sich gewünscht hätte. Der Gashebel lag zwar inzwischen auf dem Tisch – schneller ging es aber trotzdem nicht. Er wusste nun, warum dieses Sportboot SCHNECKE hieß.

»Verdammt, der entkommt uns!«, rief er Reiners zu, der nun, aufgrund der Geschwindigkeit, wesentlich grüner im Gesicht als zuvor, noch fester in den Sitz gedrückt wurde. Die SCHNECKE schoss nur so über die Wogen dahin, doch im Vergleich zu Sachs' Boot tuckelte sie nur. Mit wehendem Haar stand Hump am Steuerrad und kam sich tatsächlich vor wie Sunny Crockett auf der Spur eines flüchtenden Drogendealers.

Wenig später hatten sie den fjordähnlichen Seearm verlassen und passierten die beiden Kiesinseln. Sachs hatte sich weit abgesetzt. Seine Route war kaum noch auszumachen, da sich das aufgewühlte Schwellwasser schon fast wieder beruhigt hatte. Reiners hatte ein Fernglas entdeckt und reichte es Hump. Am Steuerrad stehend, suchte er den offenen See durch das Glas ab und machte das gelbe Boot in großer Entfernung aus. Mit hohem Tempo raste es über den See auf die breite

Flusseinfahrt zu. Doch was war das? Hump starrte gebannt durch die Sehhilfe.

»Konrad, das glaubst du nicht!«, rief er Reiners gegen den Fahrtwind zu und schaute noch einmal genauer hin. »Sachs wird angegriffen. Vögel kreisen über seinem Boot und stoßen auf ihn herab. Er duckt sich und wehrt die Angriffe ab. Das musst du dir ansehen! Das ist ja richtig gespenstisch – wie bei Hitchcock.«

»Tatsächlich«, sagte Reiners, nachdem er den Feldstecher übernommen hatte. »Zwei Kormorane und zwei Nilgänse!«

»Kormorane? Nilgänse? Die werden mir langsam unheimlich!«, antwortete Hump und verfolgte das Geschehen. »Sieh doch, die SUNDANCER drosselt ihr Tempo.«

Reiners setzte das Fernglas erneut auf. »Das gibt es doch nicht!«, stieß er aus. »Mann, der fliegt ja noch waghalsiger als der rote Baron!«

Die SCHNECKE holte allmählich auf, und Hump konnte das ungewöhnliche Spektakel nun auch mit bloßem Auge verfolgen. Tatsächlich, rund um die SUNDANCER tobte ein Luftkampf. Sachs hatte alle Hände voll zu tun, sein Boot auf Kurs zu halten und gleichzeitig die wild gewordenen Vögel abzuwehren.

»Da, der Kormoran!«, rief Reiners.

In draufgängerischer Manier stieß der schwarze Vogel auf Sachs zu. Eine Kollision der beiden Körper schien unausweichlich. Auch Sachs sah den Vogel auf sich zukommen und reagierte mit einem Ausweichmanöver. Der Vogel folgte ihm dicht auf. Sachs versuchte, den Aufprall abzuwehren, und riss beide Arme hoch. Im gleichen Moment stoppte die SUNDANCER ruckartig auf. Der Bug senkte sich, und Sachs flog im hohen Bogen von Bord.

Wenig später erreichten die Kommissare die friedlich vor sich hin dümpelnde SUNDANCER und fischten Sachs aus dem Wasser.

»… das darf aber nicht ins Protokoll, Peter«, raunte Reiners. »Das glaubt uns Neuner nie!«

»Ich muss schon sagen, Herr Sachs«, begann Hump das Verhör, nachdem er den Spediteur über den Grund seiner Verhaftung und seine Rechte informiert hatte. Reiners, der an Land rasch wieder zu einer gesunden Gesichtsfarbe zurückgefunden hatte, saß neben ihm am Verhörtisch.

»Sie kenne ich doch. Sie haben die AVALON versenkt!«, lachte Sachs mit breitem Grinsen. »Sie haben als Undercover-Kommissar Schiffbruch erlitten. Die Geschichte hat sich im Hafen herumgesprochen wie ein Lauffeuer.«

»Ihre Flucht hat ja ein eindrucksvolles Ende gefunden«, unterbrach Hump Sachs' Redeschwall und kam auf den eigentlichen Grund der Vernehmung zurück. »Ich sehe schon die Schlagzeile: Flüchtender Mordverdächtiger von Wasservögeln gestellt.«

»Das hat mit diesem gemeingefährlichen Federvieh nichts zu tun. Der Motor ist während der Fahrt ausgegangen. Schnellboote haben einen Motor-Stopp-schalter, Herr Kommissar. Er ist über eine kurze Kordel mit dem Handgelenk verbunden. Wird er gezogen, wird die Energiezufuhr des Motors unterbrochen, und das Boot fährt nicht unkontrolliert weiter. Das ist eine vorgeschriebene Sicherheitsmaßnahme für den Fall, dass der Rudergänger verunfallt. Er hat funktioniert, das Resultat haben Sie ja selbst gesehen. Ich habe meine Hände hochgerissen, um einen wahnsinnig gewordenen Vogel abzuwehren, und dabei den Schalter ausgelöst. Entweder hatte das Viech die Vogelgrippe, oder aber ich bin zu nah an ihrem Brutgebiet vorbeigefahren«, sagte Sachs aus. Dann sah er die Kommissare offen an und fragte: »Außerdem, wie kommen Sie darauf, dass ich ein Mordverdächtiger bin? Ich habe weder etwas mit einem Mord zu tun, noch bin ich geflohen.«

»Sondern?«

»Genau wie Sie bin ich auf der Suche nach der BALTRUM gewesen. Sie wissen schon, dieses Plattbodenschiff.«

»Wir fahnden danach, das ist richtig. Aber warum suchen Sie es?«

»Das ist doch ganz einfach. Es ist etwa zu der Zeit aus dem Hafen verschwunden, als Uli getötet worden ist. Entweder ist Gunnar der Mörder, oder er hat den Mörder gesehen und kann ihn identifizieren. Vermutlich hat er Vassili gesehen. Ich wollte helfen.«

»Das ist der einzige Grund?«

»Ja, natürlich. Ich habe schon länger den Verdacht, dass mit dem Russen etwas nicht stimmt, obwohl er meine Personalempfehlung war. Ich befürchte, Vassili hat Uli auf dem Gewissen. Möglicherweise hat er auch Gunnar bedroht, und der hält sich jetzt irgendwo versteckt. Ich wollte ihn ausfindig machen, und ihn zu einer Aussage bewegen, damit Ulis Mörder endlich hinter Gitter kommt.«

»Sie wollten uns unterstützen?«

»Aber ja, wir hier im Hafen kennen uns doch untereinander, wissen, wo die bevorzugten Ankerplätze unserer Nachbarn sind. Anders als die Polizei, nicht wahr?«

»Sie möchten uns also helfen. Dann sagen Sie mir doch mal, warum Sie erst zwölf Stunden später in Helsinki angekommen sind, als Sie angegeben haben?«

»Oh, Sie haben das herausgefunden. Nun, das ist jetzt ein bisschen heikel«, antwortete Sachs sichtlich verlegen.

»Raus mit der Sprache. Sie haben Ulrich Mellwig ermordet und deshalb Ihren Flug verpasst«, warf Reiners in die Befragung ein. »So ist es doch!«

»Aber nein, ich, ich habe mich mit meiner Geliebten getroffen. Sie ist verheiratet. Wir treffen uns immer, wenn ihr Mann auf Geschäftsreise ist. Er ist an diesem

Abend außer der Reihe auf Dienstreise gegangen, und sie hat mich angerufen. Ich habe die Nacht kurzfristig mit ihr verbracht und den nächsten Flug genommen. Ich habe doch nicht ahnen können, dass ich mit der Aktion in den Fokus der Polizei geraten würde.«

»Wie ist der Name Ihrer Bekannten?«

»Ich bitte Sie um Diskretion, ja. Ich möchte nicht, dass sie in Verruf gerät, oder ihr Mann etwas von unserer Liaison erfährt. Der ist sowieso schon misstrauisch genug.« Sachs nannte Name und Anschrift.

»Helene von Stettenhain?«, fragte Hump verblüfft. Natürlich kannte er den Namen der Bankiersgattin. Sie stammte aus einer einflussreichen Familie in der Region. »Wir werden es prüfen.«

»Wir haben das Verletzungsmuster an Ihrer Hand ausgemessen. Es stimmt mit dem Schlitten einer Walther PPK überein, die wir im Hafen gefunden haben. Und was für ein Zufall, die Kriminaltechnik hat Hautpartikel an ihr festgestellt. Was sagen Sie dazu?«, fragte Reiners.

»Nichts. Ich bin im Gestrüpp hängen geblieben. Wenn ich mich recht erinnere, haben Ihr Kollege und ich schon bei unserem ersten Treffen darüber gesprochen«, antwortete Sachs und sah Reiners direkt in die Augen. »Dass das Muster zu einer Waffe passt, ist reiner Zufall. Das können Sie nicht gegen mich verwenden. Außerdem habe ich doch ein Alibi.«

»Natürlich, sogar zwei, nicht wahr? Veeti Korhonen

hat Ihnen ebenfalls ein Alibi gegeben. Das war nicht klug.«

»Ich weiß«, gab Sachs reumütig zu. »Das war ein Fehler. Er ist unser Geschäftspartner in Helsinki. Ich habe tatsächlich einen Termin mit ihm gehabt. Doch als Helene grünes Licht gab, habe ich ihn angerufen und darüber informiert, dass ich mich verspäten werde. Ich habe ihn gebeten, mir ein Alibi zu geben, falls Helenes Mann anrufen sollte. Ich habe ja vorhin gesagt, er wird immer misstrauischer. Ich wollte vor allem Helene schützen. Ich habe ja nicht wissen können, dass Veeti mich derart missversteht und auch die deutsche Polizei anlügt. Trotzdem, Veeti hat ja nicht komplett gelogen. Ich war ja tatsächlich bei ihm, nur eben ein paar Stunden später.«

»Veeti Korhonen steht im Verdacht, in Finnland in diverse kriminelle Straftaten verwickelt zu sein. Hehlerei steht ganz oben auf der Liste. Und wenn man weiß, dass es in Ihrer Spedition Diebstähle gegeben hat, kann man sich ausrechnen, wo die Ware gelandet ist.«

»Davon weiß ich nichts. Ich spreche kein Finnisch. Wir unterhalten uns auf Englisch, Herr Kommissar. Selbst wenn es in den finnischen Nachrichten oder mit dicken Lettern in irgendwelchen Zeitungen gestanden hätte, ich hätte es gar nicht verstehen können. Sein Leumund war jedenfalls einwandfrei.«

»Das ist doch Bullshit! Das glaube ich Ihnen nicht! Ulrich Mellwig hätte sich nie auf einen derartigen Geschäftskontakt eingelassen – so gut glaube ich, ihn mittlerweile zu kennen.«

»Das stimmt ja auch. Seit ich in der Firma bin, ist die Kundenbetreuung aber mein Ressort. Er war mein Kontakt. Vassili Below hat ihn vermittelt.«

»Oha, so ist das also«, meinte Reiners und nickte nachdenklich mit dem Kopf. »Damit schließt sich der Kreis. Sie wissen, dass er mit richtigem Namen Juri Mabrasow heißt?«

»Juri Mabrasow?«, wunderte Sachs sich. »Den Namen habe ich noch nie gehört. Der Mann hat sich mir als Vassili Below vorgestellt. Das alles wird ja immer mysteriöser. Dem traue ich glatt einen Mord zu. *Den* sollten Sie mal unter die Lupe nehmen. Ich kann mir Kontakte zu diesem Milieu doch gar nicht erlauben, Herr Kommissar. Auf meinen Schultern lastet immerhin die Zukunft der ganzen Spedition.«

»Na, wenn Sie sich damit mal nicht täuschen …«, setzte Hump an, wurde aber durch ein Klopfen unterbrochen. Dennis Schuster steckte den Kopf durch die Tür und bat ihn heraus.

»Die BALTRUM ist gefunden worden!«

39

»Sie haben uns angerufen?«, fragte Kommissar Reiners den bauchlastigen Mann mit dem dicken Schnäuzer und schaute ihn prüfend an. Dieses Walrossgesicht hatte er doch schon einmal gesehen. »Kennen wir uns?«

Er war zusammen mit seinem Kollegen Hump in den Hafen am Untersee gerufen worden und wurde nun auf dem Parkplatz des Campingplatzes erwartet, auf dem sie bereits einmal erfolgreich ermittelt hatten.

»Natürlich kennen wir uns, Herr Kommissar. Ich bin der Karl-Heinz. Sie haben mich vernommen, als Bernd, ich meine, als der Tote in dem Wohnwagen gefunden worden ist.«

»O ja. Ich erinnere mich. Dann erzählen Sie mal.«

»Seit Sie hier waren, bin ich ja ein großer Fan von Ihnen und Ihrem Kollegen. Und da habe ich jetzt auf Facebook gesehen, dass Sie die BALTRUM suchen. Sie ist hier und bunkert unten am Gaststeiger Frischwasser. Aber Sie müssen sich beeilen, sie wird gleich wieder ablegen.« Karl-Heinz zögerte einen Moment, doch dann schien er förmlich vor Neugier zu platzen: »Ich kenne Gunnar. Was wollen Sie denn von dem Schläger? Hat er seine Frau wieder mal verprügelt?«

»Danke für Ihren Anruf«, sagte Reiners knapp und ließ den fragseligen Mann stehen. Hump und er kannten den Weg. Es war noch nicht lange her, da war das riesige Campingplatz- und Hafenareal fast so etwas wie ihr zweites Zuhause gewesen.

Rasch folgten sie dem Weg zum Hafen. Schon von weitem fiel ihnen das stattliche Plattbodenschiff mit dem hohen Mast und den beiden großen Seitenschwertern ins Auge. Ein älterer Mann mit gebräuntem Oberkörper rollte auf dem Steg etliche Meter Wasserschlauch zusammen und hievte ihn über die weißgestrichene Bordwand. Zwei Nilgänse flüchteten von der Anlegestelle ins Wasser, als die Kommissare über den knarzenden Holzsteg auf das Boot zugingen.

»Herr Schneider? Herr Gunnar Schneider?«, sprach Reiners den Mann an.

Der Grauhaarige drehte sich um und blieb wie angewurzelt stehen. Angst spiegelte sich in seinem Gesicht. Seine Augen suchten hektisch nach einem Fluchtweg. Doch er war in einer Sackgasse. Um ihn herum war nur Wasser, die einzige Verbindung zum Land wurde durch Hump und Reiners versperrt. »Tun Sie mir nichts!«, presste er hervor. »Ich werde kein Wort sagen.« Die schiere Panik stand in seinen Augen.

»Beruhigen Sie sich, Herr Schneider. Wir sind von der Kriminalpolizei«, sagte Reiners und stellte sich und seinen Kollegen vor.

Gunnar Schneider taxierte sie kritisch. »Kann ich

mal Ihre Dienstausweise sehen?« Die Kommissare gewährten ihm einen langen prüfenden Blick darauf. Die Erleichterung, die für einen Sekundenbruchteil über Schneiders Gesicht huschte, entging Reiners nicht.

»Wie Sie sich sicher vorstellen können, haben wir einige Fragen an Sie, Herr Schneider«, sagte er, als er plötzlich Schritte hinter sich hörte. Er drehte sich um und entdeckte Karl-Heinz, der auffällig unauffällig auf sie zuschlenderte. Dieser Fan wurde langsam allzu aufdringlich!

Gunnar Schneider hatte ihn ebenfalls entdeckt und deutete auf die BALTRUM. »Können wir das nicht drinnen besprechen?«

»Ja, natürlich, kein Problem.«

Das Schanzkleid der BALTRUM war mehr als hüfthoch, doch der über Siebzigjährige meisterte es geschickt. »Bitte, kommen Sie an Bord«, bat er, als er die Tür zum Ruderhaus öffnete.

Das Ruderhaus war geräumig. Eine halbrunde Sitzgruppe mit Tisch befand sich direkt hinter dem riesigen Steuerrad. Barocke Gardinen schmückten die Fenster, abgenutzte Teppichstücke bedeckten den Boden. Alles in dem Raum war alt.

»Bitte, nehmen Sie Platz, meine Herren«, sagte Schneider und deutete auf die Sitzgruppe.

»Sie wollen uns sicher etwas erzählen, Herr Schneider«, begann Reiners die Befragung des Seniors, als der Tassen, Kaffee und Milch auf die abgewetzte Wachstischdecke stellte. »Ich nehme an, Sie wissen, weshalb wir hier sind.«

»Nein, nicht so ganz«, wich Schneider aus und setzte sich.

»Wegen Ihrer Frau Jenny«, antwortete Reiners und fing Schneiders verwunderten Blick auf.

»Wegen Jenny?«

»Wir haben Ihre Frau vorgestern aus dem Fluss gefischt. Sie war in Leinen verpackt und mit etwas beschwert worden«, klärte Reiners die Fakten und schickte ein »Sie haben sie bis heute nicht als vermisst gemeldet« hinterher.

»Ich habe nicht gewusst, dass sie gefunden worden ist«, sagte Schneider und räusperte sich verlegen.

»Damit haben Sie wohl nicht gerechnet, was?! Ihr Körper war übersät mit blauen Flecken. Sie hatte alte und neue Knochenbrüche«, preschte Hump vor. Er konnte sich nicht zurückhalten. Reiners wusste, dass ihm häusliche Gewalt naheging. Vor allem, wenn sie den Schläger wieder laufenlassen mussten, wie in dem Fall, den sie kurz vor seinem Urlaub bearbeitet hatten. Die Frau hatte, im Gegensatz zu Jenny Schneider, die Schläge überlebt; die Anzeige gegen ihren Mann aber immer wieder zurückgezogen. Jenny Schneider konnte ihren Mann noch nicht einmal mehr anzeigen.

»Jenny war die beste Frau, die ich mir hätte wünschen können. Wir waren fünfundfünfzig Jahre verheiratet«, begann Schneider mit einem Mal zu sprechen.

»Warum haben Sie sie dann geschlagen?«, unterbrach Hump abermals und fing sich dafür gleich Reiners' strafenden Blick ein.

»Ihren Gefühlsausbruch können Sie sich sparen. Leute wie Sie kenne ich zur Genüge. Aber Sie wissen eben nicht Bescheid«, antwortete Schneider und sah die Kommissare eindringlich an. Er unterstrich seine unterdrückte Wut, indem er mit dem Zeigefinger fest auf die Tischplatte tippte: »Ich – bin – kein – Schläger.« Schneider atmete tief ein. »Meine Frau war seit ihrer Kindheit Epileptikerin. Sie war in ärztlicher Behandlung und hat Medikamente bekommen. Soweit war alles unter Kontrollle.«

»Aber irgendwann hat sich etwas geändert, da ist Ihnen zum ersten Mal die Hand ausgerutscht!«, ging Hump zum Angriff über.

»Ach, wo denken Sie hin? Ich habe meine Frau NIE, NIEMALS geschlagen. Ich hätte ihr kein Haar krümmen können. Jenny war ihr Lebtag nur für mich und die Kinder da. Wir haben deshalb finanziell nie große Sprünge machen können, und als ich in Rente gegangen bin, haben wir den Gürtel noch enger schnallen müssen. Wegen der geringeren Kosten sind wir auf dieses Boot gezogen. Vor zwei Jahren musste Jenny jedoch auf ein anderes Medikament, ein billigeres Generikum, umsteigen. Ihr Hausarzt hat dafür Budgetgründe und spezielle Krankenkassenverträge mit irgendwelchen Pharmaunternehmen angegeben. Zuerst war uns das recht, weil unsere Zuzahlungen niedriger waren. Doch Jenny hat zunehmend über Nebenwirkungen geklagt. Die Zusammensetzung war eben doch anders als bei dem Originalmedikament.«

»Das hätten Sie doch mit ihrem Hausarzt besprechen können«, meinte Reiners.

»Das haben wir doch auch. Jennys Arzt ist sich sicher gewesen, dass sich das nach einer Eingewöhnungszeit regulieren würde. Später meinte er nur, es gäbe objektiv keine Nebenwirkungen; die wären rein psychischer Natur. Aber das waren sie eben nicht. Jennys Lebensqualität hat sich stetig verschlechtert.«

»Konnte man denn gar nichts tun, um ihr das Leben zu erleichtern?«, fragte Reiners.

»Ich war immer für Jenny da, habe ihr geholfen, wo ich nur konnte. Ich habe zu ihrem Schutz Decken und Kissen um sie herumgelegt, wenn sie während eines Anfalls unkontrolliert um sich geschlagen hat. Aber manchmal war ich eben nicht bei ihr. Ich war dann einkaufen, in der Apotheke, oder habe mal wieder mit Jennys Arzt diskutiert. Erschwerend kam hinzu, dass das Problem der häuslichen Gewalt mehr und mehr in der Öffentlichkeit wahrgenommen wurde. Die Leute haben uns zunehmend schief angesehen, wenn Jenny wieder einmal blaue Flecken oder einen Gips hatte. Es war auf einmal »in«, ein Auge auf die Nachbarschaft zu haben.«

»Sind Sie etwa der Meinung, man sollte bei all dem wegsehen?«, warf Hump herausfordernd ein.

»Nein, natürlich nicht. So war das ja auch nicht gemeint«, räumte Schneider ein. »Natürlich ist es gut, wenn Missstände aufgedeckt werden. Aber man hat mich sofort verdächtigt, übel beschimpft und gemieden. Außerdem hat man versucht, Jenny zu überreden, dass Sie mich anzeigt. Und wenn sich so ein Gerücht in den Köpfen erst einmal festgesetzt hat, kommt man schwer dagegen an. Dass wir so ärmlich aussehen, wie wir es nun mal tun, hat uns auch nicht gerade geholfen. In Jachthäfen findet man ja üblicherweise eine andere Klientel.«

Gunnar Schneider senkte stumm den Kopf. »Wenn der Druck zu groß geworden ist, sind wir eben mit unserem Boot in einen anderen Hafen gefahren und dort geblieben, bis auch da alles wieder von neuem begonnen hat.«

»Haben Sie denn nie versucht, den Leuten das Problem der Epilepsie zu erklären?«

»Natürlich, immer wieder. Aus purer Verzweiflung habe ich diesen Leuten später sogar Jennys Krankenakte gezeigt. *Das kann man heutzutage doch alles fälschen*, hat man uns da nur lapidar an den Kopf geworfen. Selbst Jenny hat man nicht geglaubt, wenn sie mich in Schutz genommen hat. Die Öffentlichkeit war derart auf häusliche Gewalt sensibilisiert, die hat ja nichts anderes mehr sehen wollen. Epilepsie? Das war doch nur eine billige Ausrede! Kein Mensch hat uns glauben wollen. Man hat mir sogar unterstellt, ich würde Jenny unter Druck setzen, damit sie nicht gegen mich aussagt. Dabei haben wir uns geliebt und genau gewusst, was wir aneinander hatten. Und jetzt ist sie nicht mehr bei mir.« Schneider saß zusammengesunken am Tisch. Die Tränen standen ihm in den Augen. Den Kaffee hatte er im Gegensatz zu den Kommissaren noch nicht angerührt. »Sie fehlt mir. Sie fehlt mir sehr.«

»Sie haben wegen dieser Sache Streit mit Ulrich Mellwig gehabt, das ist doch richtig?«

»Ja. Der ist auch so ein »Gutmensch« gewesen. Hat gedacht, er müsste Jenny vor mir schützen. Er wolle ›nur helfen‹, und hat über den Steg hinweggeschrien, er wolle sie in ein Frauenhaus bringen. Nach seiner letzten Drohung habe ich ihn einfach auf dem Steg stehenlassen. Ich habe keine Kraft mehr gehabt.«

»Haben Sie sich deshalb von ihm befreit?«, warf Hump ein.

»Ich habe in den Nachrichten gehört, dass er tot ist. Und Sie denken jetzt, ich habe ihn umgebracht?« Gunnar Schneider sah ihm geradewegs in die Augen. »Das habe ich aber nicht!«

»Geben Sie es doch zu!«, drängte Hump. »Sie haben allen Grund dazu gehabt, oder etwa nicht? Er wollte Ihnen Ihre Frau wegnehmen; dafür sorgen, dass sie in fürsorgliche Obhut kommt. Vielleicht wollte er Sie auch anzeigen, das hätte dann womöglich Gefängnis für Sie bedeutet. Das Fass ist übergelaufen, und Sie haben gehandelt.«

»Er wollte sie retten«, räumte Schneider ein. »Ja, das wollte er wirklich. Doch von Epilepsie hat auch er nichts wissen wollen. Er hat sie in ein Frauenhaus stecken wollen. Können Sie mir sagen, wie ihr das bei ihren Problemen geholfen hätte? Und jetzt ist sie tot.«

»Haben Sie sie von ihren Leiden erlöst?«, fragte Reiners vorsichtig.

Schneider sah Reiners mit weitaufgerissenen Augen an. »Wie jetzt? Zuerst unterstellen Sie mir, ich hätte mir Ulrich vom Hals geschafft, und nun soll ich auch noch meine Jenny auf dem Gewissen haben?«

Reiners zuckte mit den Schultern. »Na ja, das kann doch sein? Vielleicht ist Ihnen das alles zu viel geworden. Möglicherweise haben Sie keinen anderen Ausweg mehr gesehen, weil Sie Ihre Frau nicht mehr leiden sehen konnten.«

»Sie sind doch in der Nacht aus dem Hafen ausgelaufen, als Mellwig umgebracht worden ist«, übernahm Hump die Befragung und baute weiter Druck auf. »Für uns sieht das ganz klar nach Flucht aus. Warum also flüchten Sie, wenn Sie mit Mellwigs Tod gar nichts zu tun haben? Los! Raus mit der Sprache!«

»Weil man auf mich geschossen hat!«, stieß Gunnar Schneider zur Überraschung der Kommissare aus. »*Deshalb* sind wir aus dem Hafen geflüchtet, und *deshalb* hat Jenny den Anfall bekommen.«

»Wollen Sie damit sagen, dass Sie selbst fast einem

Mordanschlag zum Opfer gefallen sind?« Reiners war perplex. Damit hatte er nicht gerechnet. Lautes Geschnatter drang plötzlich durch ein geöffnetes Fenster ein und irritierte Reiners für einen Moment.

»Genau«, antwortete Schneider unbeirrt. »Ich hatte draußen nach der Satellitenschüssel gesehen. Die ist alt und muss hin und wieder nachjustiert werden. Ich stand auf der Reling und habe eine Mutter nachgezogen, als ich einen Knall gehört habe. Der Kakadu hat daraufhin einen dermaßen fürchterlichen Lärm gemacht, dass ich unwillkürlich zur WHITE BEAUTY gesehen habe. Ich habe einen Mann auf dem hellerleuchteten Achterdeck gesehen, der versucht hat, den Vogel einzufangen. Er ist aufgeregt hin und her geflogen und dann durch die offene Persenningtür entkommen. Der Mann hat dann an der Heckleiter gestanden und geflucht. Er hatte eine Waffe in der Hand, und hat Lora dann wie beim Tontaubenschießen ins Visier genommen. Ich war starr vor Schreck und habe mich nicht bewegt. Ich konnte Ulrich zusammengesunken auf einem Stuhl sitzen sehen.«

»Warum haben Sie vorhin gelogen, Herr Schneider?« Hump sah Gunnar Schneider kalt an. »Sie haben Ulrich Mellwigs Tod nicht erst aus den Nachrichten erfahren. Sie haben ihn quasi miterlebt.«

»Hätten Sie mir eine solche Geschichte geglaubt, Kommissar Hump? Sie halten mich doch für einen Schläger? Sie hätten doch gedacht, ich hätte wieder einen Streit mit Ulrich gehabt und ihn dabei im Affekt getötet.«

»Sie haben also Mellwig tot auf einem Stuhl sitzen sehen, und dann?«, fragte Reiners, der auch noch den Rest von Schneiders unglaublicher Geschichte hören wollte.

»Vor lauter Nervosität ist mir der Schraubenschlüssel aus der Hand gefallen. Der Mann hat das Scheppern gehört und mich entdeckt. Ihm muss sofort klargewesen sein, dass ich irgendetwas gesehen habe, denn er hat nicht lange gefackelt und sofort auf mich geschossen!«

»Was haben Sie dann gemacht?«

»Ich? Was soll ich gemacht haben? Ich habe mich natürlich fallen lassen. Runter von der Reling, zwischen Steuerhaus und Schanzkleid. Das hat mir Deckung gegeben. Ich habe die Kugel über mich hinwegzischen und mit einem »Pling« am Blech abschlagen hören. Durch eine kleine Aussparung im Schanzkleid habe ich den Mann beobachten können. Er hat noch eine Weile auf dem Achterdeck gestanden und die BALTRUM nicht aus den Augen gelassen. Also bin ich leise über die Gangbord gerobbt und habe vorsichtig die Leinen losgemacht. Als ich wieder im Ruderhaus war, habe ich schnell den Motor gestartet und bin mit Volldampf aus dem Hafen gerauscht. Jenny ist von dem Schiffsdiesel aus dem Schlaf gerissen worden und wollte wissen, warum wir so spät noch auslaufen.«

»Was haben Sie ihr gesagt?«

»Ich habe ihr nur gesagt, sie solle wieder unter Deck gehen. Ich habe ihr doch nicht erzählen können, dass gerade auf mich geschossen worden ist. Sie war ohnehin schon aufgeregt, Aufregung ist pures Gift für Epileptiker. Ich habe gehofft, sie hätte die Schüsse Wilderern zugeschrieben. Die gibt es nämlich auch hier. Als wir die Kiesinseln passierten, stand Jenny mit einem Mal vorne auf der Bugspitze. Sie hat die Fender eingeholt, so wie sie es immer macht, wenn wir auf Reise gehen. Wenig später waren wir auf dem Fluss, und ich habe sie nicht mehr sehen können. Ich wollte nach ihr schauen, doch die Strömung war zu stark, das Boot ist ausgebrochen und drohte in eine Havarie zu treiben. Trotz der späten Stunde waren ja noch immer Berufsschiffe auf dem Fluss unterwegs. Deshalb musste ich erst einmal die BALTRUM wieder auf Kurs bringen. Kurze Zeit später tauchte Jenny dann aber wieder auf dem Vorschiff auf. Ich hatte kein gutes Gefühl bei der ganzen Sache und habe einen ruhigen Ankerplatz gesucht. Dabei ist viel kostbare Zeit verlorengegangen.«

»Warum haben Sie nicht sofort den Anker geworfen?«

»Sie sind kein Skipper, nicht wahr? Das Ankern auf dem Fluss ist aus Sicherheitsgründen verboten. Das Boot war kaum festgemacht, da bin ich zum Vorschiff gelaufen, und da habe ich Jenny gefunden. Tot. Die ganze Aufregung war wohl zu viel für sie gewesen. Ihr

Haar war blutig, und sie hat nicht mehr geatmet. Sie muss während eines Anfalls mit der Schläfe auf die Reling aufgeschlagen sein, überall war Blut. Ich mache mir seit diesem Tag Vorwürfe. Sie haben ja keine Ahnung, Herr Kommissar.«

»Und dann haben Sie Ihre Frau entsorgt«, sagte Hump mit kalter Stimme.

»Aber nein, nicht entsorgt«, wehrte Schneider ab, sein Gesicht war traurig. »Ich habe sie aufgebahrt und während der restlichen Nacht bei ihr Totenwache gehalten. Ich habe mich von ihr verabschiedet und lange darüber nachgedacht, ob ich sie wirklich dem Fluss übergeben kann. Aber mir ist doch nichts anderes übriggeblieben. Ich konnte das Boot doch nicht verlassen.«

»Warum denn nicht?«, fragte Hump verständnislos.

»Erstens hatte ich Angst, dass Ulrichs Mörder hinter mir her ist. Und diese Furcht war absolut berechtigt. Ich habe ihn aus meinem Versteck heraus gesehen, wie er mit seinem Boot nach mir gesucht hat. Er war es. Eindeutig.«

»Und zweitens?«

»Stellen Sie sich vor, ich komme zu Ihnen und erzähle Ihnen, dass meine Frau auf meinem Schiff gestorben ist. Und Sie stellen dann eine schwere Kopfverletzung als Todesursache fest. Was denken Sie da, Herr Hump? Ich weiß es genau. *Ha! Jetzt hat er seine Frau endgültig totgeschlagen!* Ist es nicht so? Mir war doch klar, dass so etwas kommen würde. Für Sie gibt es doch nur Schwarz oder Weiß. Sie hätten mich für etwas eingebuchtet, das ich nie und nimmer hätte tun können.«

Nach einer Weile beruhigte Schneider sich wieder ein wenig und atmete tief ein. »Ich gebe zu, ein weiterer Grund für die Flussbestattung ist die finanzielle Seite gewesen. Ich habe kein Geld für eine ordentliche Beerdigung. Selbst ein Armenbegräbnis kostet noch bis tausendzweihundert Euro. Ich hatte das Geld einfach nicht. Aber Jenny hatte sich ohnehin eine Flussbestattung gewünscht. Vielleicht nicht ganz so, wie sie es nun bekommen hat.«

»Sie haben sie also …«

»Ja, ich habe Jenny in ein großes Laken gewickelt«, fuhr Schneider fort, »und mit Leinen verschnürt, wie es die Seefahrer früher gemacht haben. Ich habe zwei alte Anker als Last an den Leinen befestigt und sie bei Sonnenaufgang feierlich dem Fluss übergeben. Ich habe natürlich gewusst, dass das verboten ist. Aber was hätte ich denn machen sollen? Ich hätte sie doch nicht irgendwo liegen lassen oder unter einem Baum verscharren können. Ich habe nicht damit gerechnet, dass die Strömung derart stark ist, dass die Gewichte abgerissen werden und Jenny wieder auftaucht. Das alleine ist schon furchtbar genug, aber dass Sie auch noch hier aufkreuzen …« Gunnar Schneider war aufgewühlt. Während der Ausführungen kämpfte er immer wieder mit den Tränen. »Und mir bei all dem jetzt auch noch zwei Morde anhängen zu wollen, das hat mir gerade noch gefehlt.«

»Mit uns haben Sie also nicht gerechnet?«

»Nein, mit Ihnen doch nicht! Ich hatte viel mehr Angst, dass Ulrichs Mörder mich gefunden hat. Spätestens als die BALTRUM abgedampft ist, hat er doch gewusst, dass ich noch lebe. Ich habe doch gesagt, er hat mich gesucht. Deshalb habe ich mich versteckt gehalten. Aber heute habe ich meinen Unterschlupf verlassen müssen. Ich habe schon seit zwei Tagen kein Wasser mehr.«

»Wir hatten die Wasserschutzpolizei beauftragt, Sie zu suchen. Haben Sie das nicht bemerkt?«, fragte Reiners.

»Ja, doch. Ich habe die Wasserschutzpolizei durch mein Fernglas Patrouille fahren sehen. Aber denen hätte ich über Ulrichs Ermordung auch nichts erzählen können. Als ob die mir meine Geschichte abgekauft hätten. Außerdem habe ich befürchtet, dass die mich nach Jenny fragen könnten. Und was hätte ich denen sagen sollen, wo sie ist? Als Sie vorhin auf dem Steg auf mich zugekommen sind, habe ich gedacht: Jetzt ist es aus. Jetzt hat er mich gefunden. Ich habe gedacht, Ulrichs Mörder hat zwei Auftragskiller geschickt, die mich erledigen.«

»Das heißt, Sie haben keinen von uns für Ulrich Mellwigs Mörder gehalten. Demnach haben Sie ihn an jenem Abend also genau gesehen und auch erkannt?«, fasste Reiners die Sachlage zusammen. »Warum haben Sie das nicht gleich gesagt?«

»Ja sicher kenne ich ihn. Er hat Ulrich einige Male auf der White Beauty besucht. Außerdem hat er selbst ein Boot hier im Hafen liegen.«

»Mensch, Herr Schneider, nun lassen Sie sich doch nicht alles aus der Nase ziehen. Wer hat Ulrich Mellwig also getötet und auf Sie geschossen?«

»Das war sein Geschäftspartner. Simon Sachs.«

40

»Der Fall Mellwig ist ja nun abgeschlossen«, meinte Tom und pflückte mit seinem Schnabel einige Halme. Princess und er zupften ihre Kräuter auf dem Deich und diskutierten angeregt. Es war Zeit für ein gepflegtes Mittagsmahl, auch die Hafengänse Hunter, Stella und Selene rupften ganz in der Nähe genüsslich an Gänseblümchen und Gras. »Aber das Attentat auf den Kommissar lässt mich nicht los. Ich weiß wirklich nicht, welcher Flügellose da seine Finger im Spiel hatte.«

»Dann geh' doch nach dem Ausschlussverfahren vor«, empfahl Princess.

»Gute Idee«, meinte Tom und ging alle Flügellosen durch, die seiner Meinung nach nicht für das Attentat in Frage kamen. »Der Hafenmeister scheidet aus, er hatte mit Reiners nichts zu schaffen. Außerdem hatte er den ganzen Tag mit dem Hafenfest zu tun.«

»Stimmt. Den würde ich auch ausschließen.«

»Donhäuser. Er könnte …«, überlegte Tom laut und wurde von Princess gleich unterbrochen.

»Der will einen Neustart. Er hat eine neue Zukunft als Geschäftsführer in der Spedition vor sich. Die wird er sich nicht ruinieren wollen. Außerdem haben sich

Reiners und er vor dem Fest nur ein Mal getroffen, soviel ich weiß.«

»Du hast recht, der scheidet auch aus. Zu wenig Berührungspunkte und vor allem, kein Motiv.« Tom nahm noch einen Schnabel voll Kräuter. Während er kaute, überlegte er intensiv. »Sachs …«

»Warum sollte er Reiners versenken wollen? Reiners hatte von seinen Machenschaften zum Zeitpunkt des Hafenfestes doch noch gar keine Ahnung. Sachs fühlte sich von Reiners' Seite her sicher nicht bedroht.«

Tom nickte. »Das stimmt. Auch Pia Mellwig scheidet meiner Meinung nach aus, denn schließlich haben die Kommissare den Mörder ihres Bruders gesucht.«

»Und dank unserer Hilfe auch gefunden.« Princess kreiste weitere Verdächtige ein. »Bleiben noch Rechtsanwalt Strohn, die Westhofs und Reiners' Verehrerin.«

»Genau. Martina Zielger! Die hatte ein Motiv. Reiners hat sie durch die Geldübergabe für den Segelkurs mit dem Mord an Ulrich Mellwig in Verbindung gebracht. Deshalb war sie in Gewahrsam und ist erst kurz vor dem Hafenfest wieder freigelassen worden. Ich habe sie dort gesehen.«

»Bingo! Und sie hatte noch ein zweites, viel stärkeres und sehr persönliches Motiv: Reiners hatte ihr übel mitgespielt. Er hat bei ihr Hoffnungen geweckt – dabei hatte sie nie eine Chance. Typisch männliches Verhalten, wenn du mich fragst.« Princess schmunzelte.

Tom ging lieber nicht auf ihren Kommentar ein und

sagte stattdessen: »Aber hatte sie auch die Gelegenheit dazu, die AVALON unter Wasser zu setzen? Wir wissen doch nur, dass sie auf dem Hafenfest war und anschließend mit ihren Segelschülerinnen zu einem Törn aufgebrochen ist. Niemand weiß, was sie gemacht hat, *bevor* sie auf dem Fest erschienen ist.«

»Wer sagt denn das?«, mischte Hunter sich mit einem Mal ein. »Entschuldigt, aber eure Diskussion war einfach nicht zu überhören.« Er schnatterte ein-, zweimal und sagte dann: »Eure Überlegungen sind richtig. Sie war auf der AVALON.«

»Woher weißt du das?«, fragten Tom und Princess im Chor.

»Na, weil wir sie gesehen haben. Sie ist mit dem verkniffenen Gesicht eines Papageientauchers über den Steg gestampft und hatte dermaßen viel Wut im Bauch, dass ich es bis auf den See spüren konnte. Ganz schlechtes Karma, kann ich nur sagen.«

Selene und Stella stimmten Hunter zu. Auch sie hatten Martina Zielger erlebt.

»Sie ist auf die AVALON zu und hat heftig an der Bordwand geklopft. *Konrad, du Mistkerl, bist du da?*, hat sie gerufen, doch der Dicke war auf dem Hafenfest. Dann hat sie sich am Reißverschluss der Persenning zu schaffen gemacht und ist kurzerhand in das Boot geklettert. Dabei hat sie sich umgeguckt und geprüft, ob sie beobachtet wird. Sie hat wohl gewusst, dass sich so ein Besuch unter Flügellosen nicht gehört.«

»Das war kein Besuch, Hunter. Das war ein Einbruch. Hast du sehen können, was sie in dem Boot gemacht hat?«

»Nein, gesehen habe ich nichts, mein Hals war nicht lang genug. Aber ich habe etwas gehört. Sie hat sich im Salon zu schaffen gemacht und vermutlich die Bodenbretter beiseitegeräumt. Das ganze Boot hat bei der Aktion geschwankt. Sie selbst hat geächzt und geflucht.«

»Und ich habe gehört, wie sie gesagt hat: ›*Das geschieht ihm ganz recht*‹«, sagte Stella.

»Als sie fertig war, hat sie den Reißverschluss wieder verschlossen und ein überaus zufriedenes Gesicht gemacht«, sagte Hunter.

»Ja, und dann hat sie etwas in den See geworfen«, schaltete Selene sich ein. »Ich habe ja gedacht, es wäre etwas zum Futtern und habe es mit dem Schnabel aufgefischt. Aber es war nur ein kleines Stückchen Plastik und ungenießbar. Ich habe es gleich wieder ausgespuckt.«

»Das kleine Plastikstückchen aus dem Kühlwasserschlauch«, rief Tom.

»Hat sie vielleicht auch etwas an den Leinen gemacht?«, hakte Princess nach.

»Ja. Jetzt wo du es sagst, erinnere ich mich. Sie hat die Leinen gelöst und anschließend nur locker um die Klampen gelegt«, antwortete Hunter. »Kein verantwortungsvoller Eigner würde so etwas machen!«

»Das habe ich mir doch gedacht«, schnatterte Princess. »Die Leinen mussten gelöst worden sein, denn sonst hätte das Boot weder sinken noch in die Boxenzufahrt treiben können. Als Reiners abends vom Hafenfest kam und schlafen ging, hat für ihn alles normal ausgesehen. Er hat keine Ahnung von Knotenkunde, und Martina Zielger hat das eiskalt ausgenutzt.«

»Reiners ist in das Boot gestiegen, hat sich umgezogen und in die Koje gelegt«, setzte Tom Princess' Gedanken fort. »Dabei hat das Boot geschwankt und die ohnehin losen Leinen sind von den Klampen gerutscht. Ein wenig Wind, und schon ist das Boot vom Steg fortgetrieben worden. Wären wir nicht gekommen, wäre das Boot wenig später zusammen mit dem Kommissar in der Boxenzufahrt untergegangen.« Tom schwieg und dachte nach. Schließlich sah er Princess an und sagte: »Wie bringen wir das nur den Kommissaren bei? Die haben ja mal wieder so was von keine Ahnung. Die werden Martina Zielger ungeschoren davonkommen lassen. Das können wir nicht zulassen.«

»Die Kommunikation mit dieser Spezies ist wirklich nicht einfach. Aber sieh mal, Tom. Da hinten kommen sie.«

Wie aufs Stichwort steuerten Reiners und Hump den Steiger D an. Tom und Princess watschelten rasch den Deich hinunter, ließen sich ins Wasser gleiten und paddelten hinter den Kommissaren her. Auch die Hafengänse hielt nichts mehr auf dem Damm. Sollte sich im

Hafen etwas Außergewöhnliches ereignen, wollten sie dabei sein.

»Wenn die auch nur ein bisschen nachgedacht haben«, meinte Tom, »gehen die zur VOYAGER.«

»Aber die ist doch noch auf dem Segeltörn«, gab Princess zu bedenken.

»Oh, die VOYAGER wird gleich einlaufen«, sagte Stella. »Sie kommt immer um die gleiche Zeit zurück. Da kann man fast die Sonne nach stellen.«

»Tatsächlich. Sieh doch«, rief Tom. »Sie biegt gerade in die Hafeneinfahrt ein.«

Das Anlegemanöver des Seglers wenig später klappte einwandfrei. »Das habt ihr toll gemacht, Mädels«, lobte die Skipperin ihre Crew. Kurz danach verließ die ausschließlich weibliche Besatzung das Segelboot.

»Tschüs, Martina«, rief eine junge Frau und schulterte ihren Seesack. Sie war die Letzte, die von Bord der VOYAGER ging. »Das hat Spaß gemacht. Das müssen wir unbedingt noch einmal wiederholen.«

»Natürlich, Ellen. Du hast viel gelernt, wenn du möchtest, kannst du dich für den Fortgeschrittenenkursus anmelden. Ich habe schon einen schönen Törn für den Herbst ausgearbeitet. Vielleicht sehen wir uns dann.« Martina Zielger stand auf dem Bug ihres Seglers und winkte ihrer Schülerin hinterher. Dann veränderte sich ihr Blick. Sie hatte Reiners und Hump entdeckt.

»Hallo, Martina«, sprach Reiners sie an.

»Was willst du?«, blaffte sie, ohne Hump zu beachten. Tom und Princess schwammen etwas näher heran, um besser hören zu können. »Willst du mich wieder zu Unrecht einsperren lassen?«

»Wir möchten mit dir reden. Das ist alles.«

»Worüber?« Martina Zielger kniff die Augenbrauen zusammen. »Es gibt nichts zu reden.«

»Wir haben mit Karsten Wischnewski gesprochen. Er hat einen Deal mit dem Staatsanwalt gemacht«, sagte Reiners, ging auf die VOYAGER zu und hielt das Boot an der Reling fest. »Er hat vollständig ausgesagt.«

»Ja und, was hat das mit mir zu tun?«

»Er hat gesagt, dass es diesen Segelkursus für seine Frau nie gegeben hat. Er hat außerdem ausgesagt, er hätte dich an jenem Tag, als ich euch zufällig beobachtet habe, für deine Spitzeldienste bezahlt. Im Auftrag von Simon Sachs. Er hat über deine finanzielle Situation Bescheid gewusst. Du hast Sachs angerufen und ihn darüber informiert, dass ein Kommissar sich undercover in den Hafen eingeschlichen hat und sich ungewöhnlich stark für seinen toten Geschäftspartner interessiert. Eine solche Information war ihm eine Sonderzahlung wert.«

»Dieser Wischnewski kann doch vieles behaupten. Der will doch nur seine eigene Haut retten. Kein Wunder, wenn er dann andere verdächtigt.«

»Nicht locker lassen, Kommissar«, schnatterte Tom Reiners aufmunternd zu.

»Außerdem war es dein Job, Ulrich Mellwig zu bezirzen. Du solltest ihn aushorchen und in Erfahrung bringen, was er über die Diebstähle in seiner Firma weiß. Deine Aufgabe war es, Sachs bei seinen Geschäften zu unterstützen, indem du Mellwig manipulierst und auf falsche Fährten lockst.«

»Das kannst du nicht beweisen! Ich habe nichts mit diesem Mord zu tun. Die wollen doch alle bloß von sich ablenken.« Martina Zielger hatte vor Aufregung ganz rote Wangen bekommen.

»Das sagst du. Aber du weißt noch nicht alles.« Reiners machte eine kleine Pause und ließ die Seglerin nicht aus den Augen. »Wir haben, als du mit deinen Schülerinnen auf großer Fahrt warst, auf deinem Steg ein Plastikstückchen gefunden. Es ist uns seltsam vorgekommen, deshalb haben wir es in die Kriminaltechnik gegeben. Die haben sofort herausgefunden, dass dieses Stückchen aus dem Kühlwasserschlauch der Avalon stammte.«

»Das kann nicht sein. Unmöglich. Ich habe es in den See geworfen«, brauste Martina Zielger auf. Doch im gleichen Moment biss sie sich auf die Lippen. Sie war in die Falle getappt.

»Sagen Sie das noch einmal, Frau Zielger«, forderte Hump sie auf. »Sie geben also zu, den Kühlwasserschlauch der Avalon angeschnitten zu haben.«

»Ich sage jetzt gar nichts mehr«, blockte sie ab.

»Das brauchst du auch nicht, Martina. Alles Weitere

klären wir auf dem Kommissariat. Ich schlage vor, du rufst einen Anwalt an und packst ein paar Sachen zusammen. Dein Aufenthalt wird dieses Mal länger dauern.«

Reiners winkte zwei uniformierte Polizisten heran, die zwischenzeitlich auf dem Damm Posten bezogen hatten.

»Abführen«, sagte er zu ihnen, als sie Martina Zielger in ihre Mitte nahmen. »Staatsanwalt Neuner wartet schon ungeduldig.«

Martina Zielger ließ sich von den beiden Polizisten abführen und ging, ohne sich noch einmal umzudrehen. Vier Augenpaare sahen dem Trio nach.

»Gar nicht so schlecht für Flügellose«, lobte Tom das Ermittlerduo. »Hätte nicht gedacht, dass ihr die Kurve noch kriegt und sie tatsächlich überführen und verhaften könnt. Auch wenn ihr dazu zu einem Trick greifen musstet.«

»Das gibt's doch nicht!«, sagte Reiners fassungslos, als er durch Toms lautes Geschnatter auf ihn aufmerksam wurde. »Du schon wieder! Du tauchst aber auch überall auf.«

»Der verfolgt uns«, sagte Hump und schaute ungläubig von Tom zu Princess. »Jetzt sind es schon zwei! Fehlen nur noch die Kormorane, dann wäre die Schnatterbande komplett.«

»Ohne euch hätten wir Sachs nicht gefasst, und ich wäre ohne euer Geschnatter nicht aufgewacht, sondern elendig ersoffen.« Reiners Stimme stolperte bei den letzten Worten. Die Erinnerung an seine Rettung nahm ihn anscheinend noch immer mit. »Danke«, sagte Reiners aus tiefster Seele zu Tom und Princess. »Das wollte ich euch schon lange mal sagen.«

Er wandte sich Hump zu und zischte ihm zu: »Kein Wort. Sag kein Wort. Du hast nichts gehört.«

»Keine Ursache«, schnatterte Tom. »Ich gebe den Dank an Rio weiter, der ist nur gerade anderweitig beschäftigt. Ohne Rio wärt Ihr nämlich nie an die Kanone gekommen.«

»Was wird denn jetzt aus Gunnar Schneider?«, fragte Hump und wechselte damit das Thema.

»Neuner hat lange mit ihm gesprochen. Er wird keine Anklage erheben. Schneider hat die Arztunterlagen seiner Frau vorgelegt. Der gerichtsmedizinische Abschlussbericht sowie der toxikologische Test haben seine Version bestätigt. Jenny Schneider war definitiv Epileptikerin. Die entsprechenden Medikamente konnten in ihrem Blut nachgewiesen werden. Schneiders Angaben stimmen, er durfte wieder zurück auf die BALTRUM.«

Humps Handy meldete den Eingang einer Kurznachricht. »Gerade hat sich die Schlinge um Sachs' Hals ein wenig enger zugezogen«, sagte er, nachdem er die Nachricht gelesen hatte. »Helene von Stettenhain hat bestritten, den fraglichen Abend mit Sachs zusammen gewesen zu sein. Sie kennt ihn nicht einmal. Sachs hat vermutlich darauf gesetzt, dass wir wegen eines Alibis in solchen Kreisen nicht ermitteln. Doch da war er auf dem Holzweg. Helene von Stettenhain war nachweislich auf einer Charity-Veranstaltung. Neuner selbst hat die Dame befragt.«

»Apropos Neuner, stimmt es eigentlich, was man sich über ihn erzählt?«, fragte Hump nach einer Weile.

»So, was erzählt man sich denn?«

»Dass er zu Interpol wechselt.«

»Nach Lyon? Das muss ein Gerücht sein. Ich denke, er würde zwar von seinem Büro einen schönen Blick auf die Rhône haben, und ich glaube, ein paar Seen gibt es da auch«, sagte Reiners und atmete tief ein, »aber dort wird er arbeiten müssen. Dort wird er sich nicht wie hier in Häfen rumtreiben und die Leute schikanieren können. Der wird hierbleiben, glaub es mir. Außerdem weiß er, was er an uns hat.«

»Da hast du recht. Wir haben bei unseren Fällen eine Aufklärungsquote von 100 %, das muss man uns erst einmal nachmachen.«

Reiners lachte, wurde aber bald wieder ernst. »Damit wären wir beim nächsten Thema. Wir haben noch etwas zu tun«, sagte Reiners und steuerte die AMALFI von Dr. Strohn an. Seine Frau war von ihrer Shoppingtour wieder zurückgekehrt. Beide saßen bei einem Glas Wein im Cockpit des Segelbootes.

»Du willst doch nicht wirklich?«, sagte Hump.

»Und ob ich das will. Ich werde an jede einzelne

Bootswand anklopfen und um Geld für Jenny Schneiders neuerliche Flussbestattung bitten. Alle haben ihr helfen wollen, doch niemand hat wirklich etwas getan. Die Leute hier haben ihr und ihrem Mann das Leben schwergemacht, da können sie wenigstens jetzt für eine ordentliche Bestattung sorgen. Sogar Pia Mellwig hat einen großen Betrag gegeben.«

»Hallo, die Herren Kommissare«, sagte Alessa Strohn gutgelaunt. »Was führt Sie denn hierher?«

»Tja, wir haben da ein Anliegen an Sie …«

41

»Das hier ist mein Revier«, erklärte Tom und wies mit dem Schnabel Richtung Untersee. Princess und er standen am Rand des Campingplatzes und hatten eine gute Sicht über See und Hafen. »Hier bin ich zu Hause, hier gibt es das leckerste Toastbrot, das du dir vorstellen kannst. Und das Beste ist: Mein Freund Ede hat immer genug Vorrat für mich.«

Tom freute sich, Princess endlich seinen Heimatsee zeigen zu können, denn er war fasziniert von ihr. Sie hatte ein unglaubliches Gespür für Forensik und Kriminalistik an den Tag gelegt, und noch nie hatte er sich derart angeregt mit jemandem über die neuesten Ermittlungsmethoden bei Mord und Totschlag unterhalten können. Das machte sie höllisch anziehend. Nie zuvor hatte er eine Nilgans von ihrem Format getroffen. Sie war schöner als Optima – die süße Haubentaucherin, in die er mal verliebt war – und viel intelligenter als Vectra. Sie war einfach klasse!

»Und da hinten«, sagte Tom und zeigte auf den Campingplatz, »da wohnt Ede. Er nennt mich übrigens *Nili*. Bei ihm habe ich abends immer die ***heute***-Nachrichten geguckt. Damit war es jedoch vorbei, als ich mit der Suche nach Klipper begonnen habe. Und seitdem bin ich total auf Nachrichtenentzug. Noch mehr als die Nachrichten fehlen mir allerdings die Abende mit Magnum.«

»Was? Du stehst auf diesen über und über mit dünnem Fell besetzten Schnauzbart, der einen Ferrari braucht, um Frauen aufzureißen?!«

»Ähm, wie meinst du das denn?«, fragte Tom irritiert. »Ich finde ihn cool. Er hat es einfach drauf. Hast du mal gesehen, wie der seine Fälle löst? Allererstes Toastbrot, kann ich da nur sagen!«

Bevor Princess darauf antworten konnte, hörte Tom plötzlich eine bekannte Stimme. »Nili, bist du das?«

»Aber klar, Ede«, schnatterte Tom und wandte sich dem Flügellosen zu. »Wir haben gerade von dir gesprochen.«

»Wo warst du denn so lange?«, fragte Ede, doch dann änderte sich sein Blick. Er hatte Princess entdeckt. »Aber natürlich! Du hast eine Partnerin gefunden.«

Ede zwinkerte Tom zu und meinte: »Die sieht aber wirklich hübsch aus, wie eine Prinzessin.«

»Oh, sie ist nicht nur hübsch …«, quakte Tom und brach mitten im Satz ab. Zum einen wollte er in Princess' Beisein nicht zu deutlich werden, zum anderen zweifelte er nach wie vor daran, dass Ede inzwischen Gänsisch gelernt haben könnte. Egal, was er ihm geantwortet hätte, Ede hätte es sowieso nicht verstanden.

»Was hältst du von einem kleinen Imbiss, Nili. Ich

lade euch ein. Für deine Prinzessin habe ich natürlich auch etwas.«

Ede ging voran, Tom und Princess watschelten im Gänsemarsch hinterher. Doch statt auf Edes Wohnwagenplatz zuzusteuern, marschierten sie zu Toms Erstaunen in die entgegengesetzte Richtung. Vorbei an der inzwischen verwaisten Parzelle einunddreißig, wo er mit Gil Grissom von CSI erstmals Bekanntschaft gemacht hatte, und vorbei an Parzelle vierunddreißig, wo Karl-Heinz wohnte. Den hatte er wenige Stunden zuvor ja noch auf dem Gaststeiger herumlungern gesehen. Karl-Heinz war, genau wie er und Princess, den beiden Kommissaren zum Plattbodenschiff gefolgt und hatte wissen wollen, was dort besprochen wurde.

Nanu? Tom wunderte sich. *Wohin gehen wir?*

»Na, da staunst du, nicht wahr, Nili. Wir gehen zu meinem neuen Wohnwagen«, sagte Ede, als hätte er Toms Gedanken erraten. »Stell dir mal vor, man hat mir Bernds Wohnwagen überlassen.«

Uups – ausgerechnet Bernds? Tom konnte es nicht fassen. *Die Flügellosen haben aber wirklich einen echt schrägen Humor!*

»Er hatte keine Erben, und niemand sonst wollte ihn haben. Ich habe jetzt mehr Platz, und es regnet nicht mehr rein. Alles ist viel moderner«, erklärte Ede weiter und lächelte verschmitzt. »Das Leben hält schon komische Überraschungen bereit, nicht wahr?!«

Wenig später hatten sie Edes neues Domizil erreicht. Außer dem Wohnwagen und dem Standort hatte sich jedoch nicht viel geändert. Auf dem frisch gemähten Rasen stand, wie schon auf dem alten Platz, ein Tisch mit einem kleinen Fernseher darauf. Zwei Stühle mit dicken Kissen waren in bequemem Abstand davor platziert. Es fehlten nur noch Edes Nachrichtenbier und ein paar Toastscheiben.

»Nehmt schon mal Platz. Gleich beginnen die ***heute***-Nachrichten«, rief Ede und warf einen Blick auf den Tisch. »Einen Augenblick. Ich komme gleich.«

»Ich soll von dem Stuhl aus Fernsehen?«, fragte Princess erstaunt, als Tom sich auf einem Kissen niederließ.

»Aber klar. So machen wir das immer. Das ist total gemütlich, aber warte, es wird noch besser!«

Kaum hatten die beiden es sich auf den Stühlen bequem gemacht, kam auch schon Ede aus dem Wohnwagen. Er hatte einen dritten Stuhl in der einen und Brot und Bier in der anderen Hand.

»Nicht so zurückhaltend, meine Kleine. Greif nur richtig zu«, forderte Ede seinen neuen Gast auf und hielt Princess eine Toastbrotkrume hin. Er hatte sich zu seinen Besuchern gesetzt und strahlte durch den weißen Bart hindurch wie ein Honigkuchenpferd. »Es ist genug da. Dein Freund hier ist auch nicht so zaghaft.«

»Ich weiß gar nicht, was der meint«, entschuldigte

Tom sich mit vollem Schnabel bei Princess, und grapschte gleich nach einer weiteren Toastbrotflocke.

Tom ging es gut. Er hatte drei komplizierte Fälle gelöst. Was wollte er mehr? Alles Weitere lag nun in den Händen der Kommissare. Mit Hilfe seiner Freunde hatte er gute Vorarbeit geleistet. Er war sich nun sicher, dass die Kommissare die Fälle Sachs und Zielger eigentlich nicht mehr vermasseln konnten. Der Stress der vergangenen Tage fiel langsam von ihm ab; bei Ede fernzusehen, erfüllte ihn mit einer lang vermissten Ruhe und Zufriedenheit. Bei Reiners TV zu gucken war zwar gut und schön gewesen – aber es war nicht dasselbe wie hier bei seinem Freund.

Matthias Fornoff hatte bereits eine Weile über das politische In- und Ausland berichtet, als er ihre Aufmerksamkeit auf einen Bericht der besonderen Art lenkte.

»Wir haben noch eine Meldung der besonderen Art, die wir Ihnen nicht vorenthalten wollen, meine Damen und Herren. Wenn die Sache keinen so ernsten Hintergrund hätte, könnte man darüber schmunzeln und das Ganze mit der Überschrift ›Watschel-Gang stoppt Mörder‹ versehen.« Hinter dem Nachrichtensprecher wurde ein kurzer, leicht verwackelter Amateurfilm eingespielt, der ein gelbes Motorboot in voller Fahrt zeigte. Es wurde von der Luft aus von vier großen Vögeln angegriffen.

»Was ist da passiert?!«, fragte Fornoff und gab gleich

die Antwort. »Auf dem Obersee konnte von verschiedenen Bootsbesitzern ein Schaupiel der besonderen Art beobachtet werden. Zwei Nilgänse und zwei Kormorane haben in bester Hitchcock-Manier ein Boot aufgebracht. Die Polizei war auf der Spur eines mutmaßlichen Mörders, der mit seinem Speedboot unterwegs war. Trotz einer Verfolgungsjagd gelang es der Polizei nicht, sein Boot einzuholen. Was dann geschah, hört sich an wie die Neuverfilmung des Klassikers ›Die Vögel‹. Eine *Watschel-Gang* griff ein und stoppte das Boot kurzerhand. Die Gesetzeshüter mussten den Flüchtigen nur noch aus dem Wasser fischen. Ein Polizeisprecher wollte diese Version des Ablaufes jedoch nicht bestätigen; er verwies auf einen Motorschaden.

Bei dem Gefassten handelt es sich um Simon S. Er war der Geschäftspartner von Ulrich Mellwig, der vor wenigen Tagen ermordet im Schilf aufgefunden worden ist. Wir haben darüber berichtet. Im Rahmen der Mordermittlungen ist die Polizei einer international agierenden Diebesbande auf die Spur gekommen. Alle Bandenmitglieder waren Mitarbeiter der Spedition Mellwig und Sachs. Hausdurchsuchungen haben bestätigt, dass sie unter anderem auch ihre eigene Firma bestohlen haben. Ihre Hehlerware ist nicht nur im Baltikum, Russland und Polen, sondern auch in Finnland versickert. Auch hier konnten Verhaftungen vorgenommen werden. Simon S. war der Kopf der Diebesbande.

Ein Mitglied dieser Bande heißt Juri Mabrasow. Mit ihm ist der Polizei ein dicker Fisch ins Netz gegangen. Er wurde von Interpol steckbrieflich gesucht und steht im Verdacht, der Kontaktmann der Gruppe zur Russenmafia gewesen zu sein. Vermutlich hat er im Auftrag der Russen sieben Morde verübt. Alle Opfer, das hat ein ballistisches Gutachten ergeben, sind mit der gleichen Waffe erschossen worden. Auch darüber haben wir berichtet.

Mabrasow bestreitet jedoch, den Mord an Mellwig begangen zu haben, und hat den Kopf der Bande, Simon S., schwer belastet. Eigenen Angaben zufolge, hat er Simon S. seine Waffe überlassen. Simon S. hat unter der drückenden Beweislast zugegeben, unter dem Deckmantel der Spedition seine Organisation aufgebaut zu haben. Seinen Geschäftspartner Ulrich Mellwig habe er umgebracht, weil dieser ihm auf die Schliche gekommen sei.« Matthias Fornoff blätterte in seinem Manuskript und sagte mit leicht ironischem Ton: »Tja, so ist das mit dem organisierten Verbrechen auf dem platten Land. Mitunter scheitert sie am Federvieh. … und nun zum Sport.«

»Hast du das gesehen, Princess, wir sind im Fernsehen!« Tom war ganz aus dem Häuschen.

»Du hast ja schließlich erstklassig kombiniert. Deine Schlussfolgerung, dass nur Simon Sachs seinen Partner erschossen haben konnte, war großartig. Ich bin stolz auf dich, Tom.«

»Na, was schnattert ihr beiden denn?«, fragte Ede. »Hast du das mit der ›*Watschel-Gang*‹ gehört, Nili? Ich würde eine ganze LKW-Ladung Toastbrot verwetten, dass du deinen Schnabel da wieder mit im Spiel hattest. Und ich glaube, du hattest hübsche Unterstützung, richtig?« Ede strahlte noch immer über das ganze Gesicht. Es war ihm anzusehen, wie sehr er sich über seinen Besuch freute.

»Ganz recht. Das war toll. Wir waren richtige Kamikazeflieger. Sachs hat sich geduckt und versucht, uns mit den Händen abzuwehren. Und Rio erst. Ede, den hättest du live und in Farbe sehen müssen. Er war echt spitze. Wie ein B-20-Bomber ist er auf Sachs zugeflogen, hat ihn angepeilt, und Sachs ist über Bord gegangen! Das war obergänsegeierscharf.«

»Ja, das war echt ammernmäßig«, pflichtete Princess bei.

»Da war ja ganz schön was los am Obersee.« Ede sah seine Gäste eindringlich an. »Ganz gleich, wie ich es drehe oder wende, Nili. Das Resultat ist immer dasselbe: Ihr beide habt dem Mörder das Handwerk gelegt, stimmt's?«

»Der ist gar nicht mal so dumm für einen Flügellosen«, schnatterte Princess. »Außerdem muss er ganz schön einsam sein«, gab sie zu bedenken, »wenn er hier mit uns zusammensitzt und einen Fernsehbericht diskutiert, wo er doch eigentlich davon ausgehen muss, dass wir uns weder für Kriminalistik interessieren noch bewusst in polizeiliche Ermittlungsarbeiten eingreifen. Ganz zu schweigen davon, dass weder du noch ich ihn eigentlich verstehen dürften.«

»Wir haben uns arrangiert. Ede redet, und ich schnattere. Er hat Gesellschaft, und ich habe Toastbrot. So schlecht ist der Deal ja gar nicht.«

»Tja, Nili, gestern lief die letzte Folge von Magnum. Der wird wohl nicht so schnell wiederholt werden. Schade, dass du die verpasst hast«, meinte Ede.

»Ja, wirklich schade«, schnatterte Tom und hüpfte vom Stuhl. Die Nachrichten waren längst zu Ende und Inge Niedek konnte nichts berichten, was Tom und seine Artgenossin nicht sowieso schon über das kommende Wetter wussten. »Tschüs, Ede …«, verabschiedete Tom sich, auch Princess hopste von ihrem Stuhl und schnatterte: »Auf Wiedersehen.«

»Aber um Viertel nach acht kommt Tatort«, sagte Ede rasch, als wollte er sie damit daran hindern zu gehen. »Wenn ihr wollt, seid ihr herzlich eingeladen. Toastbrot ist auch noch da.«

»Einen Tatort habe ich schon lange nicht mehr gesehen!«, sagte Princess. »Wenn du nichts dagegen hast, würde ich den gerne sehen.«

»Ich habe ja schon lange gemerkt, dass du dich in Kriminalistik und Forensik auskennst. Hast du auch *Fernstudiert*?«

»Das könnte man so sagen.« Princess schnatterte amüsiert. »Keine Gans mit ein bisschen Grips im Kopf kommt daran vorbei. Überall laufen Fernsehgeräte. Krimis und Dokus sind allgegenwärtig, besonders auf Campingplätzen und in Häfen. Man braucht doch nur zuzuhören, dann lernt man eine ganze Menge.«

»Ganz meine Meinung!«, pflichtete Tom ihr bei und führte Princess zum See. Eine Runde schwimmen und ein paar Schlückchen Gänsewein würden die Zeit bis zum Tatort angenehm überbrücken. »Bei Magnum zum Beispiel …«

»Ach, hör mir doch mit dem auf!«, unterbrach Princess belustigt. »Der ist doch aus den Achtzigern! Wer guckt denn heute noch so was?!«

»Wieso? Was guckst du denn so?«, fragte Tom interessiert und überging den kleinen Seitenhieb. Er hatte noch gar keine Ahnung, was Princess in ihrer Freizeit wirklich trieb.

»Ich? Ich stehe voll auf Tomb Raider mit Angelina Jolie. Lara Croft ist einfach spitzenmäßig. An die kommt so schnell keiner ran – auch dein Magnum nicht.«

»Echt? Erzähl!« Toms Hinterteil schlug aus wie ein Uhrpendel.

Und Princess schnatterte. Und je mehr sie schnatterte, desto mehr Gänsehaut bekam Tom. Wohlig schüttelte er sich.

Er fühlte es: So sollte es sein!

Er hatte eine Seelenverwandte gefunden. Eine Partnerin, die seine Interessen mit der gleichen Leidenschaft verfolgte wie er selbst; die anziehender und intelligenter war, als alle anderen Gefiederten, die er bisher getroffen hatte.

CSI, Magnum und Lara Croft …

Wow, würde das eine tolle Verlobungszeit werden.

Ende

Danksagung

Tom und ich möchten uns beim »Gänseteam« des S. Fischer Verlages *gans, gans* herzlich für die tolle Zusammenarbeit bedanken. Unser besonderer Dank gilt Andrea Diederichs, nicht nur für ihre profunde Unterstützung, sondern auch für ihre Begleitung zu unseren ersten Leseabenden.

»Der Stimme« Hans Jürgen Stockerl möchte ich an dieser Stelle ganz herzlich für das Lesetraining und die gemeinsame Lesung im Rahmen der Herrschinger Kriminacht im Kurparkschlösschen danken. Beides hat mir sehr viel Freude und Spaß gemacht.

Ein weiterer Dank geht natürlich an unseren Literaturagenten Kai Gathemann. Sein Einsatz und seine Ideen spornen uns immer wieder an.

Bei meinen Freunden Marga und Gerd Menzel möchte ich mich für den theoretischen Segelkursus bedanken. Seitdem weiß ich, dass es ›hoch am Wind‹ und nicht ›hart am Wind‹ heißt.

Last but not least möchte ich mich bei meinem Mann, nach wie vor mein erster Probeleser, für die liebevolle Unterstützung bedanken.

Karin Bergrath